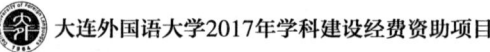大连外国语大学2017年学科建设经费资助项目

"十三五"国家重点图书出版规划项目

西班牙语文学译丛
尹承东 主编

我们如此相爱

Nosotras que nos queremos tanto

———

〔智利〕马塞拉·塞拉诺 著

张月淼 译

中央编译出版社
CCTP　Central Compilation & Translation Press

图书在版编目 (CIP) 数据

我们如此相爱 ／（智）马塞拉·塞拉诺著；
张月姝译 . —北京：中央编译出版社，2018.8
ISBN 978-7-5117-3591-1

I. ①我…　II. ①马…　②张…　III. ①长篇小说－智利－现代
IV. ① I784.45

中国版本图书馆 CIP 数据核字 (2018) 第 159747 号

Nosotras que nos queremos tanto by Marcela Serrano
Copyright©Marcela Serrano
c/o Schavelzon Graham Agencia Literaria
www.schavelzongraham.com
Simplified Chinese translation copyright©2018
by Central Compilation and Translation Press
All rights reserved.

我们如此相爱

出 版 人：葛海彦
出版统筹：贾宇琰
责任编辑：苗永姝
责任印制：刘　慧
出版发行：中央编译出版社
地　　址：北京西城区车公庄大街乙 5 号鸿儒大厦 B 座 (100044)
电　　话：(010) 52612345（总编室）　　(010) 52612335（编辑室）
　　　　　(010) 52612316（发行部）　　(010) 52612346（馆配部）
传　　真：(010) 66515838
经　　销：全国新华书店
印　　刷：河北下花园光华印刷有限责任公司
开　　本：880 毫米 ×1230 毫米　1/32
字　　数：221 千字
印　　张：9.75
版　　次：2018 年 8 月第 1 版
印　　次：2018 年 8 月第 1 次印刷
定　　价：39.00 元

网　　址：www.cctphome.com　　　邮　　箱：cctp@cctphome.com
新浪微博：@ 中央编译出版社　　　微　　信：中央编译出版社 (ID：cctphome)
淘宝店铺：中央编译出版社直销店 (http://shop108367160.taobao.com) (010) 55626985
本社常年法律顾问：北京市吴栾赵阎律师事务所律师　闫军　梁勤
凡有印装质量问题，本社负责调换，电话：(010) 55626985

序言

这是一个由女人讲述个人经历的故事。

"这里只有女人，任何一个女人。我们如此相似，所有人都如此相似，相似到觉得我们是姐妹。我们可以说我是在讲一个、两个或者三个人的故事，但都是一回事。归根结底，我们所有人要讲的故事几乎都是同样的。"

这也是一个关于友情的故事。

"说到底，在任何一个角落也不会找到如此相爱的四个女人了。"

小说《我们如此相爱》中的故事发生于1990年，智利刚刚结束皮诺切特的独裁统治，恢复了民主制度。故事的四位主人公安娜、玛丽亚、伊莎贝尔和萨拉，人到中年，事业有成。相识多年后四位朋友聚在南方的一间湖边小屋，讲述她们过去的生活。暂时远离了家庭束缚的她们畅所欲言，谈论她们的童年回忆、青年经历、政治生涯、生活处境、与男人的关系、孩子、爱情、伤痛、醒悟和最深的友谊。从20世纪50年代到90年代的三十多年间，她们经历了阿连德的社会党政府、1973年军事政变、独裁统治甚至是流亡国外。

故事的第一叙述者名为安娜。她是大学文学教师，拥有艺术硕士学位，是四人中最年长者。丈夫胡安是一位哲学教师。她自认为在各方面都保持着完美的平衡，却有着无法与人言说的秘密。

伊莎贝尔是大学教师，欧洲移民的后代。年少时由于父亲在外工作、母亲长期酗酒，她早早承担起了照顾家人的任务，生活轨迹受童年经历影响极深。婚后育有五子的她，把家庭视为重中之重，然而生活的重压和丈夫的不理解让这个四人中最脚踏负责的人也短暂地偏离了设定好的人生轨道。

萨拉是土木工程师，父亲在她出生前就已离家出走，她与母亲、姨妈和外婆等人生活在一起，在全是女人的环境中长大。她是一个坚定的人，能无视周围人的阻拦，把计划执行到底。尽管她对母亲的生活方式无法苟同，却又不可避免地在某种程度上重复了母亲的经历。

玛丽亚是记者，出身于上层社会。她从小衣食无忧，外表美丽，情史丰富。她不受传统束缚，离经叛道，是个女性主义者，为人自由自在，懂得享受生活，倡导多重恋爱关系和性解放。但当她历经世事、下定决心将感情归属一人之时，命运却没有随她所愿。

本书以女性的独特视角首开智利文学界先河，揭示了女性在社会中的地位以及面临的各种问题，为女性权利发声，探讨社会对女性的刻板印象，同时塑造了多种多样的女性形象。除四位主人公外，书中还讲述了多个不同阶层、年龄、职业、家庭背景的女性生活和爱情经历。玛丽亚的母亲、姐妹、表姐和朋友，伊莎贝尔的母亲，萨拉的母亲、姨妈、外婆和朋友。她们或安于现状，或为整个国家的命运斗争，甚至献出生命。每个人的形象都刻画得有血有肉，活灵活现。作者不诉诸大道理，而是通过书中人物所承受的现实压力、生活境遇、感受到的真实的喜悦与苦恼、家庭的琐事和事业的曲折让人感同身受。比起虚构，这些故事更像是发生在现实生活中，每个女人都可以与书中的某个主人公或者她们的某段经历产生共鸣，并从她们的故事中获得生活启示。

本书语言通俗易懂，不落俗套，用词完全不显晦涩。大量短句的运用使故事推进节奏紧凑，语言风格简洁有力，让人读来倍感亲切。对四位主人公人生经历娓娓道来的同时，作者还在读者面前展示了一幅生动的智利政治生活画卷，忠实还原了20世纪后期智利的重大历史事件：独裁统治的开端、流亡、谋杀、全民公投、恢复民主制度，让读者对当时的历史背景有全面深入的了解。由于作者个人的留学和流亡经历，书中除主要舞台智利之外，还出现了巴黎、伦敦、纽约等都市生活，地理上涵盖了新旧两个大陆，时间上纵跨了近半个世纪。作者丰富的人生阅历可见一斑。与此同时，通过对比，特定历史背景下的智利与其他国家的差别被展现得淋漓尽致。

作者马塞拉·塞拉诺是拉丁美洲当代最具代表性的女性主义作家，从创作初期便贯彻"定义为女性主义者就是定义为人"这一理念。她的作品围绕女性问题，用尖锐的语言思考20世纪末女性的斗争、抱负和渴望，这足以让她成为拉丁美洲最杰出、最畅销的女作家之一。

马塞拉·塞拉诺1951年出生于智利圣地亚哥的一个文学家庭，父亲是散文家奥拉西奥·塞拉诺，母亲是小说家埃莉萨·佩雷斯·沃克。70年代末她在法国留学一年学习法语，后流亡意大利，随后在智利从事艺术创作。塞拉诺1985年开始写作，是拉美新小说的杰出代表。1991年她出版了处女作《我们如此相爱》，并崭露头角，摘得"修女胡安娜·伊内斯·德·拉·克鲁兹文学奖"和墨西哥瓜达拉哈拉书展"西班牙语美洲最佳女作家小说"等奖项。两年后她出版《为了让你不忘记我》，荣登拉丁美洲畅销小说榜单。1994 年她获得"圣地亚哥市文学奖"。1995 年她的第三部小说《我的安地瓜生活》问世，并由阿根廷导演埃克托尔·奥利维拉拍成同名电影。随后她又相继出版了《伤心女人的旅馆》（1997）、侦探小说《我们孤独的女士》（1999）、短篇小说集《奇怪的世界》（2000）、《直到永远，女孩儿们》（2004）、《哭泣的女人》（2008）、《十个女人》（2011）、短篇小说集《我可爱的敌人》（2013）和小说《第九个女人》（2016）等作品。2001 年她凭借小说《我的心事》获得"行星奖"小说类提名。

塞拉诺从创作伊始便始终坚持对女性处境的思索，把它作为所有作品的中心，并从女性的独特视角探索女性的不安、希冀、醒悟、失败以及爱情和成就，她笔下的女性人物，无论社会出身、经济、政治地位和宗教信仰，都透露出深深的孤独感。这种孤独感源自千百年来社会对女性的忽视、对现状的麻木和女性在斗争过程中的无助。此外，对独裁统治、政治压制、酷刑、失踪、集中营、恐慌和被迫流亡的影射贯穿马塞拉·塞拉诺的小说，这些政治因素是其小说不可或缺的一部分，只有深入理解，才能愈加体会作品的魅力。

本书的翻译工作受到了中外方诸多人士的支持和帮助，尤其是西班牙语翻译家尹承东老师，对译者的翻译提出了宝贵的意见、建议和指导，特此感谢。

由于译者的个人经历和语言水平所限，书中难免出现错误，望各方专家不吝指正。

献给 我的母亲

作家埃莉萨·塞拉诺

目 录
Contents

零

她们说我病了。

我不太清楚为什么此刻我在这家医院里。那天晚上玛格达认为我要自杀，便把我带到了这儿。第二天我试图跟她说明那不是我的本意。她不明白我只是太累了所以才失去了意识。其实她本可以把我送到随便哪家医院，但她们不相信我，说镇静剂和酒精混合服用是可以致命的，而我是明知故犯。

我在这儿很好。周围的一切都笼罩在一片灰色之中，跟我的心境正相适宜。今天早上我看到其他病房的女人都比我更糟糕，有一个在哭泣，另一个在呕吐。我看到有人的胳膊和腿耷拉在床边，心想她们是不是已经死了。至少这里的病房和床单都很干净。根据看到的植物种类，我猜测我们是在山脉附近，位于这个城市的高处。我连问都没问过，这对我来说无所谓。我只需要面对护士，她试图抢走我的香烟。那包烟可是我跟玛格达求来的，几乎是从她包里抢来的。我可不能让护士得逞，我明明白白地跟她说要是她把烟没收了，我就马上离开。奇怪的是她竟然接受了。如果跟精神病人打交道，她就得习惯这种好斗性。我像我母亲对佃农讲话那样用一种命令的口气对她说话，竟然很有成效。她们不会再阻止我吸烟了，毕竟这是我唯一想做的事了。

　　我一个人在病房里待了一整天。天黑了下来，我感到悲凉。然而无所谓。我太想休息了。如果医生能给我开点安眠药就太好了。我会跟医生要求，可能他也会同意。那样的话我就能在拉斯美伊萨斯醒来，并像斯佳丽·奥哈拉[1]那样，说上一句："明天又是新的一天。"

1　美国女作家玛格丽特·米切尔的小说《飘》的主人公。

一

那不是我的声音，是玛丽亚的。

我叫安娜。

我是我们几个人中年龄最大的。这是我为了讲述我们的故事编出来的理由。

我在整理房间。对面有一片湖。我看似在一座岛上，尽管实际上那是一个半岛。但是我很痴迷于生活在岛上这样的想法。我只能走水路才能去镇上。房子的小码头上有一艘小桨船，但我很少用。我更喜欢那艘机动快艇，乘着它可以每天一次逛遍岸边所有的大房子。驾驶那艘快艇的是马努埃尔，他以前是渔夫，对这一带熟门熟路。做他的朋友是个关键，这决定着能否及时收到电报和能否吃到三文鱼而不是鳕鱼。他跟我一样为我朋友的到来激动不已。他不知道，除了激动，我还感到些许的恐惧，因为发生了太多的事情。我们已经商量好，他用快艇带我到镇上，我的越野车就停在那儿，然后我再从镇上驾车去蒙特港的机场接她们。我预计午饭时间我们就应该在回来的路上了。

一切都准备好了。卡门已经揉好了面，做好了芝士蛋糕。卡门住在离这儿一百米的地方，她冬天照管这座房子，夏天帮我做事。柴炉里已烤上了两只鸡。跟往常一样，红酒数量充足。玛丽亚一定会从圣地亚哥带威士忌来。这儿买不到威士忌，我也不需要。红酒更适合我的口味，我很喜欢。

整栋房子都是白色木质结构。房顶为落叶松木，整整齐齐地贴满几千块灰色的瓦片。房子有个宽大的走廊，从那里能把湖景一览无余。走廊上摆着柳条摇椅。倘若一个人下午坐在摇椅上一边悠然地摇来摇去一边凝望着绿莹莹的湖水，这样的下午仿佛永无止境。

房子有两层。下层有一个大厨房，厨房中巨大的栎木桌子——粉红色、打磨得精光——被用作餐桌。旁边的客厅几乎没什么用，因为所有活动都在厨房里进行。每当傍晚来临，湖面上的空气变冷时，厨房却很暖和。所有在室内的时间我几乎都是在那张大桌子旁度过。我在那儿吃饭、切洋葱、熨裤子、和卡门聊天，现在是在那儿写作。四面都挂着篮子，地上放着几口黑色的大锅，旁边是柴火。炉灶是铁质的，乌黑古老，上边总有点灰尘。房梁裸露着，我在座位上即可看到不可或缺的蜘蛛网，但我并不惊慌。

两年前的夏天，就是在这儿，我听到我的女儿玛丽亚·阿莉西亚跟我说她的孩子们能有一份与老房子，与它的走廊、过道、高高的房顶和陈旧的厨房密不可分的童年回忆是多么重要。"妈妈，你注意过咱们国家的名人接受的采访吗？他们所有人都把自己的童年记忆的气味、感受和趣事与类似这儿的房子或地方相联系。以后我可怜的孩子们可不能张口闭口都是联排房子、下午六点钟下班的保姆和速冻食品了。带着这样的回忆，他们永远成不了大人物。"

从楼梯上去就到了卧室。一共有三间，其中两间几乎一模一样。里面有两张床，中间有一个床头柜、一把椅子和一个衣柜。房间里都有一面大镜子，可以照出全身，这会使我的客人们十分高兴。

在连通四扇门的走廊上——第四扇是厕所的——有一个设计和格调都很古老的大衣柜，里面放着"白色衣物"：还带着熨板木炭味的家用白色织物床单和毛巾。樱桃红和橄榄绿的被子把房子主人的高雅情趣展现得淋漓尽致，有些甚至还带着小小的缎子刺绣。我设想着在很多年前，威尔逊夫人在纽约出门购物，从罗德与泰勒[1]买回这些想必当时最流行的精美物件。她那个时候怎么也想不到后来会变穷。守寡使她不得不跟陌生人共同分享这栋房子。尽管自己深爱橄榄绿色，她一定想象过她的女儿们把樱桃红色带着缎子刺绣的被子盖到下巴的样子。所有威尔逊夫人们的幻想会去向何方呢？

第三间卧室是我的，正如所有房子都该满足的条件那样，是间双人卧室。虽然如今我自己睡在那张大双人床上，但这不意味着它是为一个没有丈夫的女人设计的。"上帝啊，安娜，"萨拉大概会生气地对我说，"建筑师们什么时候为一个独身女人的居住空间劳过神啊？不管我们是什么身份，在这一点上我们看似没什么可以改变。"男人在这栋房子的存在和他们相应的特权从建筑和装饰风格中便可见一斑。说回到这间卧室，它是唯一可以直接看到湖面的房间，因此有个独立的阳台。房间的高度使得湖景尽收眼底。卧室很宽敞，有衣柜和梳妆台，甚至还有写字台。房子的主人大概曾在此工作，或者是除了休息之外，做一些在厨房的餐桌上不便做的什么事。

卫生间很大，正中间有一个四脚仿狮头的浴缸。最惬意的是在树林中散步归来、浑身潮湿之时，在这个大浴缸中放满泡沫，泡上

---

1 罗德与泰勒（Lord & Taylor）是一家美国奢侈品连锁百货公司，总部位于纽约市曼哈顿。

个热水澡。浴缸脚下有一个暖炉，我晚上泡澡时会把它点上。有时候，为了能够看到泛着淡淡橙黄色的暖炉，我会把灯关掉。墙上挂着一个大榉木橱柜，这实实在在地让这间浴室分量更重，给它添上了榉木的美。它的众多抽屉和镜子空空如也。我想象着这样一件家具会给一个爱慕虚荣的女人带来多大的享受，她应该会在里面装满各种瓶瓶罐罐。或许我们四个可以把它装饰一番。我怀疑她们不会在行李里带太多化妆品，但是至少萨拉会带英国古龙香水，伊莎贝尔会带帕科香水，玛丽亚会带某种娇兰香水。整栋房子就是这样。

我就身处此地。我今年五十二岁。我丈夫是个学者，他是大学的终身教师，后来决定去德国读博士，一直从事人文科学研究。今天当我在享受这美好的消夏时光时，他在海德堡大概正忍受寒冷侵袭。我有两儿一女共三个孩子，还有三个孙子。我曾经做了多年教师，专业一直是文学。我结婚非常早，现在还深爱着我丈夫，而且忠实于一夫一妻制的婚姻结构，与其他男人的关系几乎与母子无异。我从来没有富裕过，而且直觉告诉我将来也不会富裕。我现在生活舒适，虽然童年和刚结婚的头几年都捉襟见肘。正如各位所知，两个老师的收入加起来远不够变得富有。但尽管如此，我还是做过一些任性的事，比如在结了婚做了母亲以后还去美国读了艺术硕士。伊莎贝尔曾无数次问我怎么能把孩子丢下一年。反正我就是去了，而且也坚强地活了下来。我出身于一个中产阶级家庭，或许可以叫作"中产阶级中的中间阶层"。大概就是那个位置，一点都不会让人混淆。我长得不算漂亮，但生性却很朴实，在艰苦的条件下我也能把事情料理好，可能是因为没有什么事对我来说是艰难的。在我身上没有任何小说般的情节。外人看来，我的生活可能会显得灰暗无光，但实际上并非如此。我总是关注一切，不会变成一个食古不化的老太婆。今天我还在写作，正是因为在这个年龄我依然要接受新的挑战。我不会因任何理由为我已经参与过或者做过的事情而自我满足。我感兴趣的事情成千上万，可能文学和女性身上这种奇特的现象是最让我痴迷的。

我不漂亮也不难看，不高也不矮，不胖也不瘦，不平庸也不出彩。我的外表跟性格有直接的关系：不耀眼也不会被无视。我身上带有一种平衡的天命。玛丽亚可能会说这无聊至极，我希望时间能告诉她恰恰相反。我最大的长处就是镇静，而这让我受益匪浅。

可能会有人指责我说比起事情的主导者，我更像是一个旁观者。我的辩解会是：真正的主导者少之又少，而且现如今当人们都想做主角时，观察的能力——且不说分析的能力——就变得越来越弱。如果说这本书明确存在某个主角的话，也不是我。这里只有女人，任何一个女人。我们如此相似，所有人都如此相似，相似到觉得我们是姐妹。我们可以说我是在讲一个、两个或者三个人的故事，但都是一回事。归根结底，我们所有人要讲的故事几乎都是同样的。

二

那么……

我刚才说到我现在独自一人在这栋房子里，在智利南方这片遥远的绿色湖畔。这是我第四次租这间房子，前三次我都是跟胡安和孩子们一起来的，甚至上一次还带来了孙子们。我觉得我一个人回来真是个大胆的想法。我也曾犹豫过要不要这么做，但是刚刚过去的一年太过动荡，我丈夫也不在身边，朋友们又约定要一起来，这些都给我壮了胆。玛丽亚坚持说这可能是我们四个人在一起度过的最后一个夏天了。确实如此。并不是有谁要去世了，也没有任何戏剧化的情节，但显而易见，我们四个组成的这个坚实的小团体就要走到尽头了。民主制度已经建立，我们一直知道，它会把我们拆散。仿佛学院在艰难的岁月里成了我们的避难所。无所谓，我会留下来，而且我个人也想给回来的人敞开大门。突然我直觉感到她们不会在新政府建立的世界中存在太久，早晚会想要回归家庭。就我来说，我对在政府工作并不感兴趣。这个政府也好，或是另外的政府也好。更确切地说，是我对公职不再感兴趣了（只有很多年前被迫离开这个工作的时候我才证实了这件事）。现在我想要独立自主，带着只有成为工作的主人才能享有的自由——和头痛——在私人的世界里谋生。说到我的活动，就是在书本的寂静中从事研究。我不会因任何保安人员的变动而改变学院图书馆的氛围。我怀疑外部的喧闹可能会让我感到不适。但是很明显，跟她们相比，我处在另一个至关重要的时期。这些年不是徒劳的。我支持她们参与到公务世界的热情，认为她们每个人的活力都将是一种贡献。但是当她们发现那不是她们该走的路时，我真心地愿意敞开大门迎接她们。

十年前我第一次见到她们。那是 6 月的一个寒冷的早上，我去参加第一个会议。之前我跟我的朋友朵拉聊过几次。她也是我的大学同学，怀揣着一份很好的方案从欧洲回来，不久就成功说服我加入了她的计划。并不是说在那些年代一个人有足够的空间开展一份有相当水平的文化工作。她需要一个有学术经验的人帮她在这个新的研究学院里领导一个部门。由于在大学工作了多年，我有足够丰富的经验。

学院的房子宽敞漂亮，位于圣地亚哥市内，在普罗维登西亚区的低处。那时人们还在这栋四处吹进寒风的房子里工作。我到达时，会议已经开始了。由于打断了已经开了不久的会议，我感到有些不好意思。会议室里充满了烟气和取暖器的味道。有六个人围坐在桌子旁，只有两个女人我不认识。朵拉非常迅速地做了介绍，我几乎都没注意到她们的名字，她就接着大致地讲她的方案了。我猜想可能下面会特地说明一下每个人到来的原因吧。我一边听会，一边用余光瞄着这两张新面孔。让我印象深刻的就是她们都很年轻，看起来都不到三十岁。我发现她们也在看我。在场的其他人都是男人。我们都试图明白彼此是谁，因为我们出现在这儿就意味着我们的命运很快就会联系在一起了。在那些年——20 世纪 70 年代末——互不信任是一种民族习性。我们已经习惯了少谈论自己，并在别人身上寻找代码，来解答那些没有被问出口的问题。

我右边的唯一不喝咖啡也不吸烟的是个孕妇。这让我内心对她产生了一种好感。在这样一个令人窒息的房间里！（那时环保理念还没有流行起来，不吸烟人群的权利尚未存在。）我想象着她起床时的恶心呕吐和无时无刻不在遭受的胃酸折磨，不禁庆幸自己已经度过了生活的这一阶段。她摆弄着她的金戒指，我便注意到了她的手。她的手指修长漂亮，但很粗糙，指甲没有涂指甲油，却修剪得很整齐。不，这可不是一双无所事事的手。她深棕色的头发又长又密。她保持着"不做发型"的传统，把头发拢到左边，还有一缕没能拢起来的耷拉在右眼上，每当她摘下戒指，就会抚弄它。她的眼睛是蓝绿色的，没有化妆，看起来也不需要化妆，目光温顺。怀孕肯定让她的脸有些浮肿，但即使这样也不能掩盖她的美。她身上没有任何地方让人不舒服，但除了光彩照人，也没有什么地方特别吸引人。虽然她说话不多，但还是听得出她的声音很柔和，略带腼腆。她皮肤洁白，我想她也会很容易脸红。她裹着一件经典款式的骆驼毛米色大衣，脖子上戴着一串珍珠项链，这是她仅有的装饰品。她不戴耳环和手镯，只戴一个戒指，显然对于她来说那也不算是一件装饰品。"好了，"刚认识她的时候，玛丽亚心想，"我们有了一个全身上下都很传统的典型。"她叫伊莎贝尔。当别人说她来自天主教大学时，我觉得这太显而易见了。她还能来自别的什么地方呢？她的强项就是教育，学的是师范专业，当时已拿到硕士学位，正在攻读博士学位，是一个充满责任感的人。

她是第一个离开的。在离开之前她犹豫了许久，多次看表确认时间。有一瞬间我们对视了，她的眼神让我隐约想起某个正在逃脱一场迫在眉睫的捕杀的小动物。她的眼神十分强势，随即又对这种强势表示出歉意。但我知道这歉意很脆弱，强势是占了上风的。这让我感到茫然，想象不到以后随着时间的推移，我对这种事会多么习以为常。

她走了以后，我的注意力集中在了坐在我左边的另一个女人身上。我推测她们俩也互不相识。

她身上没什么引人注目的地方，可以说她是那种随处可见的普通人，让人觉得熟悉。如果是在国外见到她，我也马上就能知道她是智利人。我不知道怎么解释这种事。她的头发是深色的，不卷不直，不长不短，我们无数女人都是这种发型。她的眼睛也是深颜色的，但并不是黑色，眼神生动而警觉，富有表现力，目光严肃而可信。朵拉讲话时，她眼睛一眨不眨，似乎十分专注。我心想：我打赌她是那种有始有终的女人。朵拉说到有意思的事儿时，她整个眼睛都笑起来，笑到眼角都出现一些小细纹。有时候她会站起来找烟灰缸。她的行为举止也是这个国家传统的方式。我估计她可能恰好一米六高。她身材不瘦，我想她可能很喜欢美食，或许跟我一样也因此而深感苦恼。她没有变得特别发福可能得益于她有一半的时间都在节食。她穿着海蓝色灯芯绒裤子，裤子上方是类似于老太太们织的那种手织厚毛衣。她全部的梳妆打扮就是脖子上的那条粉红色的印度围巾。宽大的毛线包表面装饰着安第斯图样。看到这个包挂在椅子上我立刻想起了那个年轻孕妇的真皮钱包。我不禁做起比较来，于是我也注意到了她的手。她的手宽厚有力，没有任何装饰。

这个女人叫萨拉。

她是土木工程师。她将要负责的工作是财务和管理。我和伊莎贝尔将负责学术部分。当时朵拉说尽管领导还没有到位,但是她特别重视的通讯部也会开始工作,之后会由一个尚在国外的新闻界人士接手。我没太注意这件事,所以那时我还不知道那将是一个女人。

三

我远远地就看见了她们，亲切好认。

三人提着很少的行李从石板路上走来，让人觉得如果不是成年人的话，她们简直要跳起来了。她们交替地看向天空——是为那一片未被污染的蔚蓝而着迷吗？——和正在等待旅客的人群。风吹拂着她们，只有一头长发在呼应着它的节拍。玛丽亚在三十七岁生日时曾经说过："这是我在落入俗套之前最后一次留长发的机会了。"

她们渐渐靠近特普阿尔机场的航站楼。萨拉迈着果断中略带粗鲁的步子走在最前面，烫过的深色短发波浪有些凌乱。她右手提一个旧公文包，左手拿一个报纸包着的长方形包裹。她不像刚下飞机，更像是刚下火车。她的不修边幅又一次让我惊讶。

她后面是迈着标志性小碎步的伊莎贝尔，小心翼翼，优雅可爱。她全身都是斜纹棉布，手上拿着一个经典的化妆包，黄发扎成很显年轻的马尾。这画面让我想到了美国常春藤盟校的大学生。

最后是玛丽亚。在世界上的任何一个地方我都能认出那种走路方式：胯部一边像她的船头一样向前挺，肩膀和腿一边向后摆。风把她的栗色长发和围巾吹得绞成一团，挡住了她的眼睛，而她正挥舞着空空的两手，想要跟风好好斗争一番。她的一个肩膀上还背着沉重的黑色帆布包。她看起来最高，其实跟伊莎贝尔一般高，只是她经常穿矮跟鞋，而伊莎贝尔则从来不穿。当我清楚地看到她的浅色鹿皮衣服时，我几乎听到她在对我说："你看，安娜，我穿衣服就是为了自己的感受。我不拘泥于该穿什么，只看我的身体要求我穿什么。"我心想：我的上帝啊，我们四个人一定要如此不同吗？

一见面，我们就满面笑容地互相拥抱。

"我们竟然在这儿，真是太不可思议了！"萨拉的双臂依然紧搂着我的腰。她深深地呼吸了一口气，宛若要吞掉这南方干燥的空气。

"是啊，真想不到。终于聚在一起了啊！隔了一千公里呢！没有孩子们，没有老公，没有保姆，没有家庭琐事！"伊莎贝尔几乎扯着嗓门大喊道。

不是说这叫喊声的音量减弱了，而是这叫喊本身让人轻松。

"我们可不是国家的部长，"玛丽亚笑着说道，"因为这事，我们费了好大劲。为了协调合适的时间聚到这儿真是太不容易了。"

我们上了越野车，所有人都同时讲话，问题一个接着一个。

"我们一个一个来：安娜，你先说，"伊莎贝尔安排了一下我们的对话，"你还好吗？很需要胡安吗？"

"我现在比任何时候都好。我总是需要胡安，但这份孤独却让我宽慰不少。"

"你想孩子们吗？你没想过让他们陪你来吗？"

"这次不想，伊莎贝尔。我觉得所有的妈妈都值得享受假期。更何况，他们已经长大了。"

"你晚上不害怕吗？"

"完全不怕。"

"那谁来干那些男人应该干的活儿呢？"

"伊莎贝尔，事到如今，那些活儿是指什么呢？"我从后视镜看着她的脸。

"有人帮你做家务吗？"萨拉很好奇。

"所有需要帮助的地方都有人帮我，有保姆卡门和管理快艇的马努埃尔。方方面面都有人帮。"

"你有邻居吗？"这次是玛丽亚问。

"只有一个能住人的房子，但好像他们过段时间才来，现在还空着。"

"不是吧，玛丽亚？你还在想着社交呢？"萨拉面带惊恐地问道。

"傻瓜，我想的是安娜，不是我。她可能喜欢上了一个本地人……"

我一边开心地笑着，一边嗔怪她。

"玛丽亚呀，玛丽亚！"

"说不定你就变坏了呢。"伊莎贝尔插话道，脸上带着一副她已经是这样的受害者的表情。

"但是，安娜，在这样的风景面前、身处这样的孤独之中，你从来没有过疯狂的欲望吗？哪怕是最小最小的。"玛丽亚不甘心。

"安娜不是那种人，"萨拉替我回答道，"她会跟我们说，在她这个年纪已经不会发生那种事了。"

"那我五十岁之前就要割腕自尽。"

我们就这样继续走着。

她们最喜欢的是马努埃尔和他的快艇，更确切地说，她们喜欢的是走陆路不能到达的这件事。

"这是一次真正的冒险！"伊莎贝尔迎着风大喊道。

"要是湖上出现风暴，我们会不会被困在这儿？"玛丽亚问马努埃尔。他表示认同，这让她们开心不已。

"真希望刮起风暴，一直刮到3月！"

伊莎贝尔的脸突然阴沉下来。

"孩子们，我的上帝啊！"

"孩子们在阿尔加罗沃跟埃尔南在一起。你担心什么呢？"

"那你呢，萨拉，"伊莎贝尔把矛头转向了萨拉，"你不会为罗贝尔塔操心吗？"萨拉的独生女几乎从来不会让妈妈操心。萨拉在这方面的无所挂牵简直让人羡慕。她可以坦然地离开女儿，不会像伊莎贝尔那样大呼小叫。

"到时候如果我给罗贝尔塔讲风暴的事，她会很开心的。而且我没告诉她我回去的确切日期。"

"就算在瓦尔迪维亚，她也不需要罗贝尔塔陪在身边。"玛丽亚提醒到。一提到萨拉的老家，她关于大家庭的幻想就开始萌动了。

但是伊莎贝尔尽量坐在了离马努埃尔最近的地方，她细心地研究着这个地区的气候情况。

玛丽亚盯着绿色的湖水，我贴着她的耳朵问道：

"你收到消息了吗？"

她的眼神变得暗淡了。

"没有。"这就是她全部的回答。

她们在房子里参观了一圈。跟预想的一样，我听到了各种惊呼。随后她们去安顿下来。伊莎贝尔和萨拉同住一个有两张床的房间，玛丽亚在隔壁房间。她向来有个坏习惯，要一个人单睡。

"我都不让丈夫跟我睡一个房间，更何况是你们几个了。"

她们只花了十五分钟就把包里的东西拿了出来。打开大衣柜的时候，每个人都兴高采烈。我看到她们带了牛仔裤、泳衣、长裙和便鞋。我上楼找她们时，看到床头柜上摆着书，榉木橱柜里也确实摆满了东西。乳霜、防晒油、不同品牌的除臭剂、梳子和刷子，都让那个大卫生间充满了生机。

房子被住得满满当当。

伊莎贝尔手里拿着两个大花纹铁皮盒子走下楼来：是精致的巧克力和太妃糖。还能对她有其他期待吗？萨拉在客厅的地毯中央打开了她带来的包裹——报纸包着的那个——那是个大猪肉卷，玛丽亚看了一眼，不太开心。还有一瓶她姨妈们做的樱桃酒。玛丽亚在旁边摆了两瓶尊尼获加[1]。

"我真喜欢玛丽亚自从有钱以后显示出的富人气质。"萨拉看着那两瓶黑方[2]和一个装着各种奶酪的大盒子说道。盒子里主要是格鲁耶尔奶酪[3]和帕尔马干酪[4]。

"安娜，我本想给你带布里干酪的。我知道你会有多喜欢。但是你发现了吗？它在超市总是缺货。"

我们把这些宝贝放在大栎木桌子上。我把在炉灶旁回温的红酒打开，倒在了四个杯子里，几乎带着肃穆的神情把杯子递到每个人手里。举杯时，我想用一句话概括所有干杯的理由。

---

1 尊尼获加（英语：Johnnie Walker）是世界著名的苏格兰威士忌品牌。
2 黑方（英文：Black Label）是由尊尼获加公司装瓶的一种威士忌酒。
3 原产于瑞士弗里堡州。具有芳香醇厚、浓郁滑顺的气味。
4 一种意大利名品，意大利硬奶酪，经多年陈熟干燥而成，色淡黄，具有强烈的水果味道。

"为我们自己干杯！"

我们有些激动地互相对视。说到底，在任何一个角落也不会找到如此相爱的四个女人了。我们默默地碰杯。这时，总是不接受主旋律的玛丽亚打断道：

"为我们新的民主制度！"

"为新时代！"萨拉说道。

"为全世界的女人！"我笑着补充道，"为我们四个人，当之无愧的全世界女人的代表。"

四

离那个春天的上午也过去十年了。

当时寒冷的 7 月已经过去了。9 月的风很和缓。学院已经那样正常运转了一个月，雇员已满十五个，大多数是男人。每个人都忙着开展自己的工作，没有太多时间去跟身边的人进行社交。总的来说，每个人都充满工作热情。

我清楚地记得那天上午。我决定下到一楼的厨房喝杯咖啡的时候是十一点左右。秘书在中央大厅拦住了我，让我在办公桌边站一会，她要去办一件事，很快就回来。我手上端着咖啡，随意翻阅着那天的日报。我开始注意不结盟运动国家第六次峰会的消息，想着把五十四个国家的国家元首或者政府首脑聚在同一个地方是多么的不容易。这时我看到有人从花园的门走向大厅，像第一次到某个地方的人那样四处张望。

那是一个非常年轻的女人，几乎还是个女孩。她走路心不在焉，让人觉得她的身体不受自己控制而她本人对此毫不在意。她身上有一种挑衅的气息，所占的空间被她填得满满的，对此她似乎也很清楚，但却一副无所谓的神情。她个子很高，用巴尔加斯·略萨的话说，还

"很丰满"；用我丈夫的话说是骨架很正；继续介绍的话，科林·特莉亚多会把她描述成蜜色的。她整个人，眼睛、头发、脸色，都是蜜色的。

她的衣服相当古怪。紫红色的棉长衫下露出三条长度不一的裙子，形成了一个从淡紫色到深紫色的渐变；脖子上至少系着三条不同的纠缠在一起的围巾；最后一层裙子几乎拖地，但从它下面还是可以看到一双沉重的鹿皮靴子，似乎皮质很硬，给她增加了一抹明显的豪迈色彩。

她的形象让我觉得很有趣，我毫不遮掩地看着她，好像我在这儿就是为了看她。或者说，我不禁暗想，我要是想穿成这样就得重生一次了。

"对不起，您能给我指一下朵拉的办公室吗？"

在她催促的声音下我把思绪拉回到了现实。

"那就是她的办公室，但是她现在不在。"

"不在？但是……这是怎么回事？"

她没想到是这样的答案，明显不高兴地看了看四周。

"我能帮助您吗？如果您找朵拉有事，或许我能提前帮上忙。"

她迟疑地看着我，似乎十分渴望被解救，但是很快她就改变主意了。作出回答之前，她的目光有些严厉地扫视着我。

"不用了，我要找的是朵拉。"

"那您就得等她了。"

"我在她办公室等她。"

她的眼睛有些迷惘。这双眼睛在转瞬之间可以表达出多少情绪啊！简直像万花筒一般。当注意到她不高兴地闭上了嘴、像是有些灰心丧气时，我内心不由地产生了母亲的本能。我刚要去接待她，她马上又变得冷冰冰的，果断地向之前我指给她的那扇门走去。这时我的一个同事从楼上走了下来。他是一位年轻的经济学家，一看到这个女人，仿佛饶有兴致地停住了脚步。他想跟她搭话，但是可能没想到要说什么，只是像个傻子一样不由自主地看着她，而她几乎没注意到他的存在。她打开了朵拉办公室的门。我本应阻止她、再问问她是谁的，因为谁都不会擅自进入院长的办公室。但是她身上的某种特质阻止了我，我感到有些怯懦，随即便放弃了。她进去后便把门关上，我又重新读起报纸来。可是我已经无法集中精神，因为尽管我解释不清，那个穿了多条裙子的女人已经激起了我的好奇心。

她的面部表情和说话方式让我觉得熟悉。但是，这种熟悉感来自哪儿呢？像她这样的人离我这种人的圈子太远了。然而，突然在被遗忘的角落出现了很多相似的声音，她们面容干净清晰，每个人都聚精会神地看着我。对了，我想起来了，是我在高区那所私立女校的哲学系的学生们。她们所有人都跟她很像，任何一个都可以是她的姐妹。难道她们觉得用手工布片把自己乔装打扮一番就能看起来不那么相像吗？我有点感到不悦，那是某种随着时间的流逝已经淡化了的被羞辱的回忆。

我再一次思考她会是谁、朵拉跟她能有什么关系，或者说，和她这样的人有什么关系。我蓦地想象自己正被她观察，于是便以观察者的眼光，或是根据一个人蛮横地强加在自己身上的思维定式，审视起我最明显的特质。在她眼里，我的眼睛——尽管我因知道自己有一双沉静的眼睛而感到光荣——变得既无神又普通，安静得无聊至极。这个女人——就是我——身着简单的黑色裙子和对襟系扣马甲，既不高贵也不新颖，有些上了年纪，出身明显不同。一言以蔽之，没有任何魅力。当别人的眼睛——由于其平凡无奇——可以把你的成就变成它的副产品或是庸俗之物，真是太让人愤怒了。于是，你不但没有展现出你的聪慧，反而看起来粗俗不堪。你的简单朴素变成了缺乏想象力。你的卑微展露无遗。

她确实很美，但不是那种典型的抑或传统的美。她所拥有的是一种迷人的气质。对，比起说她美丽，不如说她非常有魅力。她只要出现在一个地方，什么都不用做就可以吸引眼球。但是她看起来有些高傲，毫不夸张地说，有点死板严厉。这只是我想象的产物吗？是我总是想要拯救这种人——在她身上我感受到了灰心丧气——的愿望的产物吗？可能只有那张表露心绪不佳的嘴才能拯救她。我觉得可笑，但的确如此。

哦，够了，安娜，我克制着小说般的想象对自己说道。我能连续几个小时一直揣摩着早晨在地铁里坐在我旁边的男人的性格。如果对这想象放任自流，我完全能编出一个关于某人的货真价实的故事，就算这个人我不认识，或者他对我来说并不重要。但是，我还是对这诱惑让步了，开始把她放在她自己的环境中想象她的生活。

她很可能住在一栋有点嬉皮士风格但是颇有品位的房子里。客厅有吊床，墙上装饰着异国风情的挂饰，卫生间里还摆放着植物。她的家会在贝亚维斯塔区还是在阿拉岩区呢？不容质疑的一点是肯定有线香的味道。她应该还没有结婚，因为她还非常年轻。她或许有一个稳定的男友。他的头发和胡须都很稠密，但眼睛是蓝色的，身上还散发着香味。他肯定是个美男子，这一点可以确信。我看不出她有被丑陋污染的迹象。他们可能一起从事戏剧或者诗歌创作工作，但不会是自由职业者。他们怎么维持生计呢？有时候可能凭自己工作挣钱，但是父亲也会接济他们，房子可能是两家中一个有钱的母亲送的礼物。困难不会阻碍他们在日常生活中践行追求实际的原则。

秘书回来了，我从思索中缓过神来，不得不上二楼继续我的工作。伊莎贝尔正在我的办公室等我，我们要合力提供一个报告。一个小时后朵拉用内线电话打给我们时，我们正全神贯注地写报告。

"你跟伊莎贝尔在一起吗？我需要你们两个都来一下。我要给你们介绍一个人。"

我和伊莎贝尔脸上略带抱怨地互相看了一眼。我们正忙着呢，可不想在这个时候下楼去结识任何人。但当时我们还没有成为朋友，面对着朵拉的命令，我们未置一词就下楼了。与此同时，萨拉正从她位于另一侧的办公室朝着主办公室走去。

我们三个进了门。朵拉坐在她的大写字台后面，面露激动的神情，一下就振奋起来。在对面的大沙发椅上，坐着我曾经想象过的那个女人，此刻我已经忘记她了。我感觉朵拉的眼睛像那个年轻的经济学家的一样闪闪发光，好像那个女人仅仅用她的存在就让这儿蓬荜生辉。

"你们还记得我跟你们说过一个要从伦敦回来接管通讯部的记者吗？"

朵拉说话时，那个女人一直在看我们。她一言不发地用目光审视我们。她的目光并不让人觉得亲近，更确切地说，而是表现出一种节制性的忍耐。后来我们会为这个场面发笑多少次啊。

"她终于来跟我们一起工作了。现在她就在这儿。"

朵拉从她的写字台后面站起来，走过去抓住那个年轻女人的肩膀，骄傲地说道：

"这就是玛丽亚。"

五

"太遗憾了！我原来就是前卫本身啊！你们见过比一个吸烟、沉溺于社交并且床上功夫一流的女人更过时的东西吗？"玛丽亚一边问一边点着了一支烟。

我们已经吃完了饭，奶酪和猪肉卷都被吃得精光。伊莎贝尔和玛丽亚在客厅的地毯上席地而坐，两个人嬉闹不停。她们把音乐开到最大音量，尊尼获加的瓶子里酒只剩下了一半。我和萨拉远远地参与着聊天，在躺椅中舒服地喝着樱桃酒。

"我所有的乐趣都变成了令人厌恶的恶习。这都怪艾滋病和生态学。"

"仅剩的没发生过的事就是你变成素食主义者和一场流行性霍乱病。"伊莎贝尔回答她。

我趁着她们俩在说话，小声问萨拉：

"玛丽亚怎么样了？你告诉我实话。"

"我不知道，安娜，不知道。"

"你的声音听起来没有让人觉得情况很好……"

"小心点，我不想让玛丽亚听见。"

然而玛丽亚在叫我们，好像她真的听到了一样。

"嘿，你们两个。你们要参与进来吗？我们都忘了干杯了。"

"为什么干杯？"

她看着伊莎贝尔，边举杯边回答道："我总是为全世界的女人干杯，但是这次，只为那些不幸的女人！"

玛丽亚三十七年前出生在智利的圣地亚哥。所有的野心家都想出生在那里。她的家庭长期以来与这个国家的历史关系甚密，至少有两个直系亲属是共和国总统。

她的父亲是职业律师，同时也继承了家里的农场。她从来不知道什么是贫穷和不安全。她妈妈玛丽塔太太是一位非常美丽的女人，娘家原来很有钱，但由于挥霍无度，大约在她年轻时就已经败落。由于这个原因，她跟堂霍阿金——玛丽亚的爸爸——的婚姻被认为是门当户对的结合。女方家以上层社会人士自居，男方家家财万贯，真是天造地设的一对。父亲把继承下来的财产管理得井井有条，使其成倍增长。他是家里的独子，十分努力，属于那种认为工作就是一切或者几乎就是一切的人。母亲这边呢，认为宗教就是一切或者几乎就是一切。她积极发展与教会的关系，没有任何事能让她违反教会的规定。她严格服从教会要求的条条框框，有时候甚至走到了清教徒的极端。这对夫妻很年轻时便结了婚，二人恩爱有加。堂霍阿金比玛丽塔更聪明，但没有她那么像上流社会的人，也没有她有魅力。字面意思上来说，他不是一个长相英俊的男人，而美丽却正是她的力量所在，但她也着实善良。他们在农村和城市之间来回辗转居住，一方面热爱着南方的土地，一方面经营着圣地亚哥的两家企业。

他们住在埃尔哥尔夫的一栋大房子里，但那里的生活总是很简朴。玛丽塔太太认为显摆自己所拥有的财富是一件俗不可耐的事情，堂霍阿金也觉得不太妥当。于是他们的生活虽然十分舒适，但一切都有节制。汽车从来不招摇，没有司机也没有脚夫，只有保姆，这跟从前的富人一样。他们喜欢政治，认为它是整体文化的一部分。在他们的周围，这对夫妇算得上思想进步。他们都来自于保守家庭，后来随着民族长枪党的成立，渐渐向中间派靠拢。两家的祖父母都积极参与国家的政治事务，祖父是纽布莱省的参议员，外祖父是部长和大使。

这对夫妇一共有三个孩子，都是女儿：玛格达、玛丽亚和索莱达。

"小姑娘们"——她们的母亲总是这样称呼她们——注定要走一条闪闪发光的人生道路：在一所优秀的天主教英语私立学校完成基础教育和中等教育，高等教育——她们能上的话，固然很好，但并不是一定要上——会是在天主教大学里完成，可能是师范专业或者是社会服务相关的专业（但不能降低身份，所以不能是护理学）。这会让她们拥有知识和文化基础，帮助她们在任何情况下都能应对自如。她们可以选择社会上最好的男人结婚，自己也会带着可观的陪嫁。她们在社交圈会很抢手，也不缺乏在上流社会生活的经验，最后她们会成为丈夫事业发展的重要支柱。她们会继承母亲的美丽外表和社交能力，以及父亲的聪明才智和行为准则。高雅是这个家族所有女人的天资，她们懂得如何用这个天资去占领与她们相称的空间。祖母会斩钉截铁地说这几乎是由血统决定的。但愿她们的丈夫是律师、医生或者工程师。有一些职业是禁忌，但少之又少，比如前牧师、社会学家或者是外交部的公务员。如果是在政治上有突出成就的人会很受青睐，因为这种人在家族的历史上曾有过不少。或许另一个选项是大使：小姑娘们会把这个角色完成得多出色啊！如果是懂农业的人也会受到欢迎，这样他就可以在未来担负起管理家族土地的责任。

但是小姑娘们也必须优秀，要像爱自己一样爱他人，永远不可以炫耀财富，因为这既不符合宗教教义，又是那些暴发户才有的特征，在他们家则被认为是"故作风雅"。她们还要永远心怀慈悲，每个人都要根据自己在社会上的地位选择一种行善的方式（堂娜玛丽塔资助一些人，所以家里从来不缺人手）。她们将会成为家庭的堡垒，知道永远居于次席，不抢丈夫的风头，也不让丈夫看出她们有多大力量。

结婚和生子都会顺其自然地完成。她们的生活中容不下心灵的动荡和不安。如果因为生活中的某些环境因素——没有人能无视这种可能性——结婚使她们感到痛苦，生子也会让她们升华。选择丈夫应该慎之又慎，因为她们只会有一个丈夫。在这方面，堂娜玛丽塔很开明：让她们在被追求的年纪里无须急于求成，拥有充分的自由，因为不了解这个问题就不会作出最佳选择。因此，她反对女儿建立长期的恋爱关系，那样会剥夺她们出门了解他人的时间。但愿她们每个人都有多个仰慕者，参加众多聚会，尽可能多地与人交往。这样即使最终她们选错了，也不会是父母的责任，以后他们也不会被指责。

小姑娘们小时候相处得亲密和谐。母亲满意地看着她的小宝贝们，觉得在她们身上付出的心血将会得到高回报。她仅有的不安似乎来自于一个她不可控的因素：美貌。看似三个女儿中只有一个长相随她。

从她们最甜蜜的童年开始，玛丽亚就相貌出众。她的一切都完美地呈现出统一的蜂蜜色，这让她有种独一无二的美。她的大眼睛能表达出上千种情绪，丰满的双唇透着性感，身体的比例完美无缺，鹅蛋脸和高颧骨简直是一幅美丽的画作。堂娜玛丽塔总结道：她身上没有一根线条会随着时间的推移变形，从而让她变丑。

大女儿玛格达肤色很深，超出了母亲认为的得体肤色。她头发浓密，后来很多女孩都羡慕她，但当她在医院里出生、来探望的人议论这个婴儿毛发太重的时候，她的母亲为此感到羞耻。尽管嘴大是家族的面貌特征，但这一点在她身上变得格外夸张。她的眼睛非常漂亮，机灵而聪慧，但颜色乌黑。在某个沉思的晚上堂娜玛丽塔心想，是不是丈夫的家族里有什么血统可疑的祖先，也许很多年前有人是黑白混血。玛格达身材也不高，体格健壮，更糟糕的是，她还有发胖的趋势。母亲当时没观察到的是女儿玛格达的执著，但在看到她将来是如何凭借自己的努力变成了一个出色女人的时候，她应该会感到欣慰。玛格达可能永远不会变漂亮，但的确是一个了不起的女人。

小女儿索莱达既不像她大姐肤色那么深也不像她体格那么健壮，但她也绝对不是个美人胚子。她面容普通，或者说面色苍白，有一头栗色直发，但发量不多，这种头发永远也不会用来拍洗发水广告。她身体结实匀称，但没有她二姐苗条。她不会利用自己的身体，也不会为它心感不安。从她小时候起人们就得满屋子追着她给她梳头，而每次为出席聚会替她穿衣服时，她整个人都会钻进床底下，一边尖声叫着一边紧紧抓着床腿不出去。青春期时她也从不对化妆和服饰感兴趣，一直穿姐姐们的旧衣服，对这个问题总是无动于衷。她让玛丽亚跟她保证，当她们长大成人而她不得不穿得像模像样时，玛丽亚就像母亲说的那样，每天早上去她家，把卫生间收拾妥当，应对一整天的需要。跟玛格达一样，索莱达性情也无比执著，但在这方面，母亲并不指望她有所回报。

在人生的道路上，玛格达很早就显示出聪慧，而索莱达则是善良。玛丽亚似乎没有什么别的选项，她天生丽质，这是唯一不需要任何努力即可具有的特质。她喜欢享乐，沉迷于追求快感，跟她姐妹们奉行的死板的行为准则背道而驰。在众多童年回忆中，玛丽亚仍然记得她祖母和一个姑姑在家中农场厨房里的一次聊天。

"玛格达和索莱达跟她们的父亲一模一样。她们继承了他的坚忍和头脑，才这么大就看得出她们是多么的刚毅！不漂亮也无所谓，咱们家从来没出过美人，我们也不需要美人。相反，玛丽亚跟她母亲也一模一样：愚笨而漂亮。"

愚笨而漂亮。这句话永远印在了玛丽亚的脑海中。

但是也有其他的定义。

每年她们都在位于南方的家庭农场避暑。农场在纽布莱省，伊塔塔河环绕着这片广袤而荒芜的农田。土地广阔干燥。那个时候人们还把大农场叫庄园。那些地方生活艰苦，连主人的房子都没有电灯。由于没有冰箱，肉类都冷藏保存在井里，用一根细绳顺下去，挂在离水面十公分的地方。煤油灯代替了电灯泡。父母卧室里挂着一些外形精致庄重、罩着白色灯罩的煤油灯，她们称之为阿拉丁神灯。她们自己用的是灯笼，跟在西方电影里看到的大灯笼完全一样。顺着这个级别，仆人们用的就只能是插在泥制烛台上的蜡烛了。每天早上人们都用木柴在一个大桶里烧水，地上连着一个浴缸。卫生间总是散发着轻微的水雾味道。炉灶也是烧柴火，母亲和女佣人长时间地在灶台旁搅拌着牛奶糖浆和桑葚酱。桑葚是小姑娘们自己手提着筐从黑莓中间挑选出来的。我说的不是 20 世纪初。一直到 1972 年玛丽亚最后一次踏上那片土地时，那里仍然没有开关和煤气罐。

庄园名叫拉斯美伊萨斯[1]。由于它正好处在主人房子外的两个小湖之间，人们就给它取了这个名字。

从前几乎整个纽布莱省都在父亲家的掌控之下。爷爷曾是省里的议员，是这片土地的主人和老爷。小姑娘们出生时只保留着三个农场。每一次家庭的破裂，每一个亲戚的离心，都意味着少一个农场。现在已经是什么都没有了。堂霍阿金的外孙们将不会跟这片土地有任何联系，不管这件事会让他们的母亲何等地伤心难过。

每个夏天全家人都前往拉斯美伊萨斯，心里清楚他们会在那里度过两个月的生活，其间会打谷——顺便一提，是赶马打谷，会在河边玩耍，会有明净的夜晚，可以随时骑马，会有发面面包、淡奶油、碳烤饼和烤全羊，也会有书籍、沉静、夜晚的笑声和共享的秘密。

农民们——那时还叫佃农——接待、照顾她们。小姑娘们觉得备受农民宠爱（很久很久以后她们才第一次怀疑这件事）。他们总是跑着穿过一个牧马场，打开闸门。女孩们一到，他们就从村子的杂货店蜂拥而出，立即去招待她们。小姑娘们如果停在某家门前让马休息一会儿，这家人就会从炭火上拿来玉米饼，从罐子中取出炒玉米面。在她们看来，大家是在一片祥和中共生共存的。早上各家各户会送来食物篮子：堂马塞利诺家的鸡蛋、路韦琳达太太家的鸡肉、阿雷巴洛家的水果，时而还有堂娜卡梅拉的草药。

堂娜卡梅拉是这片土地上的权威。她是江湖郎中、接生婆，也是

1　西班牙语 Las Mellizas，有双胞胎之意。

算卦者。一言以蔽之，是个女巫。从来没有人知道她的年龄。她已经老了，但是从某个时候开始，她就停止了衰老，或者在小东家们——那里的人这么称呼她们——眼里是这样的。她可能有八十岁了，或者一百岁，反正在她身上看不出区别。她独自一人住在通往河边那条路旁的一个茅屋里，人们遇到什么事就去找她。每次有人从马上摔下来、发烧或者有瘟疫，都是由她来治疗，吃她的草药。

堂娜卡梅拉对小姑娘们宠爱有加。她几乎是看着她们出生，每个人几个月大时就认识了。每年夏天她都在火盆旁边跟她们一起度过傍晚时光。她们是她离奇故事的忠实听众，深深着迷于她的强盗故事和灵鸟传说。有一天，这些已经长成了少女的小东家们被这个老太太叫了去。

她像往常一样坐在火盆旁招待了她们。她的手里拿着西班牙纸牌[1]，或者被南方人称之为智利纸牌。

"一共四种花色，而你们是三个人。"

姐妹三人面面相觑，不知何意。

"花色是纸牌的牌花标识。"

她把纸牌摊开，拿出了其中四张。

"硬币牌你们要到外面寻找。"

她把棍棒牌给了玛格达，圣杯牌给了玛丽亚，宝剑牌给了索莱达。每个女孩都收起了自己的牌，从此她们的命运也永远地跟各自的纸牌纠缠在了一起。

---

[1] 西班牙传统游戏牌牌具。序数牌为一到十二，为硬币、棍棒、圣杯、宝剑这四门花色，每种一张，共四十八张牌。人头牌为十到十二。边框会有缺口来方便辨别花色。也有牌具会再加两张鬼牌；或是去掉数字八、九，只有四十张。

六

"你们几个有谁曾经想要成为国父吗？"萨拉问道。

"我！如果有国母的话。"玛丽亚回答道。

"萨拉，你指什么？"

"刚才我在想贝尔纳多·奥希金斯[1]。真是英雄命运多舛呀！"

那是我们在湖边小屋度过的第一个晚上。我们坐在走廊的摇椅上一边摇一边愉快地呼吸着夜晚的空气。我们把流行音乐放到了最大音量，毫无理由地放声大笑，企图在去睡觉之前偷点夜晚的宁静。即使累了，我们也感觉不到，比起困意更重要的是我们四个能欣赏这样的风景，四个人在一起。我吃惊地注意到了玛丽亚和伊莎贝尔往杯里多次倒满了酒，但我觉得现在不宜多作评论，我会有时间提醒她们的。不管怎么说，不就是她们自己把这片湖当作休养所的吗？然而看着她们我想到了凋零的花朵，也觉得崩溃就应该是这样。萨拉的声音充满魄力，回响在阳台的栏杆上显得特别令人振奋。

"他，还有美洲其他的国父，都渴望着建立一个庞大的国家。你

---

1 贝尔纳多·奥希金斯·里克尔梅 (Bernardo O'Higgins Riquelme) (1778—1842)，智利民族独立运动领袖，独立后第一任最高执政长官。

们要知道，他们不是为了自己的地区而斗争，而是为了更大的地域。"

"什么更大的地域？"

"拉丁美洲。"

"他怎么命运多舛了？"伊莎贝尔心不在焉地问。

"历史注定了他破败不堪而又痛苦万分的命运。你们能想象当他被迫离开自己解放的国家、人生的后二十年不得不流亡在外时的感受吗？"

"他不是唯一没被这个国家善待的人，"玛丽亚打断她的话说，"不过咱们别聊这种严肃的话题了，萨拉。咱们可是在度假啊。"

萨拉几乎没理睬她。

"姑娘们，为了让你们睡得安心，我告诉你们一句箴言：做个普通平凡的人最好。你们不要因为没有成为英雄而感到渺小……梦想着回到永远也回不去的那片土地上悲惨地死去……"

这就是萨拉。

萨拉。

我在朵拉的会议上认识她的那天，她就要满三十二岁了。她那时有一个女儿——罗贝尔塔，一份不错的职业——土木工程师，还有一个生活在外地的家族。萨拉一直在全是女人的环境中出生、长大、生活。

她出生在瓦尔迪维亚城的一个月前，她父亲抛弃了她母亲，从此再没有人见过他。人们七年之后得知了他的死讯，然而由于他早被当作了不存在的人，他的死没有改变任何人的命运。

她母亲堂娜露西是个单纯的年轻人，没什么显眼的存在感，尽管她出生在卡耶卡耶河沿岸。她被抛弃时，刚刚年满二十五岁，于是她回到娘家，之后就一直留在了那儿。她从来没想过还可以再婚，没想过一个男人跟另一个有什么不同。从来没有。她认定了所有男人都会背叛。这就是结论。她喜欢熟悉的事物，"风险"这个词令她毛骨悚然。她回到了她出生的房子，对她来说，故乡就是全世界。没有哪个地方是多余的，这就足够了。就连首都对她都没有吸引力，她以恰当的理由认为没有哪个城市比她的故乡更美。由于她没能完成学业——在中学就辍学了，离家外出工作的可能也被排除了。她能熟练操作缝纫机，所以这种能力不管是过去还是如今都是她的工作来源。她给数量庞大的亲戚和邻居们做裙子和家居服，后来这些人的朋友也慕名而来，这样就形成了她的客户群。堂娜露西、她的踏板缝纫机以及装满了布料的柳条筐已然成为娘家宽敞古老的房子里的一处景观。夏天她坐在大走廊上，冬天坐在阳光充足的过道上，旁边摆上暖炉。每年的11月，她都要把沉重的机器从过道搬到大走廊，3月又充满仪式感地把它搬回原来的位置。堂娜露西也是在那里与人交流。她坐在椅子上原地不动就能看到一切，知道发生的一切事情。她有多个姐妹，也都住在那栋房子里，年纪最大的两个一直是单身。用萨拉的话说，她们命中注定是单身，没有别的什么可以为之抗争的命运。小女儿为了摆脱这种命运去了奥索尔诺的一所小学做教理老师，但是不太顺利，于是两年后又回来了。没有人知道这个埃尔维拉阿姨怎么了，但她却赢得了姐妹们的尊重，毕竟她去过了这个世上的其他地方，她的瞳孔见识过了别的姐妹完全陌生的风景。就这样四姐妹跟母亲，还有母亲的一个名叫罗萨、也单身未嫁的姐妹一起住在大湖街的房子里。

萨拉的外公去世时六十岁。他生活在那个全是女人的家里却终究没能在过道里震荡起他洪亮的声音，他对此感到厌倦了。可以说，在这个家里的人中他是无足轻重的，也没能作出过什么突出的贡献。欢笑、亲密和消遣都归女人们专有。那栋房子是老太太继承下来的，在附近田地里的几个小园子是罗萨姨妈继承的，全家所有的日常食材都产自那里。老爷子在铁路部门工作，领着一份微薄的工资。任何人都没有想过他可以换个工作，他自己更没想过。然而这个家不需要太多钱，宗旨是过得舒心。可以满足基本的生活条件即可，但要享受生活。繁重的工作可不是享受生活，从来没有人这么做过，所以大家都其乐融融。堂娜露西开始做缝纫活计是因为她有一个女儿要教养。萨拉出生时，家里在国家银行办了一个储蓄存折，她把几乎所有的收入都存在那儿。这个存折在萨拉上大学之前连动都没被动过。不能不说的是不光堂娜露西为萨拉存钱，所有的姨妈也都竭尽所能。前面已经说过了，这是一个简朴但是懂得享受的家庭，从不怀疑"积累"这个词的意义。一旦有紧急情况，她们就会开个家庭会议寻找解决办法，不会为这个问题过多费心劳神。每个月花费最多的就是肉类。罗萨姨妈的园子里养的家畜不多，而且也不是养来吃的。那里只提供鸡肉，没有猪肉、牛肉和羊肉。木柴也是个重要的开销，因为在南方漫长的冬天里火炉必须时刻点燃着。但是那个时候我们的南部物产丰富，木柴和肉类这两样东西都能轻而易举地获得。老爷子去世以后，老太太拿出了铁路部门的抚恤金，埃尔维拉贡献出她在附近一所学校做教师的工资。两个大女儿，埃尔莎和阿德拉用院子里的李子树、罗萨姨妈园子里的苹果树和梨树结的果子做果酱，挣的钱比一个老师的工资还多。

　　每每账单高出许多或者这个相当古老的房子的某项修缮花销过

大，她们就把走廊尽头的那间卧室和旁边那个没人用的卫生间收拾一番，然后租出去。或者说，她们做的跟城市里的许多中产阶级家庭做的一样：因大学的存在而增加收入。对房客感到厌倦时，她们就会用各种方法把他们安置到某个也出租房屋的亲戚那里，这样她们就不必一整年都跟陌生人生活在一起。萨拉就是在那里长大，周围全是这样的女人。

萨拉的出生以及后来回到娘家都受到了欢迎并被庆祝了一番。她成了所有人的小宠物。随着她慢慢长大，她的青春活力像一阵清风吹进了所有人的心田。对于堂娜露西来说，抚养萨拉并不是一项多么艰苦的工作，她有太多能帮上忙的"妈妈"了。一个溺爱她，另一个帮她做功课，还有一个给她编辫子，外婆还教导她。她们一直认为要让孩子健康成长应该要她好好吃饭。尽管大家关于食物的理念是只要满足基本需要即可，所有人还是努力让萨拉吃得好。这让她的身体长得比她自己希望的更加壮实。有那样一个童年，没有人可以指责萨拉说她贪吃。同样的事情现在又发生在了罗贝尔塔身上，但鉴于只是在假期时才会这样，萨拉也就放任他们了。

现在萨拉并不抱怨她没有被宠爱过。的确，她可以抱怨说她没有被男人宠爱过，但是她又曾集万千宠爱于一身。当我看到她那双粗壮有力、准备好抚摸和拥抱别人的双手时，我便看到了所有南方女人的手，那是一群同样粗壮、善良、没有体会过炫耀和冷漠的女人，她们也没有经历过生命中其他的好事，可是我时而会思索她们是否需要这样的经历。说到底，真正的享受是什么呢？必须让玛丽亚的母亲亲自站在纽约的第五大道，她才能体会堂娜露西只是在皮卡尔特街[1]逛一圈就能体会到的乐趣。这样想着，人们就可以从心底里接受萨拉的平庸了。

有一天，埃维拉姨妈跟我说萨拉的爸爸——从来没人提过的他——是一个有文化的人。他曾在大学学习，如果当初不是因为这桩最终让他逃离的疯狂婚姻，他会有一份稳定的工作。所以当萨拉开始对学习表现出兴趣时，姨妈们都警觉起来。遗传！这些可怜的女人们甚至认为勤奋好学就是未来不负责任的同义词。

萨拉通知大家她要继续读一个专业的时候，姨妈们已经开始害怕了。学了有什么用？这就是她们真心实意想提的问题。

萨拉一笑置之。她从来也不认真考虑姨妈们的意见，尽管她非常爱她们。因为萨拉生来就有这样的性格：面对自己做出的决定不会认真考虑任何人的意见。

于是她进入了南方大学学习农学，一年后她确认这对她来说并不够用，便去了圣地亚哥继续深造，学习土木工程学。1973 年年末她眼看就要读完了，却没能在那个时候顺利毕业，这是她永远无法原谅自己意气用事又惹人伤心的人生中的一件事。她不得不在数年之后，在另外一所大学里经过繁琐的考试和一层层批准才终于毕业。

萨拉中学毕业的那一年正是家里日子拮据的时候。家人把走廊尽头的房间出租了。租住这间房子的人是个兽医专业的学生，他成了萨拉的初恋。他们年龄相仿，同样刚刚开始大学生活，面临着上大学带来的人生改变。他的家在库里科，家庭氛围与萨拉家很是相似，唯一

1　瓦尔维迪亚的主干道之一。

的不同就是他们家有男人。他身上的一切都让萨拉觉得舒心安全。最后，恋爱场所就是他的房间。姨妈们很喜欢这个叫伊斯马埃尔的男孩子，没过多久他就融入了这个家庭。萨拉去圣地亚哥上学时，他留下来住在了大湖街的房子里。

跟伊斯马埃尔一起，萨拉开始经历了诸多第一次，最重要的是性和政治。在社团活动的咖啡馆里，政治萌发于这对年轻情侣的心中。尽管当时萨拉还对国情没有太多的关注，但那时的大学生斗争给她的眼界打上了永远的烙印。

她家里人跟那个阶层的所有家庭一样，对这个问题并不感兴趣。如果必须作出选择，她们就把票投给中间派，有时是激进派，有时是基督民主党。她们对右派没什么好感，直觉认为右派不会带给她们什么益处；左派也同样如此。这座城市政治倾向十分明显，但她们对此冷眼旁观。跟整个国家一样，她们觉得选举这件事很有意思，但是之后就会把它忘得一干二净。可以说这不是一个有广泛政治文化的家庭。但伊斯马埃尔的家不是这样。他父母都参与国家事务，还有一个叫弗朗西斯科的表哥是左派的重要人物。由于这个家庭团结一心，伊斯马埃尔得以跟他聊过许久。这个表哥的名字不停出现在这对年轻情侣的聊天中，伊斯马埃尔也总是承诺某天要把萨拉介绍给表哥认识。正如他满怀真诚所说，这是他唯一认识的大人物。

于是萨拉觉得这个世界比她观察到的要大得多，她想了解它。她和伊斯马埃尔广泛阅读、探讨、去参加附近所有的座谈会或讨论会。一有重要人物来，他们便站在第一排，渴望把一切都听懂。之后他们会去特哈岛的树林中散步，坐在萨拉称为"我的白睡莲"——因为岛上的植被和开放的花朵——的湖边，互相探讨他们得出的推论。他们还去看话剧、电影和一切能开阔他们的眼界、让他们见识更广阔的世界的东西。

秋天来临，卡耶卡耶河附近的树林满地金黄。一天晚上，萨拉踮着脚尖，穿过长长的走廊来到了伊斯马埃尔的房间，径直上了他的床。

"我从来没见过男人的裸体呢，"她非常严肃地抱怨道，"我可不肯跟我姨妈们一样。"

这让伊斯马埃尔来了兴致，他慢慢地脱掉了衣服，任由萨拉仔细端详。等她审视完之后，他就脱掉了她的衣服。

像萨拉所有的大事一样，这件事也发生得波澜不惊。她在火炉的暖意旁，在一个爱她的男人的体温中，失去了童贞。

七

　　仅仅因为是第一天，我才起了个大早下楼走进厨房给她们准备早餐。我早就应该想到的：伊莎贝尔比我更早，我看到她在茶壶旁等着水烧开。她已经洗过澡，穿好了衣服，看起来神清气爽，完全没有前一天晚上喝过那么多威士忌和红酒的迹象。

　　"不用怀疑，萨拉和玛丽亚一定会睡到中午。我们俩吃早饭吧。"

　　她双手熟练地准备着一切，同时我烤着面包。没几分钟我们就在桌旁坐好了。正是这个时候，我近距离观察着她，发现了她的黑眼圈。

　　"你别看我，安娜。我应该很吓人。"

　　"只有黑眼圈……"

　　"我现在酒喝得太多了。"

　　"你担心这个？"

　　"我当然担心。从那件事开始我就不停地喝酒。要是没有酒帮我，我要怎么去面对该面对的一切？而且，我整个人生就靠克制。我不能，不能失掉克制！"

伊莎贝尔每天早晨六点起床，无论冬夏。虽然家里雇了两个帮忙的保姆，但还是她在早上点着热水器冲个澡之后，把孩子们一个一个塞进浴室、给他们拿干毛巾、准备衣服。打理好第五个孩子之后，她又赶到厨房，烧水、摆桌子、打鸡蛋、烤面包、用牛奶泡麦片，还要榨橙汁。早餐准备妥当之后她又得把孩子们都领到餐桌上。这个时候大概是七点一刻。这时做饭的保姆出现了，她只需把咖啡杯或牛奶杯倒满就行了，再跟伊莎贝尔讨论一下中午的食谱。七点半做家务的保姆来了，她立即开始整理卧室，十点左右洗衣服、熨衣服。差二十分钟八点时，伊莎贝尔把零食分配到每个孩子的书包里，然后去热车。八点整她把孩子们放到学校门口，十分钟之后她就已经坐在办公室里开始工作了。

伊莎贝尔日常的一天是这样的：两点左右离开办公室，迅速赶回家跟孩子们吃午饭。喝过咖啡之后她连在床上躺十分钟的时间都没有，马上就得把孩子们送去参加每天出席的多种多样的课外活动。她下午的时间很繁忙，穿梭在学校、体育馆、学院、网球场、舞蹈课、化学实验室、又一次网球场和音乐教室之间。每个地方的开始和结束时间都不同。她不但不抱怨，还鼓励孩子们参加活动，盼望着未来的某一天他们可以像妈妈一样，成为认真专注的职业人士，他们的爱好也能像她那样让他们获得全身心的满足。在一个孩子已经开始、另一个还没结束的这段时间里，她就领别的孩子去看牙医、去均博超市买点零食、回办公室工作一个半小时、去大学打分——她也在那儿上课——或者带小狗去打疫苗。

大约晚上七点，她和五个孩子都回到了家。一般来说，他们做作业时会有一个小时的安静时间。伊莎贝尔知道如果现在她坐在椅子上读读书，那她会疲惫不堪。她也不应该读书，因为任何一个孩子在做作业时有什么疑问都会来打断她。她利用查词典和代数运算中间的时间听点音乐，一边看着天花板，一边任思绪飘荡。她的目光只能看着天花板，因为这不需要准确聚焦。透过窗户她观察着天色，根据天色的变化决定要不要开始喝酒。天色还亮时她不敢喝。所以她特别羡慕其他人那种不看时间就可以喝酒的能力。就像玛丽亚的那个姨妈一样，只要拉上窗帘就万事大吉，天已经黑了，可以开始喝酒了。

夏季午后她会让自己放纵一下，如果不这样做，她会觉得时间难耐。八点左右她到厨房帮助鲁斯做饭、做沙拉、腌肉、装饰甜点。鲁斯在她身边七年了，他们彼此了解习惯，不会在另一个人做家务时有所干扰。八点半他们在那个洁白宽敞的厨房里吃晚饭。这个厨房是伊莎贝尔的骄傲。买这套房子的时候，厨房跟其他宽敞的空间很不相称。是她，用她的想象力和精力，拿着埃尔南的钱进行了扩建。这是这个家中她最喜欢的地方。地面和墙面都是白色的，洁净光亮。那张桌子是每天吃饭的地方。在那里她跟孩子们一起吃饭、听他们讲话、跟他们聊天，把吃饭的时间变成了真正的交流时刻。孩子们去朋友家里看到吃饭时间只是用来"吃饭"时，感到很困惑，其他父母只集中于咀嚼和吞咽而不是和睦共处让他们惊奇不已。他们深感震惊，于是便讲给妈妈听，说别人吃饭的时候都是安静的。他们问，如果这样的话，为什么所有人要聚在同一张桌子旁而不是每个人端着盘子回自己的房间吃呢？对于他们来说，吃饭这件事如果不是大家在一起热热闹闹，就会变得没有吸引力，总之，没有美感了。

埃尔南几乎从来不会在九点之前回家。如果回来，他也会在客厅喝上一杯，在伊莎贝尔检查孩子们作业的时候陪着她。安顿好孩子们时——大孩子们经过允许可以在书房看电视，小孩子们要去睡觉，鲁斯已经在餐厅——不是在厨房——摆好了桌子，给埃尔南准备晚饭。伊莎贝尔陪他吃到一半，听着各个房间传来的种种叫喊声，她又得起身。有时候某个孩子会把她留下，她就得讲个故事给他听。这个时候埃尔南不会去争夺她的注意力，他会利用这段时间读一读那份日报，他上午在办公室只来得及翻阅了一下。他喝咖啡时，她就闲下来了。她已经去过厨房，跟鲁斯和轮班保姆开了个小会，规定好了她们的任务并且把第二天要用的钱分配妥当。

埃尔南边喝着咖啡边给她讲这一天的生活，事无巨细地讲堂毛里西奥的事，讲他们在市政工程上赢得的最终方案、他跟建筑师之间出现的麻烦、他去看了地皮的事和跟这个施工方案的工人打交道有多么容易。她聚精会神地听着埃尔南讲给她的一切，兴致盎然。如果他们之前有时间看了新闻，就会评论一番；如果没有，埃尔南则会再看看晚间新闻。

伊莎贝尔每天的生活不会是聊天的主题，因为埃尔南一贯设法将其避开。妻子每天的忙忙碌碌让他觉得恐怖，他一直分不清楚孩子们的各种活动，并且希望可以瞒过妻子。此外，他觉得回到这个井井有条的家中所带来的愉悦不能被讲解其管理过程所扰乱。他工作勤恳努力，每月交给妻子一大笔钱，他企求的最微薄的回报就是不去知晓妻子每天活动的细节，而是简单地认为做到这一切是因为一种魔法。他不过问伊莎贝尔的工作，并不是由于他觉得她的工作不重要——这是他的说辞——而是认为如果有什么需要他了解的事，伊莎贝尔会主动告诉他。

十点钟过一点儿他们就躺在床上了。埃尔南还没来得及跟她道声晚安，她就已然酣然入梦了。

　　对于伊莎贝尔来说，这已经习以为常。她一直这样生活，无法想象另一种方式的生活会是怎样。当她听我聊那些漫长的读书的下午、听玛丽亚说她晚上的约会和丰富的社交生活或是听萨拉说她那些开不完的下午会，她觉得我们就是外星人。工作日就这样吗？但是你们从哪来的精力呢？

　　伊莎贝尔为数不多的闺蜜就是我们，而这是因为她能在工作时间看到我们。我们不会在她工作之外的生活里有一席之地。有的周末她也会跟别人见面，但永远是埃尔南的朋友或家人。有时候她会思考是不是在这条路上把自己的友情弄丢了，或者她是否曾经拥有过友谊呢。

　　正如伊莎贝尔所说，出身于一个外国人家庭让她置身于"阶级定义"之外。她觉得她清楚我们每个人处在哪个阶层，却认为她自己没有一个固定的位置，也因此不承担这个位置带来的文化负担。她以前在家旁边一个平庸无奇的修女学校上学，一直住在这个城市的高处，住在那些没有个性的小区里。鉴于埃尔南的家庭属于中上层，她觉得自己现在也是中上层人士。

　　伊莎贝尔的父亲是波兰和俄罗斯混血——父亲是波兰人，母亲是俄罗斯人，在一战和二战之间来到智利，在这儿认识了他后来的妻子。妻子是移民的后代，出生在智利。她父母都是南斯拉夫人，一直到去世的那一天都互相讲克罗地亚语。她在蓬塔阿雷纳斯一直生活到十七岁，并且在那儿认识了她未来的丈夫。婚后第二天他就把她带到了圣地亚哥。十八岁那年她生下了他们的长女伊莎贝尔。这个孩子的血管里没有一滴智利血统。"太显而易见了！"玛丽亚看到伊莎贝尔不懂"懈怠"为何物时总是这样说。

伊莎贝尔的父亲一直从事森林方面的工作，出于工作原因长时间不在家，有时在南部一待就是几个月。虽然没有变得富裕，但是他和他的家从来都是衣食无忧。这是一个严肃认真、勤劳并且十分严谨的人，他抚养孩子的方法就像在军营里一样。他着迷于一切跟军队相关的事物，有时还抱怨自己没能加入武装力量的某个分支。伊莎贝尔的童年好像永远在服役。母亲内瓦是个温顺的女人，性格善良、不善交际、腼腆内敛。她结婚很早，丈夫比她年长十三岁。她最大的问题就在于她的无能，人们觉得她是在最南边的家中观看着雨景度过了十七年，其间从来没有人教过她任何东西。的确，她会做的事很少。厨房的事务在她看来无比棘手，因为她尤其瘦弱，吃得很少，对做饭也有些厌烦。她不缝补，不绣花，也不织布，觉得打理家务是一项繁重的任务，她更喜欢把它交给丈夫。她从不跟他争论。很多时候她大概觉得丈夫教育孩子过于严苛，但她不敢反驳他，因为她提不出别的建议。她不信任自己的任何想法，生孩子只是觉得该生，而生了这么多也只是因为她不懂怎么避免。她有四个孩子，尽管心疼他们，但是照顾他们却让她觉得不自在。抚养孩子是一件超出她能力范畴的事。伊莎贝尔感叹道："好像这对哪个女人来说很容易似的！"只有一件事能让她充满热情，那就是她的丈夫。她深爱着丈夫，最大的愉悦就是陪伴他、坐在他腿上、抱着他、紧贴着他睡觉。她喜欢听他聊天，觉得他比她聪明得多，也比她更能在社会上立足。她不光欣赏她，而且崇拜他。当丈夫由于工作不在家时，她就会郁郁不乐。她在圣地亚哥没有家人也没有朋友，几乎不了解这个城市，甚至对它怀有恐惧感。她讨厌外出，见不到任何人，也没有任何人可见。丈夫的性格没有激发她的社交生活。家里从来不举办聚会，除了孩子们的喧闹之外，听不到意外的门铃声和其他声音。伊莎贝尔连唱机都是在埃尔南家第一次见到的。

她打发时间的方式就是读爱情小说。所有的，无论好坏，她都疯狂地阅读。她与女主角们融为一体，把自己看作她们中间的一员，觉得只有故事中的女人才能想她所想。那些消沉的深陷爱河的女人和那些永远的少女都是她的化身。

伊莎贝尔早早便体会了这份消沉。年幼时她就知道母亲为什么总是郁郁寡欢。记得有一天，她小心翼翼地靠近母亲，站在她身边，然而跟往常一样，母亲并没有看到她。她握住了母亲的一只手，这时母亲才注意到了她的存在。

"妈妈，"她试着安慰她，"尽管爸爸不在，还有我们啊。我在这儿。我爱你。"

母亲像是从远处看着她一样，抽出手，依然迷茫地望向窗外。

伊莎贝尔确实爱她母亲。只要能让母亲感到幸福、宽慰，或是能取代母亲，她可以做任何事情。她爱这个身材纤细、一头金发、难以捉摸的形象。八岁时她就已渴望尽快长大、承担起做家务和照顾弟弟们的责任。由于只有她一个女孩，她认为自然应该由她来扮演这个角色。她需要拥有力量和能力，能在爸爸面前为妈妈挡风遮雨来保护她。爸爸每次从南部回来时，她从不提及他不在的日子里他们是怎样生活的，不告诉他几乎从来都没有吃的。内瓦用她疲惫的声音最常说的一句话就是：

"孩子们，厨房有牛奶和昨天剩的肉。自己做个三明治吃吧。"

如果并不像妈妈想的那样还有牛奶或者面包，伊莎贝尔就跑到街角的小商店买回来。她九岁就学会了如何在点烤炉时不烫到自己，也学会了如何在用刀切菜时不伤到自己。她把肉加热，让肥肉在炒锅里融化，再切几个番茄放进去。她把餐桌上的盘子都摆好，好让弟弟们觉得饭菜已经准备好了。十一岁，伊莎贝尔就会做饭了。

伊莎贝尔娘家从来没有过佣人。她觉得，与其说是经济原因，不如说是由于她父母的思想观念所致。只有一个女人每周三次、每次几个小时来家里洗衣服、熨衣服、做清洁。从很小开始，她父亲就教他们如何自力更生。在对孩子的教育上他从来不分性别，所有人都要整理床铺，所有人每晚都要洗自己的内衣，所有人都要会换钥匙上的橡胶套或者会修电插头。不听话的就要被他用细棍儿打手心。

随着他们逐渐长大，父亲外出工作时家里也越来越混乱。是伊莎贝尔在早上设闹钟，把弟弟们从床上拽起来。拒绝起床的人就会在神不知鬼不觉中旷掉一天的课程。每个人出门前都会喝一杯凉牛奶，接着走过几个街区到达学校。感谢上帝，学校四点半钟才放学，那儿提供午餐。下午他们回来时，家里总是阴森可怖，客厅的百叶窗没打开，窗帘也遮着，没有一个地方有新鲜空气。妈妈开始卧床不起了，她总是头疼并且感到乏累，一整天都躺在床上。由于自己不怎么吃饭，她也不清楚家里还有没有吃的。但是只要爸爸回来了，她就会每天第一个起床做早饭。

"她不在乎我们，"弟弟们抱怨道，"她只在乎爸爸。"

"因为妈妈病了，"伊莎贝尔站出来为她打掩护，"爸爸一回来她就假装没病，不想让爸爸知道以后担心她。"

伊莎贝尔已经不知道这是她编出来维护妈妈的说辞，还是什么时候妈妈这么告诉过她。

做完作业，伊莎贝尔就踮着脚尖走到母亲的房间。她只是想亲她一下。一进到房间她就会闻到一股浓重的酸味。

"是你吗，伊莎贝尔？"

"是我，妈妈。你感觉怎么样？"

"我好累。但是你来，靠过来。"

伊莎贝尔坐在床边，克制着不让自己扑在她身上。有时，母女两个会聊一聊，这让伊莎贝尔宽慰不少。

"你在学校怎么样，宝贝？"

"很好，妈妈。我数学得了七分呢。"

"真好。继续保持，孩子。你是个好学生，我真高兴。"

妈妈爱抚着她的脸。

"这个漂亮的辫子呢？谁给你编的？"

"我自己。"

"你什么时候学会编辫子了？"

"有一年了，妈妈。"

"太好了。伊莎贝尔，告诉我，你喜欢黄头发吗？"

"喜欢，妈妈。我想要跟你一样的头发。"

妈妈笑了，伊莎贝尔的胆子也大了起来。

"妈妈，你为什么不起床呢？我来给你准备浴缸。你泡泡澡，我们可以打开你的窗户，然后你来跟我们一起吃饭。"

"我不饿。"

"没关系呀。你都不用穿衣服，裹个浴袍就行，陪陪我们。"

然后伊莎贝尔就开心地听着燃起的热水器和水流淌的声音，幻想着妈妈就快康复了。

爸爸回家问起家里和孩子们的情况时，大家都只字不提。一切都很好，没有人缺过一天的课，所有人的成绩都很好，饭也都吃得规规矩矩。然后爸爸就去小商店和学校还账，妈妈就会重新活过来。

故事的转折发生在一次妈妈没有起床而爸爸仍在圣地亚哥的时候。弟弟们看着伊莎贝尔，期待着她给他们一个解释，可是她也解释不清。爸爸像什么事也没发生过一样，但是伊莎贝尔开始在晚上听到争吵声。这对她来说是陌生的，从前她从未听到过爸爸提高嗓门对妈妈讲话。他这样对待过子女，但是从来不会这样对待妻子。他们记得从那时起妈妈手里就永远拿着杯子，还以为是妈妈太渴了。杯子里的液体总是无色透明的。

伊莎贝尔十岁那年的某一天，她从学校回到家，发现母亲瘫倒在走廊上，身上穿着浴袍，手里拿着杯子，身旁还有一个空酒瓶。几乎是出于本能，伊莎贝尔知道不能给医生打电话。她自己用尽全身力气把母亲扶到了卧室。那时她比弟弟们早半个小时放学。从那天起这半个小时就变得至关重要，她需要利用这段时间让弟弟们可以继续自认为是小孩子。她已经不觉得自己还是小孩子了，而且这对她来说也无关紧要，她只想看到母亲露出笑容。

她把妈妈搀到卧室，坐在地毯上等着。弟弟们放学回来时还以为妈妈跟原来一样正在睡觉，没什么异常。伊莎贝尔让他们做作业，然后又回到了她的岗位上一直守着，直到妈妈醒过来。她问妈妈发生了什么事。

"我喝了很多杜松子酒。"

"你杯子里一直是那东西？"

"嗯。"

"要是再发现你这样，我该怎么办？"

"跟你今天做的一样，把我扶到房间，让我睡觉。我醒后你可以给我一杯浓咖啡，这会对我有所帮助。"

一直到伊莎贝尔十二岁，这样的事重复发生了无数次，对她来说，有几次比这次更暴力。爸爸回来得越来越少，而妈妈日渐虚弱，慢慢地失去了往昔的美丽。伊莎贝尔更希望爸爸别回来，因为那些坏脾气的发作加上妈妈的尖叫声和痛哭声让她毛骨悚然。只要他能把各种账单结清，他们自己就能管好家事。

她十二岁生日的那个月，爸爸突然在一个下午毫无预兆地回来了。谁都没有想到，因为之前他每次回来都会事先通知家里。他发现房间凌乱不堪，两个孩子赖床不起，冰箱空空如也，而妈妈，烂醉如泥。那天晚上的争吵声异常恐怖，直到一片深深的寂静笼罩了一切。伊莎贝尔只记得来了一辆救护车把妈妈接走了。她意识到他们要把妈妈带走，就一下子冲到了街上。妈妈躺在一副担架上，金黄色的头发遮住了她的脸。她双眼紧闭。伊莎贝尔扑到了担架上，几双有力的大手把她拽开了。她还记得一个陌生的声音说着：

"病人已经昏迷。"

"我要跟她一起走！"

"不可以，孩子。"

"他们要把她带到哪儿去？怎么回事？我跟她一起走！"

伊莎贝尔瘦小的双腿奋力地想爬到救护车上，挣扎着从紧紧抓着她的手中挣脱。她父亲没了耐心，粗鲁地把她拽离了救护车。他把她放——毫不夸张，就是"放"——在家里，随后关上门跟着救护车走了。伊莎贝尔和正在睡觉的弟弟们单独留在了家里。她甚至没感到害怕，一整晚都守在大门旁，一动不动，盼望着能在人行道上听到些许噪音，告诉她妈妈回来了。但是妈妈没有回来，伊莎贝尔再也没有见过她。

两个星期后她死在了医院里。没有人带女儿去看望她。爸爸不再做实地工作了，他在圣地亚哥的办公室安顿了下来。他雇了一个女人，同时做管家和保姆。这个家步入了正常的生活，一切井然有序。

十五岁，伊莎贝尔认识了埃尔南。他是她同班同学的哥哥，这个同学经常邀请她去家里玩。伊莎贝尔不知道是爱上了埃尔南，还是爱上了那个家。家里有兄妹八个，家庭气氛活跃热闹。妈妈体型胖胖的，性格开朗，很是娇惯孩子们，喝茶时会做小面包搭配着吃；爸爸幽默风趣，跟她们玩牌，领她们去看电影，还去各种聚会接她们回家。所有人都一起说话，姐妹们的衣服都换着穿，关系亲密，席间还窃窃私语。她跟埃尔南交往了多年。刚进大学，她父亲就再婚了。继母是一个年轻女人，为人和善，看起来已经做好了要承担起家里责任的准备。于是伊莎贝尔觉得她自由了，可以离开了。

所以她尽快离开了。

她十九岁就结了婚。那时埃尔南刚刚读完土木建筑专业。伊莎贝尔把他的家人当成自己的家人，不再管娘家的事。她毕业之际正怀着第二个孩子，随后又读了教育学硕士，并最终继续读了博士。她整个学生时代都笼罩在母乳和脏尿布的味道中。当她成为大学的终身教授时，朵拉认识了她。由于她办事效率高，为人又严肃认真，朵拉对她印象深刻，便把她带到了学院。从那时起她同时从事起研究和教学工作。如今是国家部委要从她的工作中受益了，因为这次湖边休假一结束，她就要成为政府的公务员了。

伊莎贝尔跟她妈妈一样，众多孩子中只有一个女儿，就是弗朗西斯卡，五个孩子中她排行第三。由于笃信上帝，她感谢他没让这个女儿成为最年长的孩子。

她十分清楚，那让她筋疲力尽的日常生活中的每一个行为，都跟她自己童年的经历有缘。

"我觉得我对工作的痴迷和职业投入几乎值得怀疑。埃尔南跟我说过，这甚至不像女性所为。可是……有的女人没有自己的事业，只是坦然接受爱情是自己唯一的依靠。她们的生活让我不寒而栗。"

就这样，不管是出于相似还是相对，她做的任何事情都不是盲目的，而是一切都建立在自身经历的基础上。正如她有些时候自己承认的那样：

"我觉得我的生活没有自己的创意，没有任何自由。所有的一切都打上了我母亲的烙印，就好像我的生活只是她生活的翻版一样。"

八

"玛格丽塔，大海多么美呀，风夹着柑橘花微妙的芬芳；我感到灵魂中有只百灵鸟在歌唱：那是你的声音。玛格丽塔，我要讲个故事给你听。"[1]

玛丽亚用手指抚弄着埃斯佩兰萨的头发，想哄她睡觉。

"我不困，你给我讲个故事吧。"

"我不会讲故事。"

"那玛格丽塔是怎么回事？"

"那是鲁文·达里奥的一首诗。"

埃斯佩兰萨蜷缩在姨妈胸前，她已经习惯了那种昂贵的香水和香烟混合的味道，她很喜欢。

"给我讲讲你和妈妈吧。"

玛丽亚眯着眼睛开始说道："你妈妈也是个高雅的小公主，那么美，玛格丽塔，跟你一样美。"

"你骗人，"小女孩叫道，"她现在可不美。"

1　摘自尼加拉瓜诗人鲁文·达里奥的诗作《致玛格丽塔·德巴伊莱》。

"她确实很美，那是风格独特的美。无论如何，对此她从来不在意。"

"那她在意什么？"

玛丽亚几乎严肃地看着小女孩，站起身，走到隔壁她自己的卧室，带回了纸牌。她又坐在床上，小女孩正躺在那儿。她调整了一下坐姿，想要捕捉到洒进房间的那束阳光。一切都笼罩在冬日午后和煦的光亮中。她把一张棍棒牌、一张圣杯牌和一张宝剑牌摆在床罩上，把第四张牌拿在手上，给小女孩看。

"还差这张，是硬币牌。这张牌我们没有，得到外面去找。"

"哪个是你？"

"圣杯牌。根据释文，这张牌代表快乐、爱情和激情。是相爱之人和敏感之人的花色。你觉得我跟它配吗？"

埃斯佩兰萨笑了。

"那玛格达姨妈呢？"

"她是棍棒牌。棍棒牌代表工作、进步和智慧，也代表创造力和艰苦。"

"那我妈妈呢？"

"你妈妈……我还是给你讲个小故事吧。"

姨妈给外甥女讲的是她们在拉斯美伊萨斯消夏的事。三姐妹逍遥自在地在数百公顷的农场里转来转去。父亲每个下午都会到一个马场走一走，他总是在裤子的右边口袋里带着一把手枪。但是玛丽亚那些年从来也没听见过手枪声，她能听出子弹的声音已经是很多年以后的事了。当时外人是不可以穿过农场围栏的。

一天下午，三姐妹正在离村子最近的马场里骑马。她们遇到了两个几乎还是孩子的年轻人，他们正在农场里的一条公共道路边上走着，但是已经进入庄园。他们穿着不像农民，可能是某个来村子消夏者的儿子。三姐妹并不认识他们。一看见他们，玛格达就动火了，随即朝他们走去。

"你们，在这干什么呢？"

"我们在散步。"

"散步？这儿可不让散步，这是私人田产。"

"我们知道，小姐，"没有人这么称呼她们，本地区所有人都叫她们小东家，"但是我们没有打扰任何人，我们只是在乘凉。"

"那你们去别的地方乘凉。"

男孩子们困惑不解地看着她，于是她加重了语气说："滚出去！"

占着骑在马上的优势，她气势汹汹地靠近他们，目不转睛地盯着少年们，看着他们的脚步朝公共道路走去，直到他们走出农场。更确切地说，是她一直把他们赶出了农场。

她简直气喘吁吁地回到姐妹们身边。索莱达惊愕地看着她。

"玛格达，有必要这样吗？"

"当然有，"玛格达神气地说，"为什么我们要允许他们占我们的地盘呢？而且，索莱达，爸爸就是这样教我们的呀。"

"但是……你把他们像赶动物一样赶走了。你只要告诉他们，让他们出去就行了。"

"只有这样他们才能学会不去与身份不符的地方。我都能想象爸爸要是看到他们该有多生气。"

"但他们也是人啊，"索莱达瞪着眼坚持说道，"他们跟我们是一样的。"

"跟我们一样？你可别说傻话了。"

"他们是穷人，玛格达。这就是唯一的区别。"

玛格达失去了耐心。

"行了，我比你大，知道自己该怎么做。你别管闲事了，否则我要责备你了。"

"玛格达真勇敢。"玛丽亚插嘴道，"他们会抢劫我们的。"

她们的争论到此为止，一直到家，索莱达都没有再开口，她在沉思。她们把这件事讲给了爸爸听，爸爸支持玛格达，表扬了她的做法。但是索莱达仍然坚持说："她像赶动物一样把他们赶走了……"

"宝剑牌。代表力量、价值、改变、权威、压制、悲伤和决战。书上是这么说的，埃斯佩兰萨[1]。但首要的是，正义。这对你妈妈来说一直都很重要，从我们在拉斯美伊萨斯骑马那次就是这样。你的名字也有等待那种正义的含义。"

玛丽亚记得那是 1981 年年中，索莱达身怀六个月的身孕。

"我就给她取名维多利亚[2]。"

"你不觉得有点唯意志论吗？太绝对了。"

索莱达若有所思地看着她。玛丽亚利用这个机会说道：

"埃斯佩兰萨，索莱达。这个名字包含着志向、未来、温柔和甜蜜。"

"埃斯佩兰萨……你说得对。就给她取这个名字吧。"

但是对于外祖母来说，这个孩子没有名字，因为她没有受洗。

---

1 埃斯佩兰萨，西班牙语为 Esperanza，意为"希望，期望"。

2 维多利亚，西班牙语为 Victoria，意为"胜利"。

“没有受洗证明，这个孩子该怎么活下去啊？”

“她有出生证明，妈妈。这就够了。”

“不，不。对于我来说，一份出生证明什么也说明不了。一个人只有拥有了受洗证明才能成为一个真正的人。”

她，从全世界所有女人中被选中，要拥有一个不但没有受洗而且没有父亲的外孙女。索莱达一被问到这件事就会转移话题。孩子的父亲不存在，就这样。在她丈夫海梅死后，人们没见过她身边有男人，于是纷纷猜测，充满好奇，但都只在索莱达背后，没有人敢一直跟她讨论这个话题。索莱达怀疑母亲已经背着她给孩子洗礼过了。

“我真想象不到外婆在你小时候是个什么样的妈妈。你真的跟她很像吗？”埃斯佩兰萨问道。

（她已身在酒店，开始看她随身携带的为数不多的东西。精致的蓝色鹿皮鞋，在贝纳通[1]花了最低工资的四倍买的大衣，数米长裙摆的天鹅绒长裙——她从来不称之为“裙子”，手腕上像首饰一样的浪琴手表和娇兰香水，要不是在免税店买的话，几乎会花掉她后辈们整个月的工资。所有东西都质量上乘，所有东西都价格昂贵，所有东西都外表精美。随着年龄的增长，她自然的美貌日渐消退，这些好东西就成为她的一部分。她心想，从何时起我变得注重外表了呢？我一直在继承妈妈的特质，那些我曾经看不起的特质。我想的不是开始对一串珍珠项链、一件质地良好的木质家具或是一件皮衣感兴趣的青春时期。不知不觉中我在跟妈妈和从她的阶层继承来的特点慢慢和解，甚至如今我已经无法想象如果我没有出生在那个阶层会是什么样。我参

---

1 意大利服装品牌。

加政党活动时曾否认我的出身，但现在已经不会了。而且我有办法重新找回这种遗传的乐趣了。请相信我，我仍然在意穷人。我分不清挣钱和把日子过好这两件事。一边存在着那么多穷人，另一边我每个月有上万比索和一个能救我于困境的美金账户，这还不算我父母的钱。如果我有孩子，我都不知道该怎么跟他们解释这个问题。他们属于哪个阶层呢？我同样认为所有上层社会的女人都是愚蠢的，因为她们坚信阶级，其乐趣就是有一个阶级，然后归属于它。我母亲怎么能把做一个阔太太看得那么认真呢？我可不想像她那样。）

"外婆总是那么冷漠吗？"女孩问道，看这次姨妈会不会回答她。

"她让我坐了四年马桶。"

玛丽亚跟她讲，在拉斯美伊萨斯，女人们总是聚在房后的院子里，仿佛那是女人们的专属区，离孩子们、厨房和洗衣槽都很近。玛丽亚喜欢那个院子，她坐在便盆上，在那儿一待就是好几个小时，身边是停不下来的聊天、墨西哥舞曲和做饭的味道。有一天她听到父亲的一个朋友建议他把客厅缩小、扩建后院。由于父母没有儿子，玛丽亚觉得这件事最为合情合理。后来她会这样定义女人的存在：在男人面前，女人就像存在于他们思想的后院；而工作中的女人，存在于社会的后院，在次要位置。尽管她接受后院是一个次要位置，但对于她来说，那儿却依然是最热闹的地方。就是在那里，她坐在马桶上，旁观着发生的一切。

她跟埃斯佩兰萨说坐在马桶上她觉得特别有安全感。有一天她没有待在马桶上，而是和保姆的女儿帕斯夸拉去挤牛奶。她们俩从牛圈跑到一座朝向农场的小山，帕斯夸拉的衬衫跑开了。玛丽亚觉得很好玩，一边在前面绕着小山跑，一边用自创的调儿唱着：

"帕斯夸拉的奶子露出来了，帕斯夸拉的奶子露出来了……"

她的快乐被母亲粗暴地打断了，当时母亲正穿过院子向厨房走去。她粗鲁地拽着玛丽亚的胳膊，几乎是一路从地上拖着把她带到了大卫生间。

"现在你来学学怎么好好说话，我看你还说不说那个词……"

暴怒的她抓起肥皂，塞进了小玛丽亚的嘴里。

莫莱利亚当时只有十五岁，已经服侍玛丽塔太太两年了，她顺从地在卫生间后等着，没有插嘴。女主人走后，她牵起玛丽亚的手，把她带到了厨房漱口，还给她拿了蜂蜜，然后给她讲了一个故事。我，安娜，可以确认，我从玛丽亚口中听到了太多话，但是她从来没有，从来没有再说过"奶子"这个词。

"说真话，埃斯佩兰萨，比起喜欢我妈妈，我更喜欢莫莱利亚。你知道我流亡回来做的第一件事是什么吗？我去了莫莱利亚住的拉斯美伊萨斯村子，在她厌倦了忍受我妈妈并且已经把两个儿子抚养大之后，把她接到了圣地亚哥。她是唯一一个我总愿意与她共同生活的人。"

玛丽亚就是这样度过了她的童年，身边围绕着保姆，还有各种各样的故事、迷信和宠爱。很长一段时间里她不去打扰任何人，就在她的马桶上笑着、说话、玩耍。莫莱利亚照顾着她。当莫莱利亚从南方来到玛丽亚家时，玛丽塔太太觉得不公平：为什么莫莱利亚不跟她一起呢？明明她那么需要一个值得信任的人。

"我觉得奴隶制度消失了真是个悲剧。"不久前，她一脸严肃地跟她女儿坦白道。

"妈妈，你知道你在说什么吗？你像个种族分裂战争前的美国人。"

"你想啊，玛丽亚，我这一生都是靠女佣照顾的。现在这个体制正在瓦解，我该怎么办呢？"

玛丽亚记得外祖母给她讲的故事。那时外公得了很少见的病，被送到欧洲去治疗。全家坐着大蒸汽船穿过了大西洋。随行的还有三个女佣，当然了，她们坐的不是头等舱，只有那个为了照顾最小的孩子而睡在他们船舱的女佣除外。全家人跟女佣们在巴黎住了几个月，生活完全跟在圣地亚哥一样，没有一个人想过可以作出任何改变。女佣们为了买菜和领孩子们去公园，要上基础法语课。外公身体好转时，所有人都回来了，好像什么事也没有发生过一样。由于某些原因，家里最终破产了。不过这是后话了，而且除了给玛丽塔太太造成了一些不便之外，跟这段故事也没有什么关系。玛丽亚觉得不到一百年前被带到公园去的孩子中有一个就是她母亲。然而现在，她的母亲，那个被守护着睡梦穿过了大西洋的人，竟然讨厌保姆，觉得她们在跟踪她，竟然说这个世界变了，都不能称呼仆人为仆人了。她最喜欢的话题就是讲述她们如何暴虐。问题是被服侍这件事流淌在她血液中，几乎已经变成了她的基因。一个往上数好几辈都没有祖先亲自端过一杯咖啡的女人，她怎么能做这件事呢？

"你最后会跟黛西舅母一样。"玛丽亚提醒她说。

确实。黛西舅母是一个美艳动人的女人，是玛丽亚童年回忆中最美的部分。作为一个南非人——当然是白皮肤的——她跟玛丽亚的一个舅舅结了婚。舅舅当时是大使，两个人是在伦敦相识的。黛西舅母生活在智利的时间很短，她年纪轻轻就守了寡，后来一直住在欧洲。玛丽亚的舅舅去世后，她便回到了英国，从此再没人见过她。但玛丽亚还记得她在拉斯美伊萨斯时的样子。她像电影里那样，穿着货真价实的骑马裤，拿着金色的皮质记事本，上边记录着她跟阿伽汗[1]和那些坐着飞机到处旅游的国际富豪们的约会；也还记得是她送了玛丽亚第一件礼服，礼服是粉红色的，腰上配一条宽宽的花腰带，全身上下都是裙褶儿。穿上它，玛丽亚觉得自己就是个公主。黛西舅母——直到现在也在给玛丽亚寄圣诞贺卡——的第三次婚姻是跟一个同乡，婚后他们定居在了丈夫的家乡。他是一个南非的亿万富翁，名下有无数公顷土地，在比勒陀利亚有一个不折不扣的宫殿。黛西舅母就在那安定了下来，像一个名副其实的女王。

　　几年前家里的一个朋友要去南非旅行，玛丽塔太太就托朋友去拜访一下昔日的嫂子。朋友回来时带回的信息清晰明确：她很漂亮，依然年轻、高雅。她确实住在一座宫殿里，现在是亿万富婆，大庄园主丈夫也极有魅力。但是有个小细节引起了这位朋友的注意：她的双手。黛西舅母的双手跟她白皙光洁的身体其他部位并不相称，几乎皲裂了。她发觉这位先生在看她的双手，就解释说，她年少就离开了的祖国。再次回到这里时，她住在了这栋豪宅里，雇了所有需要的人手。无疑所有人都是黑人。过了不久，她就觉得他们都仇视她，于是决定辞退他们，雇用一批新人。但是雇了新人也还是如此，他们看似厌恶她，所以她也开始讨厌他们。就这样开始了恶性循环。她尝试过各种可能，比如减少佣人的数量，雇用兄弟、夫妻或是母子，但所有人都让她无法继续生活，她心生愤怒。

　　直到有一天她从根本上解决了这个问题：她决定不再依靠佣人。

1　伊斯兰教伊斯玛仪派尼扎尔支派王朝的世袭称号。

她辞退了他们，并且没有再雇用新人。如今她跟丈夫单独住在上千平方米的大宅子里，从起床到睡觉她都在家里做家务。她解决了一些问题，比如用一家清洁公司每星期带着巨大的机器来做一次彻底的大扫除；比如联系了餐厅，在家里有客人时餐厅就会派一个服务生带着饭菜过来；比如用了收取高额费用整理花园的园丁公司，因为她不想看见任何一个黑人园丁，就算他在房子外围工作，而她几乎看不见他也不行。黛西舅母说，与她对黑人因意见不统一而产生的厌恶相比，这些工作的上百万花销根本不算什么；跟必须要与一个黑人在同一栋房子共同生活哪怕一分钟相比，她宁愿自己没有手。她还说这辈子她都不会再有佣人了。当然，这辈子也不会再跟黑人打交道。

"莫莱利亚会跟我在一起，埃斯佩兰萨，不管妈妈怎么大喊大叫，气急跺脚，因为事实上把我养大的是莫莱利亚。而我，每隔不久就会指责妈妈说我是由保姆养大的，说她在我们的童年中一直形同虚设。"

玛丽亚还记得她第一次来例假的时候。她即将年满十二岁，跟所有接受那种教育的女孩一样，她的内心苦恼不堪。她对这种现象的先例知之甚少，只有玛格达和她的朋友们给她讲过一些。从妈妈那里她只听到了一句满怀羞赧、苍白无力的话，其中透露出跟女儿探讨这个话题的重重困难。面对母亲的风轻云淡，愤怒的玛丽亚没有让她接着说下去。她告诉母亲不用再说，她已经知道该怎么做了。一个星期六的中午，她深感身体不适，并惊讶地在内裤上发现了一块污渍。她跑去找莫莱利亚，把这件事告诉了她，莫莱利亚就负责照顾她。直到玛丽亚第四次来例假，妈妈才得知这件事，那还只是因为是莫莱利亚告诉了她。时至今日，玛丽亚仍然认为例假确实是女人生命中的磨难，就好像是在用痛和血月月年年地为能够享受生孩子的特权而付出代价。然而让人不解的是，应该让一个人付出代价是罪孽，不是天赐的礼物。在拉斯美伊萨斯，农民们相信如果一个正在例假期的女人穿过一片西瓜地，这片瓜地就会干涸，于是为了保护田地他们会放上金盏花。如果一个人都不能保护自己免受诅咒，还能保护自己些什么呢？但是回到问题本身，在青春期最重要的时刻，玛丽亚没有去寻求母亲的帮助，而是去找了女佣。

每当玛丽亚因此而责怪母亲时，她就会耸起肩膀，好像在为什么事而道歉，然而却不清楚她为什么要道歉。

"直到十一岁你都是一个招人喜欢的女孩。我们从不为你担忧，根本没有这个必要。你还是一个勤奋好学的学生。直到开始谈恋爱，你就变了……"

她记得特别清楚。有一天在办公室跟我聊天时，她给我讲了这个故事。

那些修女多坏啊，安娜，她们把学生按成绩分班。你想想这是什么教学方法！一班的学生都是成绩优秀的，二班的是成绩中等的，三班的是成绩差的。这都是公开的，她们让所有人都能注意到。你想想二班和三班的同学会蒙受多大的羞辱。我跟我姐妹们当然是一班的。学习能力跟经济条件和社会成就是一致的。这样在学校内部就可以看出区别了。十一岁时我被转到了二班，我父母对此大为震惊。那时我们已经知道如何分辨哪些人的家庭条件最不宽裕、哪些人最不起眼、哪些姓氏很显赫。我们怎么会分辨的？那是一个人身上散发出来的触摸不到的气息，而且还有我们住的房子、我们在周末穿的衣服——那时还没有现在的制服制度、我们度暑假的地方和父母去旅行的频率。我们能嗅出暴发户的味道。我们看不起他们，他们太张扬了。就像我的一个一夜之间就家道中落的姨妈说的，为什么暴发户们很明显就能看出来，而那些最近变穷的人却不明显呢？我们无法原谅他们一向的浮夸。就连我，在那么小的年纪都能分辨出哪些人的父母是大庄园主，哪些人的父母是工厂主。玛格达在这方面是专家，她对"上层社会"和资产阶级的认识是如此确切。拉斯美伊萨斯在我们的这种认识中起了关键的作用。我们的父母都是来自大庄园主家庭，所以我们不喜欢工厂主家庭出身的人。据玛格达说，他们铜臭味太重，还总是显摆，这让她很讨厌。相反，对我们这样的家庭来说，我们从来不为贫穷而感到丢脸。跟银行账户上的余额相比，我们的安全感更多地来自于家族的经历，比如我们在智利生活了多少代，我们参与了多少国家的历史。我们比他们更虔诚。他们更寒酸吝啬，而我们，至少在我们家，金钱总是转眼就挥霍一空。如果我四个曾祖父的土地还保留着，如果他们的后代没有把这些田产糟蹋殆尽的话，那些土地加起来能占智利农田的四分之一。

我祖父差不多有十个兄弟姐妹，他们都住在科尔查瓜省的一个漂亮的农场里，那儿有一栋壮观的房子和一个大花园。我祖父管理南方的土地，其他人负责科尔查瓜的田产。所有人中只有两个姐妹，其中一人还嫁给了法国的伯爵，再也没有回到智利，于是另一个就负责照顾家务、农田和兄弟们。但是她对管理土地本身知之甚少，而兄弟们则认为所谓工作"太中产阶级了"，所以大家就过起了坐吃山空的日子。到了四十岁左右，每个人都整日躺在床上，再也不起了。我们经过走廊时，索菲亚姑祖母就会特别认真地对我说："你安东尼奥叔祖父在这儿，马尔科斯叔祖父在这儿，何塞叔祖父在这儿。"有时候他们会穿着睡衣从房间里走出来，和蔼可亲地跟我打招呼："这是霍阿金的女儿吗？你好吗，小丫头？"他们永远卧床不起了！姑祖母去世时，所剩无几的财产被抵押了，从此再也没人知道科尔查瓜的情况了。就因为不想种田他们就失去了土地，而我们，虽然深爱着我们的土地，也还是被迫失去了它。我好怀念拉斯美伊萨斯啊！我紧紧抓着这份怀念，就像是双手抓着花束，不会因任何事情而放手。如果历史能够重演，我怀疑我不会依然觉得政府没收那片土地是公平的。虽然已经过去很多年了，但是我还是觉得空虚，就像斯佳丽·奥哈拉失去了塔拉庄园[1]。

我们再重新提回学校里的歧视。我被转到了二班，不是三班。三班都是些可以互换身份而不被发现的黑人小孩。她们是谁？是一群彼此完全一样的女人。她们跟我们国家很大一部分人一样，皮肤黝黑、身材平平、体重平平、面貌平平，是那种你吃饭时见过一次、下次见面都认不出来的人。你记不住她们的脸，每个人都是一个模样。可以互换身份的黑人女人，安娜，她们无处不在！我们身边全是这样的人。

于是，因为我被转到了二班，玛格达和索莱达看不起我了。索莱达跟我说这是我应该为我的罪孽付出的代价，因为我对她不好（我真是对罪孽这回事感到厌倦了。妈妈总是跟我说一切好事要么是罪孽，要么会让人变成肥婆）。问题是那些天索莱达因为查尔顿·赫斯顿[2]的事觉得自己受欺负了。

查尔顿·赫斯顿是我们童年的一个重要里程碑，我和索莱达爱死他了。我们每周二都虔诚地买《电影杂志》（你还记得他那些咖啡

---

1 小说《飘》中的人物和地点。
2 美国影星，主要作品有《喋血丹盟》《宾虚》等。

色的照片吗），读过之后把跟他有关的所有内容都剪下来。我们就是单纯地仰慕他，他的每一部电影我们都看过上千遍，对我们来说最重要的一部就是《十诫》。直到现在，我对《圣经》的所有了解都来自于塞西尔·B.戴米尔[1]。要是那时候有录像机，我们得多高兴啊！他的长篇独白我们烂熟于心，他的每个姿势我们无比了解。他接吻时，下巴和脖子中间会有三个连着的皱纹。我和索莱达常常激动得大喊大叫。玛格达和索莱达是家里最聪明的两个人。每次我们看电影时她们都要争论不休，与此同时，我和表姐彼达被他的一双蓝眼睛迷得神魂颠倒。她们争论的内容就是摩西在知道了自己是犹太人之后到底应不应该做法老。玛格达认为他把法老之位让给如此邪恶的拉美西斯真是太傻了：如果能成为一个有权力的埃及人，比起从外部为他的民族获取利益，在内部他能做的多得多。所以，她不理解为什么一个人自愿放弃做国王的机会要去做一个奴隶。而索莱达却觉得摩西这样做是完全有道理的，她认为摩西的伟大之处就在于他能跟奴隶们打成一片并最终成为他们的一员。摩西放弃了王后娜芙蒂蒂而选择了牧羊女西坡拉，这让索莱达觉得非常浪漫。她们争论时，我担忧的是直到电影的最后尤尔·伯连纳[2]都是衣冠楚楚，相反的是为了看起来像个奴隶，摩西却被丑化了。他变得很平庸，但是作为一个可以看见上帝的人来说，过于平庸。换句话说，我支持玛格达的理论，只是因为我想让摩西一直保持他做法老时的美好形象。安娜，即使事到如今，如果你问我，我最隐秘的幻想是什么，我会告诉你：成为塞西尔·B.戴米尔作品中的一个人物。

1　美国导演、演员，电影《十诫》的导演。
2　出生于符拉迪沃斯托克，演员，是影史上著名的"光头影帝"。

埃尔戈尔夫的房子里有一个花园，花园尽头是一个妈妈用作储藏室的房间，那是我们为他找的秘密基地：我和索莱达在那里偷偷地寻找着最大的隐私空间，讨论他，把他的照片贴在影集里。有一天我们在《电影杂志》上看到了一个可以写信给他的地址。我们考虑了上千遍：跟他说什么，又要怎么说。我们为这事在后院的小屋里进行了多次讨论，最后决定为了让他认识我们，给他寄我们的照片。于是我们去了布斯托斯，那是当时位于佩德罗·德巴尔迪维亚大街和普罗维登西亚大街交汇处的一个店铺，有钱人家的女孩会去那儿照相。你摆一个姿势，他们就会给你三张一模一样的黑白长方形小照片，有意思的是多付钱就可以拿到三张不一样姿势的照片。我们就是这样做的。我们回到家，在六张照片中精心挑选，这可真是一个艰巨的任务。我们把照片摆在面前的桌子上，过了一会，我跟索莱达提议说，我们就告诉查尔顿·赫斯顿我们是双胞胎，不说我们是普通的姐妹。换句话说，我们允许自己撒个小小的谎——怎么能对我们的英雄说谎呢？——这样我们就可以寄给他两张我的不同姿势的照片。我当时更漂亮，而且飘逸的长发更上相。在那时直长发就是全部！索莱达同意了，于是我们就照说好的行动了。一个月后我们收到了两个天蓝色的信封，每封信分别寄给每个人，寄信人是好莱坞。我们浑身颤抖，甚至无法打开信封。我们跑到圣地，看到信封里有两张他的亲笔签名照片，每人一张。两个人的照片竟然是不一样的！还有他的亲笔签名，不是打印的，也不是用印章印上去的！这就是这段故事的结局了。但是由于我们寄了两张我的照片，没有索莱达的，她一直没有原谅我。

　　然而事实是，除了这件具体的小事，她从来也没有在乎过她是否漂亮。她不像玛格达那样执迷于此。我记得我们在拉斯美伊萨斯过暑假时，会收到那本法国杂志《巴黎竞赛画报》。当时最火的是碧姬·芭铎[1]，她的脸几乎出现在所有的封面上，就像如今卡露莲[2]频频出现在《万物杂志》上那样。玛格达利用自己嘴大的特点，整日在卫生间的镜子前练习，试图模仿碧姬·芭铎的表情。她在镜子前熟练掌握了之后就在人前不经意般用起来。不用我说你也知道，那个时候玛格达和这个明星的外貌真是要多不像有多不像，但是她竟然做到跟她有些相似。相反，索莱达都不知道还有镜子的存在。

高中时，我们有一个女老师，叫玛丽小姐。她是个严厉做作的老处女，衣着像别针别了一样整整齐齐。她自愿担负起了守卫我们未来贞操的责任。她对我们说如果我们在这个年纪就放任自己做一个"有瑕疵的小蛋糕"，地狱之火一定会在将来熊熊燃烧。这个概念让我毛骨悚然，有很长一段时间我都想象着一块裹着洁白奶油的蛋糕一点点被每一个在上边停留过的苍蝇玷污。索莱达总是怜悯地看着我，对我说："我永远不会有这个问题。"我还记得那年在维库尼亚的房子里办的新年聚会。那时我们正值青春期，生活就是参加各种舞会，还有对面学校的。我们姐妹三人都会被邀请。参加舞会之前我们会做长时间的准备，只为了做了一个漂亮的发髻就在理发店待上几个小时，还要穿上缎子或丝绸裙子。妈妈为了让我们看起来光彩照人简直绞尽了脑汁。20世纪60年代的时尚真可怕，生生把十五岁的我们变成了真真正正的女人。那天他们正放着约翰尼·马蒂斯[3]的歌，我在跳着第七支舞，彼达只跟她当时的男朋友跳，玛格达正在某个未来的"芝加哥男

1　法国演员、歌手、模特；主要作品有《上帝创造女人》《穿比基尼的姑娘》等。

2　摩纳哥王室公主，汉诺威王国后裔恩斯特·奥古斯特五世之妻子。

3　美国歌手，作曲家，格莱美奖获得者。

孩"[1]的怀中舞动着。突然我在那个馥郁花园的一个板凳后面看见了索莱达孤单地蜷缩着的身影，没有人跟她跳舞。我赶紧停下来跑去解救她。她眼看就要哭了，因为裙子的拉链开了。她就那样一动不动、担惊受怕地站在那里。

"我跟妈妈说过这衣服太紧了，可是她没理我。"

我拉着她的手直接去了我朋友也是房子主人米露的房间，翻遍了她的衣橱终于找到了一个能盖住拉链和腰身的外套，索莱达表现得很顺从。终于补救好了，她在镜子前照了照自己，然后看了看我。

"没必要了，这事我干不了。"

下一个在维库尼亚办的聚会，索莱达没有参加。从那以后她再也没有穿过丝绸裙子。

当她明白中学生活已经结束，随之终结的还有各种义务时，她开始在大学绽放了。她看到在社会服务学校里虚荣并不加分，衣服似乎可有可无，便精神放松了。"你们学校里集中了多少丑女啊！"我不无恐惧地对她说，仿佛丑是可以传染的。政变后妈妈强迫她穿裙子，别提她有多生气了。那个时候军人们要是在街上遇到穿裤子的女人，就会把她们的裤子剪坏。那是她上大学后第一次拿出牛仔裤，她发现穿起来很不舒服，好像是有人给她装扮上的。那时我的妹妹多么无依无靠啊。如今我看着她，一头直发但发量不多，脸洗得干干净净但丝毫不施粉黛，每一个寒冬腊月都穿着她的原毛厚马甲。我这辈子从来没见过比她还不注重外表的女人。我觉得她在奥运村区的柳条家具和

---

1 20 世纪 70 年代后，一批智利留学生经过美国芝加哥大学等著名经济学院、商学院的培训后回到智利治理本国经济。在不了解本国国情的情况下，生搬硬套西方经济学理论，将国内经济搞得一团糟。

她现在的男朋友奥斯卡跟她这副身躯与朴素简直是绝配。如今的女政治领袖多么有力量啊！青春期的她多么脆弱啊！这种创造过错又能发号施令的能力让人困惑不已，像是这两个时期的一条导线。

玛丽亚感到有些悲伤，埃斯佩兰萨握住了她的手。她的思绪又回到了现在，女孩的双眼正望着她。

"埃斯佩兰萨，作为一个智利小姑娘，你感恩过吗？"

"为什么这么说？"

"你有没有想过，如果你和我，我们都出生在某些山区里，我们还能活下来吗？"

"为什么这么说？"

"因为别人跟我讲，即使是现在，在某些山区，有些父母依然会把女儿打掉，只为了能再生一胎，生一个儿子。换句话说，宝贝，我们可能仅仅因为是女人就被父母扼杀了。"

九

萨拉没有继承家里的传统。面对着姨妈们的困惑不解，她还是自己做出了决定，整理好行囊，出发去了圣地亚哥。那是 1969 年。她用一句"回见"结束了跟伊斯马埃尔的恋情。她那么聪明，知道一旦她去了首都，乡下男朋友就会变得多余。她毫无畏惧地到了圣地亚哥，安顿在一个学生公寓，然后就开始了在工程系的学习。她认识的人寥寥无几，不过她不需要有熟人，因为她全身心地投入到了大学学习中，用那个年纪独有的便捷和新鲜感创建着新的关系。

直到一个月后她才记起伊斯马埃尔托她转交给他的表哥、那个杰出的政治领袖弗朗西斯科的信，于是她决定去见见他。萨拉直接去了党部的所在地，他就是在那儿指点江山的，而他的政党是当时左派一个举足轻重的党派。一个穿着牛仔裤和奇洛埃[1]风格毛衣的女秘书让她坐在一个宽敞凌乱的房间里等着，并在颜料桶和一些画布中给她腾出一点位置。几个男孩在房间里进进出出，每个人的头发和胡须都很茂密。当她觉得等得无聊正准备离开时，有人来找她，让她到楼上的一

1　奇洛埃岛，智利南部太平洋上岛屿。智利最大的岛屿，面积 8394 平方公里。

间办公室去。在那里，四个男人正在两个写字台中间讨论着，周围全是塞得满满的烟灰缸和用过的咖啡杯。其中一个坐在桌子上的男人在她进门时跟她打了声招呼。

"你等我一下，那儿有椅子。"他指了指一个靠近他的空位。

萨拉猜他就是弗朗西斯科了，她记得报纸上刊登的照片。他们正在讨论这个人要去南方出一次差。由于所有人都忘了她的存在，她认为自己可以无所顾忌地四处打量。墙上贴满了切·格瓦拉、列宁和胡志明的照片。还有一些海报，有越南的、巴西镇压运动的、一个古巴电影节的和某一年"五一节"红场全景的。在旁边她看到几册天蓝色的书，上边写着金日成，不过她不知道他是谁。于是她又看向弗朗西斯科。他皮肤黝黑，外貌粗犷，头发乌黑油亮，又短又直，几乎是挺直的。他黑色的小胡子很浓密，几乎要延伸到嘴角；双手坚定地摆动着，好像已习惯了控制局面；手指修长漂亮，骨头从亚光色的皮肤上凸起来。用埃尔维拉姨妈的话说，那是"钢琴家的手指"。他戴着一副宽大的黑框眼镜，即使这样也不能掩盖那深邃双目的魅力。当他从坐着的桌子上站起来，萨拉看见了他在贴身黑色灯芯绒裤子下强壮结实的肌肉。他以前会是一名运动员吗？还是他现在可能在练柔道或是空手道？他走起路来有些像猫，她断定他在这粗犷的外表下一定还很性感。

萨拉沉浸在自己的想象中。当她察觉有人正看着她时，不禁吓了一跳。

"你就是伊斯马埃尔的女朋友吗？"弗朗西斯科问道。

"直到一个月前。"

"你是党员吗？"另一个人问。

"我不是，但是我自认为是外围人士。"

几个人交换了一下眼神。

"怎么了？"萨拉想了解其中缘由。

"我们需要一个可以信任的人在弗朗西斯科出差期间做他的秘书。一直陪同他的同志生病了。我们在想你是不是可以代替她。"

"要懂什么？"

"记录、打字、解决实际出现的细节问题，尤其是要高度谨慎。"二把手回答她的同时，弗朗西斯科一直在仔细地观察她。

"听起来不太难。"萨拉回答道。她期待着能为这个仰慕已久的人做点什么。

"伊斯马埃尔从来不会交一个不值得我信任的女朋友，"弗朗西斯科点着头，"我要去康塞普西翁，你能跟我一起去吗？"

"什么时候？"

"今天晚上走。"

萨拉作为秘书跟着随从人员一起出发了，从一开始就这样确定了她服务于他的特性。如果你第一天就把早餐送到床边，那你就永远也不能停止了。最初的立场就是这样确定了每段关系最终的属性。

她的生活就此有了一百八十度的转变，永远围着弗朗西斯科打转转了。在他身边，人们可以觉得自己是主角。似乎所有发生在他身边的事都很重要。她在瓦尔迪维亚报纸上见过的面孔都变成了活生生的，对她来说遥不可及的大人物们都被弗朗西斯科用"你"来称呼。这个世界对她来说开始变得可触及了。政治从南方抽象的对话变成了首都——这个国家不容置疑的政治中心——里实实在在的行动。人们开始重视政治，他们的想法有时会成为面向公众的演讲。瓦尔迪维亚看起来太落后了，跟着一起变得落后的还有伊斯马埃尔。在他表哥面前，他就像个乳臭未干的孩子。

萨拉完全被这个男人和政治这两件逐渐融为一体的事吸引住了。如今她还会思考，当时被这些事情夺去了那么多精力，她是怎么继续学业的。但是萨拉的能力巨大无比，而她本人对此也心知肚明。像发生在所有能力出众的女人身上的情况一样，没多久弗朗西斯科就离不开她了，没有她就什么都做不了。她为他解决跟实际和现实生活相关的所有问题，他才能继续生活在理想的世界里。

直到多年以后她才明白了这段关系的本质。那时他们正在秘鲁与一个政治宗教团体的领导人会面。一个年轻人做那个领导人的助手，拿着他的记事本，给他开车，甚至帮他提公文包。中间休息时，萨拉靠近那个助手，二人交谈了一会。她问他平时需要做什么工作，他就饶有兴致地讲起来，给萨拉展示着他为了好好给领导服务作出了怎样的牺牲。当萨拉问他这份工作的工资有多少时，他不解地看了看她。没有工资。萨拉吃惊地问他为什么还要做这份工作。他的回答为她道出了其中的奥秘："为了能留在他身边这个机会。我为他工作，就能向他学习。他是最好的学校。"那个年轻人着迷的双眼离萨拉的并不遥远，于是萨拉明白了，在她内心深处弗朗西斯科就像那个秘鲁领导人一样，她应该为能接近他而心怀感激。遗憾的是，当妻子们承担起助手的工作时，她们会加倍地被忽视。至少没有任何一个人可以否认这个年轻人所做的是一份工作，尽管没有报酬。

我们再回到康塞普西翁。这段爱情始于这座城市而不是别的地方，萨拉认为这是一件标志性的事情。20世纪70年代末，康塞普西翁充斥着各种各样的生活：政治的、职业的、学生的和文化的。大学是一种真正的爆发中心；戏剧和文学不但受到热烈欢迎，还得到了国内大人物的鼓励和资助。夏令营活动也强调着这种精神。最激进的革命团体在那里共生共存，甚至有些团体就在那里创立。如果说这座城市有什么突出的地方，那就是学生运动。工会运动层出不穷，纺织工人、炼钢工人和顽强的煤矿工人都给它打上了深深的烙印。所以，康塞普西翁在城市定位上不需要参考圣地亚哥，它在这方面发展中有自己的规划和途径。这一切都把它变成了一座既有酒吧和集会又有斗争和责任的活生生的城市。萨拉立即就在空气中感受到了这种包围着她的小气候并且把弗朗西斯科跟它联系了起来。

到了那次出差的第三天，弗朗西斯科和萨拉除了睡觉的时间从来没有分开过。不管是在车上、在吃午饭和晚饭时还是在街上散步时，两个人都聊得火热。他们住在奇瓜扬特区的一栋工会大楼里。房间宽敞而寒冷，萨拉跟另外两个女人一起住，她们都是来自于更南边的领导人。由于萨拉对新鲜的经历渴望至极，她就跟她们长谈到深夜。这两个女人对弗朗西斯科的崇拜之情不断地引起了她的注意。

就在那第三天，当时天已经黑了，还下着细雨，弗朗西斯科告诉萨拉他们要去参加一个双边会议（萨拉问是什么会议），对方是那个政治军事运动的重要领导人之一，由于游走在法律之外，他是个充满了神秘感的人。出于这个原因，这次会面是在暗中进行的。萨拉心情激动。在经过了因该组织的秘密性而设置的各种检查之后，会议终于开始了。她不得不掐自己几下才能相信自己正面对着这个神秘人物，还能参与他跟弗朗西斯科的谈话。她心想：如果我南方的同志们看到我，瓦尔迪维亚人萨拉，正坐在这里，在这两个男人中间，他们会说些什么呢？他们肯定不会相信我！那天晚上没有什么可记录的，她就全神贯注地静静地听着。她不错过任何一个词，试图理解全部内容。后来，很长时间之后，当震惊地得知这个男人死于军方之手的时候，萨拉又把这些话跟弗朗西斯科重复了一遍。

离开时，他们一边换车一边确认是否有人跟踪。萨拉面对着在外面等待他们的同志一句话也没说。她对安保措施印象深刻，完全想象不到后来他们也要这样生活，也要游走在法律之外。回去的路上，弗朗西斯科让司机把他们放到武器广场，然后抓起萨拉的手——有了这次经历之后，她前所未有地觉得他们成了一条船上的人——让她一起下了越野车。他告诉同志们一个小时以后来巴罗斯·阿拉纳街上的一个咖啡馆接他。

两个人面对面坐下，萨拉问他为什么带上她，明明这次会议上他是不需要秘书的。

"我认为这对你来说是个学习的机会。你不是每天都能参加一个这样的、这种级别的会议。"他一边柔声说着，一边取下眼镜，疲惫地揉着眼睛。

"我很感激你。"

萨拉给自己点了一支烟，又点了一支递给他。他顺势握住了她的手。

"你真是个好女人，萨拉。我喜欢你。"

只是这样。她抽出手，抽着烟，不知道该说些什么。停顿了一下，她问道：

"我的能力对你真的重要吗？"

"重要。你很聪明，能清楚地理顺想法。如果愿意，你能成为一个出色的领袖。"

回忆起这些话，萨拉并不怀疑自己在政治上能有所成就，况且她很喜欢政治。但她不能同时投身于她和他两个人的事业。如今他在政治舞台上是一个着实显赫的人物，而她在这个领域什么都不是。

"这些天我跟你一起工作很顺利。"他补充道。

再一次陷入沉默。

他们喝了咖啡，他又点了两杯啤酒。几个学生走进来，认出了弗朗西斯科，便过来打招呼。萨拉注意到他表现得非常自然，由衷地表示了感谢。她觉得自己不由自主地因他而感到骄傲，惊奇地发现自己已经和这个男人的身份纠缠在一起，好像这是她的男人。她想退缩但是已然不可能了，康塞普西翁以外的一切对她来说已经不复存在。正如后来弗朗西斯科面带笑容对她说的话："你就生在康塞普西翁，生在与我相识的那一天。"

只剩他们二人时，他又转向她：

"你跟伊斯马埃尔怎么了？"

"没什么。"

"真的吗？"

她给他作了解释，但他觉得模棱两可。

"如果我爱上了你，算不忠吗？"

"不算。"她脸都没红地撒了谎。

于是他动容地给她讲了他的生活。他很年轻时就结了婚，这段婚姻持续的时间比他想得更长，但结束的方式并不圆满。

"怎么说？"

"因为我总是爱上别的女人，而她受不了。但最根本的问题是她讨厌政治。这个就没办法解决了。"

"她很爱吃醋吗？"

"非常爱吃醋。不仅吃女人的醋，还要吃一切能吸引我的东西的醋。我认识她时，她是青年团的一个漂亮的成员，但跟我结婚后她竟然一点也不想了解政治了。我觉得有些女人加入政治党派只是为了找老公，一旦找到了，就完全把政治抛在脑后了。结果她恨党，又恨同志们。最终，痛恨我的整个生活。"

"你没有孩子吗？"

"没有。她想要孩子，但是我不想。这又是一个问题。我认为如果一个人选择了这种生活，那么把孩子带到这个世界上来就是一件不负责任的事。我们不能有牵绊，也不应该有。如果一个人准备好了为革命付出所有，如果明天就要拿起武器奔赴战场，如果我们要面对一场内战或者开始打游击战，子女们的位置又在哪里？你别这样看着我，至少我很诚实。有的人有孩子，但是随后就不再管他们了。"

同志们来找他们，他上了车后座，坐在了她身边。黑暗中，他的手臂揽过了她的背，把她的头靠过来，吻了她。那是一个平静而甜蜜的吻，好像一张嘴在试探着另一张，探索着、了解着。前排座位的同志连头都没回过一下。难道是他们已经习惯了？到了工会大楼，他向其他人礼貌地道过晚安送别了他们，却一直没有放开她的手。接着，在这栋如此冰冷房子的昏暗走廊里，他把嘴唇贴近了萨拉的耳朵，声音中没有一丝强迫，缓缓问道：

"你要跟我一起吗？"

萨拉犹豫了。

"那我室友怎么办？"

弗朗西斯科笑了，做了个手势，仿佛在说现在可不是瞻前顾后的时间和场合。他又把她搂在胸前。那是萨拉第一次用身体感受到了那坚实的肌肉。

"我有一份热情要送给你。跟我来。"

于是在那个康塞普西翁寒冷的夜晚，萨拉跟着他的热情迈开了步子，留在了那儿。

萨拉和弗朗西斯科相爱的时间很长久，用他们的话说，是互相爱慕。他们像孪生灵魂一样彼此了解，一个人叹口气，另一个就知道为什么。只要二人在一起，就算被软禁起来都无妨。一方的所思所想可以全部传达给另一方；阅读时会为了大声朗读自己读到的内容打断对方十来次。他们渴望分享一切。

他们每一刻都在享受着陪伴的快乐：无论是在厨房、书房，还是在床上。衰老、死亡或是遗忘都是不可能被提及的词汇，更不要提感情冷淡这回事了。萨拉丰满的肉体让弗朗西斯科疯狂，根本不用讨论节食和减肥。每一寸赘肉都博得欢心，被宠爱、触摸、爱抚，凹凸的线条让他兴奋不已。他为她丰腴的胸部着迷，总是把头放在她双乳之间，而这让她感到无上光荣。他们长时间做爱，持久而疯狂。如果厌倦了寻找不同姿势，他们就保持着最喜欢的那种，不追求新奇和别出心裁。萨拉在上面，骑在他身上：真是让人心醉神迷。快到高潮时，他们深情对望，好像一个人的双眼就要被另一个人偷走。他们已然不知道怎样才能融合得更加紧密，怎样让对方体会互相吞食般的融合。事后萨拉娇喘连连地把脸埋在他的腋窝下，心里觉得她只是无法容纳如此之多的爱，甚至有时觉得自己要爆炸了。他们也不明白如何做到了如此亲近。两个人谁都已经不记得之前没有对方的生活是如何度过的。如果有人说他们会分手，那两个人必然一笑置之，根本不会相信。

他们共同经历了那几年最重要的里程碑事件：萨尔瓦多·阿连德的胜利和人民团结阵线上台执政。萨拉现在也觉得1970年9月4日在阿拉梅达大街上度过的夜晚是她一生中最幸福的夜晚。她不会忘记人们如何在那条宽阔的街道上奔跑、互相拥抱。所有人都参与其中。听着获胜的候选人在智利学生联合会大楼发表的演讲，她的眼中只有喜悦。随着新政府在重重困难下逐渐打开局面，萨拉觉得自己就像处在一个世界瞩目的橱窗中。尽管她的祖国贫穷又狭窄，但她还是为它激动不已，因为它能引起全世界的兴趣并且成为参照。她对这段日子的记忆非常深刻，就像一个孩子记得他在巨大的旋转木马上转的一圈又一圈。她脑中盘旋着这个国家永远是主角的感觉，世界级的人物都参与其中，无论是艺术界的还是知识界的。他们亲身探访民主进程，穿梭在工会和工厂之间，与工人们对话，让他们感受到自身的能力。他们变成了可以接近的人。

而大学的教室里有那个时候一个拉美国家的学生可以向往的所有活动。萨拉理所当然地为智利成为世界上的一个政治参照物而感到自豪。她与弗朗西斯科分享着那种愉快的轻松感。他们整日献身于此，牺牲自己的闲暇时间和私人生活尽力支持政府：去参加义务劳动，去工厂和农村培训、扫盲、宣讲。他们从心底里相信自己正在为穷人们做最好的事情。是的，现在萨拉仍然能感受到他们当时经历那种紧急状态的激情，那种把每天当作最后一天来过的感受，那种无法计划未来的无能为力，因为似乎生活本身就在此时此地进行着自我消耗。

那段时间他们住在市中心一间极为逼仄的房子里，只有两个卧室、一个卫生间和一个仅有衣柜大小的厨房。整套房子都没有玛丽亚新家的一间卧室大。但是他们并不缺少空间，家里总是满满当当的。动荡的日子里，弗朗西斯科的保镖也住在那儿，所有人都有位置。萨拉兴致盎然，满心欢喜地为这一小撮人做饭，根据弗朗西斯科的喜好做他可口的菜。她为能让他高兴感到多么快乐啊！甚至因为弗朗西斯科喜欢香叶，她就在做面条时把对于她来说神圣无比的牛至换掉了。她学会了炖牛杂、做其他内脏菜和烧猪蹄，总之，一切这些男人们要吃的东西。她向来不铺张浪费，天生就知道节省，于是钱从来也不是一个会引起冲突的问题。萨拉说："我们几乎都不知道钱的存在，这就是我们对它的重视程度。"由于她还在上学，家里依然从瓦尔迪维亚给她寄钱。弗朗西斯科有组织每个月发的工资，这些钱足够他们买光盘、书和食物。衣服对两个人来说都不是消费项目。在供应紧张的日子里，总有同志给他们拿一瓶油或者一桶蜡。弗朗西斯科在这方面很严格，他觉得政治影响不应该用来满足私欲，那种事很卑劣。萨拉仅仅背着他用他的影响力换点烟抽，这是唯一一旦缺少就会扰乱她生活的东西。

萨拉陪着弗朗西斯科出席所有的数量众多的公开活动。他对公众演讲时，聚集的群众越多，萨拉就越着迷于在脑海中把这个公众人物和私下里她的男人联系起来。这群人能够想到就是这双挥舞着敲击桌子的手也会爱抚她，甚至有时会略带颤抖吗？她难以自拔地把这个严厉的革命者想象成一个伏在她胸前的孩子。看到他站在舞台上的身影，她就会在想象中脱光他的衣服，为他大腿的肌肉而自豪。她熟悉那肌肉的每一个线条，它们都清晰地闪现在她脑海里；他面对公众时所表现出的严肃让她不禁在夜晚把他变成最不严肃的男人；看到他在重要会议上眉头紧锁，忧心忡忡，脑子里想的与她完全无关，她的胃——或者说是肚子——就奇痒难耐，因为她知道这是她的男人，只有她了解他的幻想。在那副严厉的眼镜后面确实存在着幻想：她知道如何让他疯狂，知道触动哪一根纤维、从什么地方开始就能感觉到他的呼吸变了节奏。她还了解他的每个弱点，会议一结束，这些弱点都会归她一人所有。而每当偶然间远远地看到他对着别人露出笑容时，她就会感到喜悦，内心暗想这个笑容多少次为她而绽放。换句话说，一说到弗朗西斯科，那些表面上与爱情最无关系的却是最能触动她、让她与他更贴近的东西。她越远看见他，就越会颤抖不已，因为她心知随后他就会来到她身边。

弗朗西斯科的一切都让她浑身发热。萨拉的生活永远保持着湿润。用她的话说，她完全像个傻子一样坠入了爱河。

她还说过，当不应该再继续傻下去时，她还是那样。

政变之后他们的生活彻底改变了。弗朗西斯科不得不转入地下，只有上帝知道那些人费了多大的力气找他。萨拉也跟他一起转入了地下。他们住过很多房子，住过圣地亚哥也住过外地，住过智利也住过国外。他们多次从这个国家进进出出，每次都拿着伪造的证件，有时候穿越边境，有时候直接走机场。同志们身陷囹圄，国家情报局[1]成了一个十足的梦魇。有的人死了，有的人失踪。随着格里马尔迪庄园[2]、三棵杨树[3]和伦敦街三十八号[4]这些名字被所有人口口相传、烂熟

1　智利国家情报局是皮诺切特军事政权的秘密警察组织，存在于1973年至1977年，实施过多起谋杀、绑架等案件。1977年被国家情报中心取代。

2　国家情报局的一个拘留和酷刑中心。

3　皮诺切特军事独裁统治期间的一个政治犯集中营。

4　国家情报局特工设立的一个秘密拘留和预审中心。

于心，弗朗西斯科变得越来越暴躁，但萨拉坚持不懈地用尽全部力量——我们都知道她的意志和力量奇大无比——去拯救他，不让他落入警察之手——也不让他失去自我。萨拉投入一切精力让弗朗西斯科的生活尽可能变得可以继续。有时候她觉得自己已经成功了，二人之间的一切好像都回到从前了，但是弗朗西斯科却给他的痛苦找了一个出口：其他女人。

萨拉常听弗朗西斯科说起关于中心恋情和边缘恋情的理论。稳定的情侣，或者说，她，是中心恋情。但这并不排除任何其他女人从边缘介入的情况。这些女人不会让她有危机感，她们事后会从原路不留痕迹地撤离。用弗朗西斯科的话说，就是这样。但每一个女人停留在他身上的目光都会在萨拉身上留下痕迹。人民团结阵线执政的那些年，两个人爱得如胶似漆，边缘女人没有立足之地。就算有，萨拉也不知情。那时她并不能与他的第一任妻子，也就是她之前的那个女人，有多少共鸣。与独裁统治一起，伴随着如此多的恐惧、不安和感官的原始渴望，其他女人出现了。

萨拉还记得他第一次露出马脚时的情况。当时他们正躲在拉格兰哈区的同志们家中。那晚弗朗西斯科没有回来睡觉。当时如果同志们夜不归宿都是因为被捕了，所以没有人拿这件事开玩笑。天还没亮，萨拉就遵循组织上关于被捕情况下的指示烧毁了文件，并叫醒其他人让大家做好准备。宵禁一解除，她就得警惕起来，还要通知高层。这时他却安然无恙地回来了。萨拉看见他还活着就高兴得忘了问他为什么夜不归宿了。

不久之后他们得以在马库尔区的一间房子里单独居住。弗朗西斯科被严格禁止外出。萨拉进进出出，带回口信、购买物品、负责联络。有一天下午，由于一个会议取消了，她早于预计时间到家。她用自己的钥匙开了门，没让人听见声音，走到卧室找弗朗西斯科。他就在那儿，赤身裸体地躺在床上，怀里搂着一个偶尔给他们送文件的年轻女党员。萨拉只是转身离开了。她走到中央车站，坐在一个凳子上等天黑，随后坐夜车去了瓦尔迪维亚。姨妈们百般关怀她、爱护她，每个人都清楚萨拉政治生活的真实情况，所以全都齐心协力。两天过后，大湖街房子的电话终于肯赏光响了起来，弗朗西斯科说服她回了圣地亚哥。

这段插曲就这样过去并被封存了起来。他们决定住到一栋新房子里去，幻想着能过一种正常的生活。除了他们，那儿还有一个花园和待浇水的植物。组织上表示同意，但条件是要有其他人跟他们住在一起，最好是个女人，这样不容易引起怀疑。萨拉申请由她来选择这个人：她有太多的理由不去选择任何一个党员住进她家，她想要跟一个喜欢的人和谐地住在这里。那段日子她的朋友皮拉尔刚刚失恋。她们是大学同学，多年来一直分享近况、互相问候。皮拉尔悲伤失落，无法单独居住，又不愿意回老家。萨拉便邀请她同住，把她带到了拉弗罗里达区的这栋房子，像一直以来照顾身边的失意之人那样照顾她。她们共同收拾整理新家，共同费心把它装扮得讨人喜欢。她们相互支持。萨拉给她讲她跟弗朗西斯科之间的问题，皮拉尔表示相当同情；弗朗西斯科抱怨说这个朋友太无趣了，萨拉就维护她，在他面前说她的好话。长话短说，五个月之后，萨拉因为一个姨妈生病去了瓦尔迪维亚几天。那时由于弗朗西斯科的表现向来不错，她的心情已经平静了。然而回来时，她发现了一个无耻的东西，那是在她床上——她跟弗朗西斯科共同的床——的一块血渍。于是她发现了整件事：皮拉尔跟弗朗西斯科私通了。

"这两个蠢货为通奸感到洋洋自得，甚至都没想过以防我提前回来而换个床单。他们躲在我的保护下，背着我好了四个月，更有甚者，还需要我让他们偷情偷得更加刺激。皮拉尔确实是个无趣的女人，她一辈子也没有过这样的经验，是我让她有机会经历了这么紧张的生活。这也是最让我生气的地方：因为我，她发现了自己放荡的一面，背叛了我。"

危机一触即发。

皮拉尔被从家里赶了出去，萨拉则继续生活在那里。就是在那个时候他们觉得需要一次新的旅行，长期的，时间不定。弗朗西斯科劝她，说两个人一起在欧洲生活会治愈伤痛。他先出发。因为是非法出境，他经历了各种各样的困难。她留下来负责搬家、变卖物品或是交给其他同志。一个月后，在结束了艰苦的工作、回到了瓦尔迪维亚告别之后，萨拉去了阿姆斯特丹跟他会合。但她到了那里才发现住所简直就是皮拉尔的家园。这次她很愤怒，因为弗朗西斯科没有事先通知她而拒绝原谅。背井离乡并不容易，现在也没有颜面回去了。况且，回去还意味着一次政治行为，这不单纯是她自己的决定。

对于萨拉来说那是一段艰难的日子。她徘徊于旧大陆的好几个国家之间，辗转住在流亡的朋友家中。她怀疑自己随身带着一些无法缓解的伤痛，身体的某些部分承受了不可逆的伤害。她跟组织的一个领导探讨过自己有没有可能回国接受治疗，而这位惊异于从萨拉的嘴里说出这种话的领导人，却让她去学画画，说这对她来说更有用。他可以让她去莫斯科学习半年，这会比接受治疗对她更好。最后她还是拒绝了这个提议。她穿过大西洋，试着把伤痛抛在脑后，安顿在了加拉加斯。在那里她找了工作，在组织的支持下尝试着开始新生活。但是好景不长，六个月后弗朗西斯科也来到加拉加斯请求她的原谅，保证说不会再犯。她再次选择了让步，他们又破镜重圆了。然而由此出现了他们必须要面对的关键问题：孩子。萨拉很快就要年满三十岁了，她日益迫切地想要有个孩子。她感受到时光的流逝，觉得自己正在浪费时间。由于活动的秘密性，她没能从工程系毕业，跟着弗朗西斯科四处奔波也使得她无法开始职业生活。她认为自己的生活如同一盘散沙，凌乱不堪。

"我没给任何东西'划定界限'。"她形象地描述道。

作为这样一个充满爱的女人，萨拉一直都梦想着做母亲，但她的梦想却因她选择的男人而推迟。他们为此争吵了无数次，在这一次又一次争吵中，萨拉怀孕了。他怂恿她去流产（已经不是第一次这样了），但是她拒绝了。那些天弗朗西斯科要去出差，那是组织上给他安排的数不清的出差之一。他们约定好等他回来再做决定。但他在外期间，萨拉听说了她昔日的朋友皮拉尔刚在智利生了孩子。孩子是弗朗西斯科的。她离开阿姆斯特丹时就已经怀孕了，而他对此也知情。他回来时，发现萨拉已经不在加拉加斯了。她又一次逃离了这个男人。她中途停留在布宜诺斯艾利斯，在那儿等一个能让她回国的身份证明。一个月后，她重新住在了大湖街的娘家，在一群帮她度过这段艰难岁月的热心女人身边，准备着孤独的孕期。就这样罗贝尔塔出生了，跟她母亲一样，出生在卡耶卡耶河沿岸，没有一个众人可见的父亲，但是随了他的姓氏。

弗朗西斯科在罗贝尔塔一岁时才见到她。那时萨拉已经是合法公民了。她马上就要得到学位作为一名土木工程师开始生活。她又跟弗朗西斯科同居了，时间很短，一直到这次是他突然抛弃了她。但那之后，萨拉在他身上犯了太多次同样的错误，她那原本就所剩无几的自尊再一次受到了伤害。

"滔天大错！"玛丽亚怒气冲冲地对她说，"根本，根本就不该跟前夫上床。这是原则！"

萨拉顺从地看着她。

"如果这是错误……"

"但是，萨拉，你说，你怎么能忍受那个男人到如此地步呢？"

"你大概是想说我怎么能忍受自己到如此地步吧。都是我的错。就是出于这个原因，我才把婚姻这条路给封死了。因为一旦我爱上别人，就会丢掉所有尊严；因为我是一个会去选择重蹈覆辙的人。我为当年的萨拉感到羞愧。我身上发生的所有事情，都是因为我的纵容。"

十

"安娜，你能想象如果女人不再对男人有欲望，世界将变得多么混乱吗？"

我举着毛巾看着她。当时我正在聚精会神地读书。清晨的阳光分外强烈，我躲到了阴凉下，隐约可见萨拉和伊莎贝尔乘船已经离岸很远了，伊莎贝尔在划桨，萨拉正在用手戏水。

玛丽亚躺在我身边的沙滩上闭着眼睛晒太阳。萨拉已经警告过她小心皱纹和癌症，但她并不理会。她接着打断我的阅读，说道：

"你说，如果真发生这种事，权利该从何建立呢？"

没等我回答，她继续说：

"我突然想到一个没有性行为的制度，想着这会让男人们多么失控，我觉得很有意思。再见吧，婚姻；再见吧，家庭；再见吧，控制。"

"那孩子呢？"

"我们完全可以继续生孩子，只是不需要跟他们发生性关系。他们只需要把精子存在一个银行就足够了。"

"有道理，那女同性恋对男人们来说就充满了威胁。我想的是，如果我是男人，就会有这种感觉。"

"你知道吗？我交往过的所有男人都会因为女人之间的性行为而兴奋不已。"

"可能如幻想一样……"

"当然，是窥淫癖者的幻想。最大胆的人甚至想要参与其中，亲身体验，跟两个女人玩双飞。"

"那这些人就认为自己免于担惊受怕了吗？他们就不会觉得受到威胁了吗？"

"做梦去吧！这种威胁是针对所有男人的，不管他们是不是总爱幻想。这来源于他们自身最隐秘的地方。"

卡门从家里叫我。她之前说好午饭给我们做一个玉米点心，我得看一下。我站起身，一边在沙滩上往回走，一边心里暗笑。玛丽亚想象一个没有性行为的制度。她！

因为玛丽亚在这方面从不含糊：她绝对喜欢男人。

时间回溯到 1983 年。

"混蛋警察！"

玛丽亚决定去艺术馆参加展览会前洗个澡。她刚气冲冲地从市中心回来，吸了一身催泪弹的烟，觉得自己脏兮兮的。她更加讨厌警察了。

她一边洗着澡，一边算计着自己还有不到十五分钟时间。那个记者准时到让人神经紧张。她后悔答应陪他了。去参加这个开幕式并不是因为她有多么热爱艺术，一切都只是因为他需要被介绍给一个出席展览会的人，而这个人是她的熟人。至少那个画家还算不错。但她还是会早早回家。十天前，她开始阅读炙手可热的作家米兰·昆德拉的书，但问题是十天了她连十页都没读完。已经拖了太久了。希望那个记者别妄想我会跟他一起吃饭，更别奢望之后我会跟他去开房。上次简直是一场灾难。他自认为特别有男人味，觉得能跟我在一起着实是个成就，好像这样就能证明他是个有吸引力的人。然而还没开始就结束了。有那么多男人假装在床上很出色，结果，上帝啊，太差劲了。他们或多或少是有点意识的，还是真的认为自己很出色呢？

还在冲着澡，玛丽亚已经开始感到疲倦了。她独居已有一年时光。她就是为了这个才跟鲁道夫分手的吗？就是为了体验美妙无比、渴望已久的自由吗？这有什么好的？分手后她确实体会到了独一无二的经历——跟那个专攻政治的经济学家里卡多和那个生活中只有萨克斯风的音乐家佩德罗——可以认真公开地做两个男人的女人。但过段时间她就筋疲力尽了。这是一件消耗双倍精力的事：相当于有两个丈夫。

我清楚地记得那段日子里的玛丽亚。

"哎呀，安娜，双重恋情没有止境。但是我不抱怨。这种情况对于不依赖别人来说很理想。当我突然觉得很爱一个人时，我就会在对另一个的爱中分散些注意力，这样就不担心了。从治疗学的角度讲，这可能是最不健康的，可能看似是最好的不爱的方式。但有时候治疗方法不外乎是规范，它把与约定俗成不相符的东西都归为神经官能症。我知道我爱他们两个人，没有任何一个心理医生可以让我怀疑这一点。我害怕跟别人共同生活，安娜，而我又想不出别的方式来抵抗这种恐惧。性？人不同，性爱也完全不同。不，我没什么偏好。跟里卡多的感觉是力量，他会像神一样侵入进来；而跟佩德罗则是享受，他是少数不把它单纯理解为结果的男人之一，他很重视过程。从这方面来说他比里卡多更细腻，所以他更好。不，我不总在一天之内做爱两次。不，倒不是我觉得这太乱交了，而是精力问题，因为这意味着我要在脑子里有不同的幻想，我可没有那么多！还有洗澡和快要枯竭的双倍集中力……我已经有结论了，到了我这个年龄，性欲得攒一攒，得给它点时间。而且我承受不住这么多亲密关系了，因为想必你也知道，安娜，对于男人来说，所谓亲密关系就是在上床；而对于女人来说，是上床之后，所以更持久。"

有道理，玛丽亚，于是最后你精疲力竭，你的三人行故事也到此为止了。

"然后，床接着床，一个蠢货接着另一个蠢货。已婚的、单身的；年长的、年轻的。最终，没有任何区别，都让人生厌。如果我不偏不倚，我就应该记得跟鲁道夫在一起的最后那段时间，我真是要喘不上气了。循规蹈矩让我浑身乏力，床变得无聊透顶，我们几乎都没有性生活，分手之前我就已经相当不喜欢他了。为什么肉体之爱持续的时间如此短暂呢？那些固定的情侣们都是怎么做的？我怀疑他们也过得糟糕透了。希望安娜跟我说胡安还激情四射地跟她一起生活、伊莎贝尔说埃尔南他们俩在假期里每天同房，都不是编出来的。看起来这事无法解决：婚姻是所有讨厌的事中最极致的一件。但我不能骗自己，我的情况也是一团糟。保持竞争状态让人耗尽心力。你不能休息，要永远处于警戒状态，永远努力让自己看起来风趣幽默、别具一格，永远对自己的聪明才智信心满满。不！可能劳拉的办法是最好的。"

劳拉是在学院工作的秘书，是个信息科学专家。她四十三岁，离异，有两个已经到了青春期的孩子。她容貌美丽，看上去让人觉得舒心。她的穿衣风格也很朴素，总是穿着深色的分体套装，只有衬衫能表露出她的些许性格：紫红色的、湖蓝色的，还有明黄色的。她已经离婚十年了，并且决定退出对男人的争夺，因为她觉得这太残忍了。除了残忍，还资源匮乏。她心中暗想，这个国家众多离异女人的丈夫在哪里？她不明白为什么有这么多单身女人，却几乎没有单身男人。玛丽亚回答她说：

"因为所有人都再婚了，劳拉，但是他们是跟更年轻的女人再婚。他们的行情是浮动的，我们的是静止的。如果你遇到一个跟同龄人再婚的或者依然单身的男人，你可别信他，肯定有问题。"

但劳拉身上没有任何东西能让人明白性生活如此孤独的她有着怎样的秘密渴望和失衡。直到有一天我们得知了她的故事，那是她讲给了萨拉，萨拉再告诉我们的。

实际上劳拉的性生活十分和谐。她住在纽尼奥阿区的一个小区里，楼房空间不小，但是举架很矮。每个周日孩子们都去爸爸——她的前夫——家里。当然，他再婚了，而且是跟一个比劳拉小九岁的女人。劳拉每周日都像个好女儿一般在娘家乖乖地吃完午饭，三点半离开。四点她家里的门铃准时响起。是她邻居。劳拉只知道他的名字，还有他也从事信息科学方面的工作（正是如此才有了他们的第一次交谈。他们是在车站坐公交车时相遇的，当时劳拉手里正拿着一本信息科学的书）。他跟已经上了年纪的母亲单独住在一起，妻子不久之前抛弃了他。这段对劳拉来说很陌生的故事风波不断，于是他发誓不再结婚。他还有一个儿子在国外。只有这些。这就是劳拉掌握的关于他的所有信息，也不需要别的了。她不知道他工作日都在做什么、有哪些朋友、心里想什么、感觉如何、有怎样的抱负以及对未来有何打算。不，他们什么都不聊，只是做爱。对于这件事，萨拉提醒过她要注意。独裁统治风头正盛，她不能随心所欲。"放心吧，"劳拉平静地对她说，"他想做时就敲锅，我在房间就能听见。"

第一次发生在他来借电话的时候。劳拉给他倒了一杯咖啡，二人聊了聊小区里的人怎么过周日、她为什么午饭过后自己在家，还有他为什么也是独自一人。他们讨论了这栋房子，两个人都很喜欢它低矮的举架，觉得最人性化。他们还不约而同地认为邻居们按喇叭是一件低俗的事。他们喝完咖啡，男人起身准备离开，走到门口他便后悔了。他走过来，抓着她的肩，吻了她。五分钟以后他们已经在床上了，一言未发。吸过了惯例的事后烟，他站起来，什么都没有解释，也没有要求劳拉解释，只是问她下周日的这个时间在不在家。劳拉说在。他又问她想不想让他再来，她点头同意了。他确实又来了。没有前戏，他几乎是在床上喝咖啡了。这是两年前的事。从那时开始，什么都没改变过。每个周日他都会来，还是什么都不说，唯一变了的是一杯有助于饭后消化的酒取代了之前的咖啡，被带到卧室里。工作日在楼梯上见到时——这种情况不常发生——他们就正式地互相打招呼，然后继续走各自的路。只有当夏天要去度假时，他们得聊一会儿，互相讲讲要去哪儿，看看哪些日子可以碰在一起。没有别的。劳拉感到幸福，觉得她的问题得到了解决。

玛丽亚还是出发去了画展。艺术、它的兴衰和这位伟大的画家，他属于已经演变成了超先锋派的"20世纪80年代先锋派"。透过红酒杯——白色的塑料杯，跟小孩子生日会上用的一样——她确认没有人在欣赏画。屋子里充满了窒息感，烟雾弥漫，摩肩接踵。也没有人能欣赏画，没有一丁点空间可以让人看看展出的画作。所有人都在那儿，诗人、电影界人士、视觉艺术家——过去的画家都是这样自诩的——还有摄影师。如今所有人都是摄影师，只要想对艺术感兴趣就足够了，然后拍个录像，都是些在扭曲中用尽的东西，使用时又极不严格。永远是这群人。一个个社会科学界的知识分子，与其说是出于对艺术的热爱，不如说只是为了在身份需要时，有一群艺术家围绕在侧。还有那些理论家！他们为了拥有一席之地就用最晦涩的语言相互撕咬。顺便说一句，那一席之地如此不入流。除了含沙射影的那些，还会有别人读他们的文章吗？他们的乐趣就在于没有人能读懂他们。同样的这群人穿梭在展厅与展厅、展览与展览之间。玛丽亚想起了电影评论者们——由于她和鲁道夫的工作与此紧密相关，她会阅读所有评论者的文章——她觉得相比之下他们如此值得尊敬，甚至政府派的日报在这方面都做得不错。

玛丽亚还在观察。女人们的头发染得黄黄绿绿，认为这样就入了怪诞的门槛。她们头上戴着宽檐大帽子，梳着粗硬的发式，越像男人越好，雌雄同体，性别难辨。男人们目光倦怠，带着清晨的疲惫，穿着二手衣服，梳着过时的嬉皮士乱发或是一样过时的"猫王"发型。每个人都寻求着不一样的规则，试图在这个单调到让人窒息的圣地亚哥做一个有颠覆性的人。有些银色的脑袋甚至像茅草一样。那里唯一确定粗俗的就是热情。人们渴望引起注意，年轻人们陶醉地望着有头有脸的人物，但却从来不直视别人的双眼。

玛丽亚找个得体的理由告别了记者，逃离了那团烟雾。她无聊至极，心想着：要是有人黏着我，我就会发作了。她讨厌在场半数的人，觉得比起与人为善还是刻薄一些好，这样就可以随心所欲地不用跟人打招呼，也不用担心讨厌的人贴上来。一出门，她惊讶地看到举办这次画展的画家拉斐尔正从楼梯往外溜。她走到他身边。

"嘿，今天的主角，你走了算怎么回事呢？"

他认出了玛丽亚，他们在电影节和文化活动上见过几次。玛丽亚知道拉斐尔认识鲁道夫。在这个小艺术圈子里，任何把某件事做得好到中等程度的名人都互相认识，不管他们是写了一本书、画了一幅画还是拍了一部电影。

"活动让我很烦躁。我真的不得不离开。"

"但是大家可能都想见见你。或者让你见见他们，留个好印象。"

"我更希望他们看看我的作品。"

"你要求太多了。"玛丽亚有点开心地笑了。这个男人长相很帅气。

"所以我才走的。你……要留下吗？"

玛丽亚犹豫了。她觉得内心有一种自己已经能分辨出来的萌动。她想到了她的床、她在普罗维登西亚区的小房子和昆德拉的书。她把这些跟这个画家的双眼和他眼中画布的光芒比较起来。她看着他凌乱的长发、褪色的牛仔裤、随意盘在脖子上的围巾和带着油彩的大手。

"不，我刚才正要走呢。"

"那我们一起出去吧。"

她跟他一起走到出口，一边诧异地想着以前怎么没发现他这么有魅力，一边好奇地猜测他今晚会做什么。她略带不安地想起鲁道夫第一次展示自己短片的时候。他做了所有准备工作，花了好大精力，绞尽脑汁。当活动结束观众离开展厅时，他却完全被空虚占据了。他的朋友们为他组织了一个聚会，他麻木地参加了，喝了两杯威士忌就开始耍酒疯。在马上要出丑时，玛丽亚把他带回了家。那是完成了电影这个唯一也是念念不忘的最终目标后对空虚的恐惧。一旦电影交付到公众面前，执念就消失了，剩下的只有空虚。

"今天这样的夜晚你想做什么？你为这个画展做了太多工作，我觉得你会睡不着。"

拉斐尔正拉着她的胳膊过街。他看了看她，说：

"我刚才正在想这件事。你有什么建议吗？"

"真正地逃离。"

"逃去哪儿？"

"比如说，海边。"

拉斐尔很喜欢这个想法。

"你陪我去吗？"

于是两个人就去了海边。

他们在埃尔基斯科找到了那家面对大海、因海鲜料理而出名的餐厅，一致认为那儿的菜做得非常好。他们点了生鱼片、海鲜汤、一条巨大的炸康吉鳗鱼和很多白葡萄酒。由于已经过了旺季，浴场空无一人，他们就在那儿欢笑庆祝，后来又去了黑岛。他们置身于那片松树林时，已经是半夜了。

"我有朋友在这儿。我们把他们叫起来，让他们帮忙找个住处吧。"

"我们最好还是回圣地亚哥。"玛丽亚提议道。她脑袋里第一次想到了明天早上的会议。

"现在已经太晚了。我们好好睡一觉，明天早上早点出发。"

但是他们没能找到朋友，谁也没有开门。拉斐尔把车停到了海滩对面，放起了平克·弗洛伊德[1]的歌。耳边响起了仿佛来自地狱的声音。两个人都沉默了。后备箱还有一瓶威士忌，他们边喝边听着歌。

"别说话。"拉斐尔之前跟玛丽亚如是说。

玛丽亚已经习惯了说话，那是她征服的武器，就是通过说话她学会了肯定、温柔和进攻这套独特的手段，而沉默让她无所适从。《最终乐章》[2]替她诉说了。她在座位上蜷成一团，感受着今天下午她还不以为意的自由的美妙感觉。没有人会让她解释为什么在海边度过了一个周四的夜晚。这么多年来一直是她母亲，然后是维森特，后来是鲁道夫。她闭上了眼睛，跟着平克·弗洛伊德一起遨游。突然她觉得拉斐尔的手正抚摸着她的脖颈，宛若全世界的时间都在他手上。她在沉默中感激着那份缓慢，然后抓过他的胳膊，枕着入睡了。

再后来她在卡塔赫纳古老的宾馆里醒来，茫然地发现自己正走在这家宾馆的台阶上。之前她从露台看了上千遍，现在却是在一个男人身边。昨天她都不知道这个男人一直在这儿。她吓了一跳。

"发生什么事了？"

"没什么大事，就是我在海边开车开了好几个小时，想找个住的地方。终于找到了这个宾馆能让我们留宿，而你，像个睡美人一样睡着了，完全不知道我花了多大力气才把你弄到床上休息。"

就在卡塔赫纳的那家宾馆里，在淡绿色的墙壁和洁白的床单中，玛丽亚和拉斐尔选择了相爱。

回圣地亚哥的路上，玛丽亚给拉斐尔讲了劳拉的故事。他觉得很

1　一支于伦敦成立的英国摇滚乐队，最初以迷幻摇滚与太空摇滚音乐赢得知名度，而后逐渐发展为前卫摇滚乐队，并获得国际声誉。
2　平克·弗洛伊德于 1983 年发行的专辑。

有趣。

　　"就在昨天，去画展之前，我认定了这是最好的选择。"

　　"那你现在怎么想？"

　　"我在想你是不是准备好了做我的邻居。"

　　"是的，我准备好了。但有个条件：把周日延长。"

　　于是他们就把周日延长了，长到同居了三年有余。

十一

正如钢笔之于诗人，毛笔之于画家，这就是爱情之于玛丽亚。

就像她自己春风满面地说的那样，她这辈子谈过上千次恋爱，每一次，就算只持续十天，也是全心全意地去爱。她能让一个男人听到她亲口说出他不是唯一、对此一清二楚后，还能相信他们的爱情不容置疑。这是多大的本领啊！

玛丽亚的家庭不是完全自由的。堂娜玛丽塔在女儿们至少十五岁以前，不希望在家中听到"谈恋爱"这个词。不管是玛格达还是索莱达都没有让她不安，但是玛丽亚十三岁时——十三岁，她重复道——打破了规矩。正值午饭时间。那天大家都坐在桌子旁，安静地等着收音机里埃尔南德斯·帕克作完政治评论，因为这对堂霍阿金来说神圣不可侵犯。就在那时玛丽亚利用大家都全神贯注的机会，庄严地宣告说：

"我谈恋爱了。"

"什么？"堂娜玛丽塔有些噎住了。

"就是你们听到的那样。"

"跟谁？"父母亲正考虑如何适当应对时，姐妹们想知道的是这个。

"何塞·路易斯·巴尔德斯，是对面学校人文专业三年级的。"

"但是，玛丽亚，你不觉得你做这种事还太小吗？"

"妈妈，我还小？你真是疯了。我深深地爱上他了。如果一个人到了能感受爱的年龄，那就可以谈恋爱……"

堂霍阿金笑了。他很少跟女儿们争论，几乎总是觉得争论无用，而且他觉得玛丽亚是个有趣的孩子。堂娜玛丽塔则试图劝说她，但也仅限于引起她的关注，因为她知道劝说也是徒劳。

"玛丽亚，是我记错了还是这个何塞·路易斯在跟你朋友罗西塔谈恋爱？"

"他们昨天分手了。"她认真地回答道。

"你把他撬过来了？"这是大姐难以置信的声音。

"是，也不是。事情是这样的，从孔孔回来，全年级的人都爱上了何塞·路易斯，但是他还没决定跟谁在一起。我很好奇，还没认识他时就决定拿下他。罗西塔确实很生气，因为他都已经答应跟她谈恋爱了，并且他们也真的谈了一个星期，然后他为了跟我在一起就把她踹了。"

"我的上帝啊！"堂娜玛丽塔双手抓着自己的头。

这就是事情的开端。

这是正式的开端，玛丽亚强调说。因为她之前已经有过恋爱经历了。九岁时她爱上了拉斯美伊萨斯的一个农民。他叫奥兰多，是庄园管家的侄子。他的哥哥多明戈当时负责照料小姑娘们夏天骑的马。再长大一点儿（玛丽亚已经不记得确切的年龄了）她和玛格达总是追着多明戈到水井旁——水井离房子很远，挨着饮马的水槽——让他给她们看"尾巴"。她们那时就是这样称呼男性生殖器官的。现在玛丽亚依然不理解为什么她们会用这么可笑的名字，明明别人家的小孩都用"棒棒糖"、"小葫芦"或者是其他比"尾巴"更好听的词。这不是堂娜玛丽塔教给她们的，父亲家里的大人也从来说过这个词。直到如今姐妹们还是会好奇妈妈到底会给它取个什么名字——就算只是想过，也肯定有一个——但是现在她们仍然不好意思直接问她。几年后的一天，玛丽亚去找姐妹们，跟她们提议造一个新颖的名字，作为对父母和保姆来说都是秘密的代码。于是她们就称它为"穷小子"，没有特别的原因，只是因为她们喜欢。姐妹们在餐桌上讨论"穷小子"，继而捧腹大笑，父母对此却没有丝毫怀疑。（不久前，在一次特别正式的聚餐上，玛格达和玛丽亚相对而坐。这时走进来一位格外英俊的男子，玛丽亚隔着桌子几乎是喊着对玛格达说："喂，玛格达，你想象一下他的'穷小子'！"玛格达瞬间脸色苍白。她已经不是做这种事的人了。）

可怜的多明戈已经到了懂事的年纪。他知道这个游戏很危险，总是尽力在不冒犯她们的情况下逃脱。

"这有什么难的，多明戈！你就把裤子脱下来一点，不用太多，让我们看看嘛。别人不会看见的。你别不合群啊。"

小东家们没有兄弟，东家为人又一本正经，这些都不是他的错。（玛丽亚说："我从来没见过我爸光着身子，从来没有。"）后来，在她九岁那年，多明戈去参军了，留下了他的弟弟奥兰多负责照顾马匹。玛丽亚一看见他仿若被雷击中了，完全爱上了他。她整日远远地看着他，编造各种借口只为了能每天去好几次马厩，于是她的马总是有问题。但是奥兰多保持着远远的距离，几乎不跟她说话。他的哥哥和主人都严格地命令过他，这个地方没有任何一个年轻男人敢不尊重她们，哪怕是一句不敬的话都不能说。"现在我明白了，"玛丽亚推测道，"多明戈应该对我们和我们做的傻事很警觉了，想必有人告诉他提防'尾巴'和所有那类事。"但是她的内心正熊熊燃烧。她现在还记得，她的身体滚烫发热。

有一天奥兰多从房子前面走过去拴牲口——那时的人们是这样称呼马匹的——玛丽亚正和她母亲在花园里。

"妈妈，多明戈的弟弟真好看。你不觉得吗？"

她母亲猛地转过头，皱了下眉，脸上满是深深的厌恶。

"上帝啊，玛丽亚，你别这么说话。"

"可是，妈妈，我说什么了？"

"农民们都不好看。"

"什么？"

"就是不好看，玛丽亚。人们不会用同样的标准去衡量穷人。穷人不可能好看。就是这样。"

"我不明白。"

注意到母亲不耐烦的脸色，她本该默不做声的，但她是真的不懂，既不懂这句话也不懂这个词。"标准"是什么意思？

"你可以觉得一个农民的脸长得有趣，他的目光尖锐，或是类似的东西。但是你不能说他们确实很好看。我不许你再说这种话。"

这个场景是玛丽亚童年回忆中最清晰的，她甚至原原本本地记得那把帆布椅子是橙色的，妈妈在栗树下侧躺在上面。她再也没用过这种说法，但也从未遗忘过。后来她听过许多人用这个说法来形容农民妇女，这种情况是被允许的。（一年前，奥兰多的女儿来玛格达家里干活。说到她，玛丽亚利用这个机会特意在母亲面前说："你还记得这个小姑娘的父亲多好看吗？"母亲的反应跟三十年前半点儿不差。这并不是指她说的话，语言似乎难以维持如此长的时间，但是藏在那双愤怒的眼睛和那句明显生气的"哎呀，玛丽亚"之下的感情确实一模一样。）

她对这个农民的爱缓慢而持久。每到夏天她的心就重新燃烧起来，冬天又在城里慢慢减弱。减弱，却不消失。她依然记得童年或青春期之前那些真正痛心但历历在目的瞬间，心想自己为什么有这么多阻碍；人为什么会出生在某个确定的地方，而这个地方又决定了一切；为什么这些位置如此不可撼动；为什么他生为穷人而她生为富人。她想同他一样做穷人。她一边骑在马上一边思考，想象着他们之间永远不会发生的画面和永远不会说的话语。她还常常在心里揣测他会怎么想。他喜欢她吗？而最大的未知在于：穷人和富人的感觉一样吗？爱情对于他们来说也是同样的含义吗？

一直到十三岁，玛丽亚都最倾心于那个大眼睛、深色皮肤、面带忧郁的奥兰多。当多明戈参军归来、奥兰多被迫离开庄园时，玛丽亚作了很多努力试图继续接近他。每次打谷她都会跑去，在那儿逗留到很晚。她挑战着父母的怒气，就是为了等他。她得穿过伊塔塔河才能到他家，但是她的借口太少，因为那儿除了他的家就什么都没有了。总之，追着这个男人跑是玛丽亚多年间的夏日主题。她知道这不会影响她跟同阶层人的正常交往，也真心喜欢她在圣地亚哥的男朋友们。她生命中有很多个何塞·路易斯·巴尔德斯，但在内心深处，她对奥兰多的爱是不可动摇的，没有人能再像他那样在她心里激起如此甜蜜的感情。

许多年后，在人民团结阵线执政时期，庄园被没收，她们回去搬家把房子交公。玛丽亚最后一次见到了他。他只是看了她一眼，她的心就怦怦地狂跳不止。他在那儿，跟几个农民站在杨树后观望着，见证着玛丽亚生命中最悲伤的时刻之一。就这样一段故事结束了。离开时，在监督搬家过程的农业改革局和市政府的公务员面前，她最后一次跑着穿过那些看着她长大的杨树，拥抱了他。那是他们生命中唯一一次互相触碰。对两个人来说都是。玛丽亚认为她感觉到回应的时候并不是在做梦，他的双臂的确接纳了她，主人和雇农之间长期存在的身体距离在一个神奇的瞬间被打破了。那片胸膛接受了那次告别，那次与那片土地、与那种生活方式、与那段家庭和国家生活的日子的告别。在玛丽亚生平如此重要的一个时刻，她觉得自己有特权跟深爱的人告别。

　　十岁那年，虽然心里一直想着奥兰多，玛丽亚还是把她的夏日恋情延伸到了冬天。她爱上了别的穷人，城里的穷人。一整年她都被电影院的领座员迷得神魂颠倒。那家电影院在她家附近，她们每周日都去。据玛丽亚说，他就是伯特·兰卡斯特[1]的忠实翻版。这在她眼里就意味着得到了特许。她和朋友们一起去电影院，窃窃私语，笑得花枝乱颤，毫不顾忌地盯着他看。为了能在工作日也看到他，她就去电影院的甜品店买糖果，透过玻璃门偷偷看他。她还知道他的工作时间以及休息日。在她的想象中，他离得很近。她有时还会对他笑笑。他让她着迷的一部分原因就是他的不可接近性，那种被带到了极致的神秘感。尽管玛丽亚问到了他的名字，但是两个人从没说过话。

1　美国电影演员，代表作品有《大西洋城》和《再上梁山》。

第二年，是她们学校的一个勤杂工。这个人长得不像任何电影演员，但在她眼中却是英俊帅气。他神情严肃，看似冷漠——做这样一份工作怎么可能不冷漠！——而这让玛丽亚为之倾倒。他越冷漠，她越着迷。玛丽亚的整个生活都仿佛聚焦于如何靠近他。在恋爱这方面她一向很聪明，不久就把一切都调查得一清二楚，知道他住在哪儿、在学校工作日的八个小时中做什么、哪天擦哪个教室的哪块玻璃，还知道每周一下午三点他要清洗大食堂的地板。于是玛丽亚就在那天的那个时候雷打不动地装病，去食堂要一杯薄荷水，在他面前摆一把椅子，坐在上面喝水，盯着他看。可怜的修女学校的勤杂工！他试图无视这种毫无畏惧地追求他的凶猛攻势。那是一种上层人可以追求下层人的毫无畏惧。实际上，她确实正狂热地追求他。最疯狂的是那天课后她去了夏洛特修女的办公室——当然了，他在那儿打扫卫生——当着他的面向修女倾诉了自己的严重问题：她爱上了一个跟她社会地位不同的人。尽管由于在学校都用英语交流，对话是用英语进行的，玛丽亚还是知道他正在听她讲话并且完全能听懂。修女针对这个情况给她提了一些建议，丝毫没有怀疑被提到的那个人就在这同一间办公室里。保洁男孩的存在对于修女来说就像一件家具，所以她觉得对于女学生们来说也同样如此。玛丽亚离开了办公室，因为表白感觉到了巨大的满足，或者说，是因为用了唯一可能的方式跟他进行了沟通。

后来玛丽亚用了很多次这种方法。那时人们还严格地相信应该由男人向女人表白，但等待让她厌倦，她先表明了心迹。她的表白让当事男子惶惑不安，也让那些完全不同意她这样做的女朋友们感到不悦。但是不消说，谁都没跟她说过"不行"这两个字。她一直难以理解为什么应该是男人采取主动。

玛丽亚知道，在那个时期一个女孩所做的一切几乎都会受到指责，她那些疯狂的事不能完全公开，所以她只是把经历分享给闺密，跟亲姐妹们都没讲过。这些朋友已经习惯了玛丽亚的特立独行，后来她们都成了她的帮凶。她的影响力太大了，甚至说服一个朋友也爱上了一位勤杂工。这个人是玛丽亚心上人的同事，虽然没有那么帅，但也说得过去。就这样她有了活动的共犯。在电影院她试图为另外的女友找一个领座员，但所有人年纪都太大了。朋友们一起热忱地保守着这个秘密。可是她们在写信、写日记和打电话时，需要一个代码，她们不能用"下等人"这样的词来谈论喜欢的人，这听起来没有美感。另外，这个词在玛丽亚的家里是被禁止使用的，因为家人认为它不符合基督教教义。她的奶奶是铁杆的亲英派，又爱咬文嚼字，称呼穷人为"头发没长全的人"。在饭桌上，保姆边上菜，她边用这个词谈论他们，而保姆们从来不知道她所指何事。然而由于这个词在家里已经很熟悉了，她们还得再造一个，所以她们就叫他们"毛头小子"。没有人能明白她们在说什么，毛头小子是他们聊天、关注、心事、幻想、笑闹和秘密的主题。说实话，这些毛头小子是玛丽亚生命的一段时光中至关重要的部分。

终于到了十五岁，玛丽亚把那些禁忌的爱情抛到了脑后，开始了货真价实的恋爱。但她不止一次地思考，是什么奇怪的习性让她选择了这些人做自己最初的心上人。是对身边根深蒂固的阶级主义无声的挑战吗？是自己要变成一个不可接近的人的执念吗？还是一种要感受到不可能实现的欲念的正当方式呢？

在大学时期，玛丽亚也没消停。她谈了好多次恋爱，并且总是脚踏几只船。她为自己找借口说这是自由恋爱，并发誓永不结婚生子。

她看不起传统的情侣，觉得他们既不高尚又没激情。在她看来那都是可怕的罪恶。玛丽亚的名声不好，但她并不为改善这种情况做什么。就连她左派的党员也不支持她。她跟共产党的党员们交往时，党内的领导都要求那些党员多留心与她的恋爱关系。然而她对此无动于衷，还对他们表示同情。甚至有一次她爱上了右派学生组织的一个著名成员。她可是左派的党员。于是，一些朋友认为她已经走得太远了。她知道支部的同志们威胁说如果组织不跟她划清界限，他们就退出。但玛丽亚自我保护着，在完全矛盾的环境中谈着这段恋爱。她觉得在她的激情面前，不管是右派还是左派的愤怒都不重要。

那时有一件事直到现在还伤害着玛丽亚。

那天是大学生左派开大会的日子。学生联合会被掌握在自称"行会人士"的右派手里，左派组织起来要从他们手里把它夺过来。事实上中间派是不存在的，在20世纪70年代中间派还不流行。会议是在中央大厅举行的，结束时，所有人都在主厅，行会的人从学生联合会办公室看着他们，不无畏惧地用麦克风宣布所有参会的人都要转移到另外的校区，去参加一个支持人民团结阵线政府的活动。不到一分钟，大厅就空空如也了，所有人都一批批地撤离了。行会的人舒了口气：视线内终于没有任何左派了，一个都没有了。只留下玛丽亚。她不知不觉间就完全孤身一人在大厅里了。她看到主入口的大门关着，应该绕到后面才能出去。学生联合会的办公室就在门左边的位置。玛丽亚不紧不慢地往外走。这时她看到一群学生围了上来。她本能地看向旁边的走廊，希望能找到掉队的朋友，但所有人都走了，她只看到大门紧闭，在这个中央大厅里制造着一种真正的小气氛。她身边全是行会的人，这时她听到一个声音回荡在这个宽敞封闭的空间里：

"我们终于逮到你了。现在你给我们听着：你就是个婊子！"

那是一个金黄头发的男孩，穿着双排扣的西装三件套。玛丽亚隐约认得他，他们中学期间在聚会上见过。

"你的那些跟你上床的保镖们已经不在了，他们把你自己留在了这儿，因为你就是个婊子！"

喊声穿透了玛丽亚的身体，她能分辨出几双充满怨恨的眼睛。

"滥交的左派！婊子。这就是你。"他像疯了一样喊着。"婊子！婊子！"

他们不知道除了通过性还能怎么侮辱女人：这是用于攻击的神圣方式。死一般的沉寂。这个男孩的愤怒笼罩了一切。以前玛丽亚从来没被侮辱过，她的沉默不完全是出于胆怯，还有惊愕。她没开口，一动没动。那个黄头发的男孩朝她走了过来。不只玛丽亚觉得他会打她，还有一个在场的人也这么想。这个人一声不吭地走进学生联合会办公室，马上就跟着一个领导出来，走到了大厅。领导人扫了一眼整个场面，斩钉截铁地对那个大声嚷嚷的男孩厉声说道：

"你现在干的事是一种懦夫行为。"他像父亲一样抓着玛丽亚的胳膊，带着她离开了。

"我真诚地向你表示歉意，请求你的原谅。这不是行会主义教我们做的。"

他把她带到侧面，让她能安全离开，十分庄重地跟她握了手，又再次道歉。

玛丽亚一个人沿着阿拉梅达大街走着。她倍感屈辱，怒火中烧。

"我可能真是个婊子，蠢货们，但你们别做梦，我一辈子都不会跟你们任何一个人上床的。"

直到现在她都信守了这个诺言。

玛丽亚一直没结婚。为了避免说得绝对，应该是她到现在为止一直没结婚。维森特，鲁道夫，拉斐尔。

1973 年年末，她像往常一样，深深坠入了爱河。那年她二十五岁。男朋友叫维森特，是一个政治积极分子，放弃法学专业投入了党的事业中。发生政变后，他被迫出国，而她决定跟他一起。她把维森特当作身边唯一没有被破坏的东西紧紧抓着。她求他带上她，但是维森特提出了一个条件：结婚。玛丽亚大喊大叫、气急跺脚，最后只用一个论据就说服了他：

"这是我仅剩的旗帜了，别因为你的任性就逼我交出它。"

于是玛丽亚什么文件也没签就跟着维森特走了，留下了愤怒伤心的父母。他们同居了三年，根据组织的要求更换着国家。他们先后在哈瓦那和柏林居住，后来又去了英国，就是在那儿，他们分手了。或者更确切地说，当组织让他们再一次搬家去捷克斯洛伐克时，玛丽亚不陪他了。

"我就到这儿了。"

坚定而决绝。她不想再漂泊，不想去更多的社会主义国家，也不想住在借来的房子或者宾馆的房间里了。她想安定下来，想有自己的房子，想买装饰品，想要在某个地方有生根发芽的感觉。跟维森特的争吵越来越频繁。他想要一段正常的婚姻、一个只为他奉献的女人和孩子，而玛丽亚还没准备好做这三件事中的任何一件。她坚持认为自己有权同时享受多段恋爱，并断然拒绝了生孩子的想法。

就这样他们分道扬镳了。

"你怎么办？"

"我想回智利。"

"不可能。组织不会让你回去的。"

"组织！组织！我烦透组织了！我想回智利。我想回家。"

"哪个家，玛丽亚？你父母家？"

"那是我唯一的家。"

"但是你抛弃了它。你回不去了。"

"那我就没有家了。我没有祖国。我什么都没有了！"玛丽亚伤心地痛哭起来。

正如维森特所说，组织没有允许她回国，那太冒险了。因为跟维森特一起生活，她掌握了很多信息。组织让她等一段时间。

她在伦敦开始了等待。有一阵儿她想去巴黎，已经结婚的玛格达和何塞·米格尔在那里流亡。她需要一点家庭的温暖，同时也需要一份工作。她在智利中途放弃了新闻专业，在那些动荡的流亡岁月也没能再回到教室。她作了调查，看能不能在伦敦完成学业，于是就留在了那儿。

她独自住了一年，直到认识了电影制片人鲁道夫并爱上了他（外国人可以做朋友或者做床伴，安娜，但是不能发展长期恋情）。所以，他是智利人。玛丽亚说他帅气、有才华、风趣。在所有的"丈夫"中，她最喜欢他。她在与感情相关的说法上颇不严谨。根据日子不同，她有时称呼她的男人们为同居者，有时称呼他们为丈夫，相应的，她与他们的生活就是同居或者婚姻。

国外的孤单和流亡生活的不规律让鲁道夫和玛丽亚从第一天起就同居了。这是她经历过的最长久的同居生活。他们继续在伦敦停留了一年半，大约在 1979 年年末回到了智利。我就是在那儿认识了他们。他们确实在贝亚维斯塔区租了一幢面积很小但是非常讨人喜欢的房子。就像我在学院第一次见到她时设想的那样，房子带有小院儿和吊床，卫生间里有鲜花。就是在那个时候，他们作为平等的合伙人开了一个电影和摄像公司。玛丽亚出了一半资金，那是堂霍阿金的厚礼；鲁道夫出了另一半，由他来管理公司。玛丽亚不想在那儿上班，她的行为准则之一——她有太多行为准则了！——就是情侣永远不应该在同一个地方工作。于是她去了学院。

直到 1981 年年末他们才分手，玛丽亚很受伤，接受了生命中第一次的重症特别护理。

但她没有单身太久。1983 年年初，拉斐尔出现了。伴随着国内的抗议声和沸腾场面他们确定了关系。但跟她之前的恋爱不同，我们在她身边一天天共同经历了这段故事。我们还会见证她多少故事呢？

十二

　　玛丽亚跟我们说玛格达下了很大力气才回到祖国，尽管这是她这辈子最想做的事。然后由于祖国已完全今非昔比，她又下了很大力气才重新爱上它。那是1983年，经济爆炸已经结束，危机无处不在。财政官僚纷纷破产或者锒铛入狱；民不聊生；政治生活混乱不堪；处处失业；众望所归的开放政策是把双刃剑；反对派组织起来，又再度分裂；流亡的人陆续回国。有人心怀希望，但无一例外都穷困潦倒。外债如同一个抽象的巨人，每个公民的债务则如同具体的混乱场面。抗议声不绝于耳。

　　索莱达还过着地下生活，玛丽亚在试图建立她的第三段婚姻。（玛格达拒绝称它们为"同居"）。

　　表姐彼达是她们童年和青年时期最亲密的伙伴。她有着金色的头发和金色的意愿，生活潦倒却不对任何人倾诉。她跟丈夫还有他们的四个孩子生活在塔拉甘特的农村，住在丹尼尔家庄园的房子里。亲情成了丹尼尔破产和外债的后盾，彼达和她的笑容让他得以面对一切。她张开双臂欢迎玛格达，陪她聊天，给她敞开心扉讲述一切，试图弥补她们长时间的分离。

是玛格达跟玛丽亚讲过她跟彼达的这段对话，还是她臆想出来的呢？

这儿的空气太好了，玛格达。孩子们如此喜欢农村。丹尼尔正在我公公的帮助下开始新的买卖呢。一切都会变好的，我丝毫不怀疑。的确，我们失去了维塔库拉的房子，但还有莱妮雅卡的，因为它被及时转到了我名下。放弃陶艺课我很痛苦。我终于学会了做盘子，而且做得越来越漂亮了。我从来都没想过我能这么喜欢色彩，但是没关系，我会重新学起来的。学校换人换得越来越勤了，靠上英语课，我一直没挣到太多钱。我总是希望某个有编制的老师怀孕。另外，我很喜欢孩子们。你别这副表情，玛格达。相信我，我很幸福。苦难帮助人成长。这是我受到的第一个打击，我觉得我有能力面对它。好吧，第一个打击是海梅的死。但那不一样。丹尼尔还活着。是的。我只要能去圣地亚哥就会去。我不能骗自己，我很怀念孩子们学校的家长会、那些成果丰硕的会议、宗教和教育……我们有一个那么好的小团体，那是我社交生活中最棒的部分。不，现在我都见不到他们了。是的，那是少数丹尼尔让我自己做的事之一。去电影院？我已经不去了，这是自然，因为这意味着要很晚回来。有一次玛丽亚逼着我去，领我看了下午场，但那部电影太紧凑了。我爸每个月会给我钱，跟我单身时一样。我用这笔钱加汽油、给丹尼尔买烟，还时不时地给孩子们买个玩具。不，他完全没有羞辱我。如果我爸可以这样做……是的。有时候我担心丹尼尔，他已经有这么多麻烦了，我不想再给他增加别的问题。他常常对我视而不见。有时候我觉得他的目光穿透了我，好像我是透明的，但是他已经有那么多事要担心了，我不能要求他眼里总是有我。有时他会喝很多酒。真是个小可怜。他想偶尔高兴一下也情有可原。对他来说，生活太艰难了，他所有伟大的梦想都摔在了地上。而且他所有的朋友都喝这么多，他不会引起别人的注意。只有我明白他开始醉了。他从来不在大家面前出丑。但是没关系，这没什么好担心的。等到生意有起色，他会少喝的，这我毫不怀疑。他也很少看到孩子们。有时他不能回塔拉甘特睡觉。不过忍受四个孩子烦扰他，扑在他身上，这太困难了，明明他也不得志。我更希望他少见见他们，省得他不分青红皂白地训斥他们。是我婆婆养着庄园里的全家。她真是个天使，没有她我真不知该怎么办。你不知道玛丽亚来看我们的时候，她多开心呢。她说我们有这样不寻常的朋友她很高兴。我觉得她能原谅玛丽亚的一切是因为她觉得她们是同类。她为玛丽亚说的话辩解，因为那辆雪铁龙汽车可是有实实在在的个头儿；她还为玛丽亚的分手开脱，因为就看她的意大利皮靴和红色狐狸毛大衣，她就觉得她是个好人。我心里暗笑。我跟她扯谎说玛丽亚的悲剧就是她不能生孩子，这让她很是同情，甚至在一个周末跟周围庄园的人一起举办了烧烤聚会。其中有两个单身农民很出色。当时我就明白了，这都是她为了玛丽亚邀请来的。你能想象那次聚会多没意思吗？要不是玛丽亚一直让他们一惊一乍，肯定无聊死了。那些农民既害怕又着迷，甚至让我下次还请他们来跟她一块玩儿。

在没饿死的左派面前这些男人很困惑，他们无话可说。只因为她对很多东西来者不拒，他们就认出了她的出身，尽管她自己经常忘了。然后他们就开始把她看作"敌人"。如果有人记得大学时候的她，那气氛就会变得不好收场了。但她笑着说她是一个理智的左派，革命是学生时代的事了。而他们，不管怎么说，玛格达，都是那么久之前掌权的了，他们有一直以来的觉悟，就原谅了过去的错误。他们对犯了错的人宽宏大量，对待玛丽亚怀有胜利者的慈悲之心。不光是在塔拉甘特如此，我觉得这是一个普遍现象。好吧，我说的是普通人。军方？我不认识他们。你想想，玛格达，我们从来没有亲戚或者朋友是军人。可能他们因为手里握有权力就不一样吧，我不知道。但就像我跟你说的，他们把玛丽亚看成敌人，最根本的原因是女权主义。这确实侵犯到他们了。什么？你是问如果在那儿他们也是用权力来说话，为什么还能侵犯到他们？哎呀，玛格达，你别想得太复杂。他们可能害怕失去这种权力吧。如果他们的老婆在一场争论之后想要跟玛丽亚一起，他们就会用眼神逼她们放弃。是的，他们害怕传染。而且我知道因为玛丽亚的出现，那些话才尤其让他们不安。我之所以知道是因为我跟丹尼尔讨论过上千次。如果她长得丑，如果她讨厌男人，如果她是大龄剩女，如果她出身于"勇敢的中产阶级"，如果她因为没有男人养着她而有经济问题或者她因所谓的自身经历而满心"愤怒"，那么他们就会觉得更能忍受她了。不，玛格达，他们还没精明到能看透那种愤怒的程度，更别说感觉到了。你不能要求农民或者丹尼尔的合伙人理解真实的愤怒。玛丽亚上电视参加那个关于女权主义的论坛的时候，所有人都觉得女权主义者是那个"母亲之家"[1]的黑皮肤女人，就是玛丽亚的对手。因为她长得丑，穿得不好，眼中也没有一丝温柔。主持人自己看到玛丽亚出现都一阵慌张。当时正是夏天，她古铜色的身上穿着一套优雅的玫瑰红服装，长发迎风飘曳，坐下时还整理了一番衣着，以露出那漂亮的双腿。当然了，她是故意这么做的，她喜欢混淆视听。就连丹尼尔都隔着屏幕给她鼓掌了。你知道他们两

---

1 智利的一个基金会，创建于 1954 年，目的是 "为智利妇女提供精神和物质福利"。

个人多能吵架吗？不，玛格达。我们是在圣地亚哥，不是在巴黎，智利男人就是这么蠢。我怀疑，不出十年你就已经忘了。你们觉得我资本主义，可是你要知道我是怎么跟他们斗争的。如果一个男人为了相信玛丽亚的那番言论，需要无视女人的魅力，那么我就算不是女性主义者，也知道他的思想有多落后。不管怎样，这些烤肉聚会从来不会草草收场。你知道玛丽亚多有经验的。当觉得争论的热烈程度已经到达极限时，她就放出私家公司的话题，自我介绍说她自己就是私家公司的最好典范。她既不聊她的研究，也不聊学院，只聊她跟鲁道夫的电影公司，好像她在那儿投入了所有时间。好吧，她确实在那儿投入了金钱，也赚了个盆满钵满。然而是鲁道夫在管理。你不知道他们现在不在一起了我有多难过。我想念鲁道夫。他们俩回到智利的时候，我们过得多开心啊。他们看起来那么年轻，那么迷惘。我觉得那是玛丽亚一辈子最美好的日子。你想想我们在贝亚维斯塔的房子里开怀畅饮过得多潇洒啊。鲁道夫特别能干，能跟最不同的人和睦相处。丹尼尔就很喜欢他。他有电影首映时，我们都会穿得整整齐齐地出席。我觉得那是丹尼尔这辈子最接近艺术的时刻，他很骄傲地说那是他的朋友，我甚至撞上过他说那是他表哥。他们俩分手了真让人遗憾，这是心里话。是的，我认识拉斐尔，但不太了解他，他有点不好亲近，让人感觉很孤僻。玛丽亚还像往常那样社交，也不管他。的确，这样更明智。实际上，我对画画不太了解，看不懂他的作品。但是我听懂行的人对他的画赞不绝口。再说，玛丽亚都跟他在一起了，他应该是个不错的人。你能想象她会跟一个平庸无奇的人交往吗？不，玛格达，你别往歪处想。我不是说一个人得出现在报纸上，才能获得她的青睐，这是你说的。但我是在跟你说另一件事，是企业家玛丽亚面对我朋友之时。她会适当地请教，并且把商业和财政词汇用得准确无比，不一会儿我的朋友们就找回了自己的定位，又觉得舒服了。由于玛丽亚会夸张所有东西，想必他们觉得她的电影公司是某种大型广告公司，仿佛她本人就是智威汤逊广告公司[1]的女老板。

不。索莱达来的时候，情况就不一样了。她无法忍受这个世界。跟玛丽亚相反，我尽可能少让外人接触她。她来塔拉甘特是因为要放松几天。准确地说，她正是为此而来。这是有征兆的。我可是读报纸的。别像个疯子一样，玛格达，我又不是住在艾森[2]。当然会读报纸了！反正镇上只有五分钟远。所以，我刚刚跟你说……我读报纸，然后根据新闻，猜到索莱达会来。我从来不会搞错，每次镇压一严重，她就会拎着小公文包出现。要想看她露出笑容，得等上几天。随后她就开始放松了。虽然她也莫名其妙，但是丹尼尔让她觉得有安全感，大概是出于他事不关己的态度吧，还是只因为纯粹的无依无靠？丹尼尔接受她是因为她是我表妹，因为她就像我亲姐妹一样，这毋庸置疑。还因为我爱她。是的，我爱索莱达，保护她是丹尼尔唯一允许我做的疯狂的事。有时候他们会讨论政治，一直聊到很晚。丹尼尔会问她一些莽撞的问题。因为不太能理解这些问题，他在这方面不算精明。她呢，好像在听下雨声一样，也不指责他，甚至有时候还笑。他们一起抽烟、喝葡萄酒（要是玛丽亚来，丹尼尔会拿出威士忌）。她带着埃斯佩兰萨来时我别提多高兴了。我本想一直跟她多待一待的。但索莱达只有在需要时才会把她带出来，跟你的帕乌拉不一样。她不

1　创始于 1864 年，是全球第一家广告公司，也是全球第一家开展国际化作业的广告公司。
2　智利城镇，位于该国中南部伊瓦涅斯将军艾森大区的艾森省。该大区是智利人口最少的大区，仅约九万人。

只是你的女儿，还是我们所有人的。我们的第一个孩子。玛格达，你还记得森林公园的那套房子吗？你还记得吗？我们仨摸着这个孩子，好像她是假的一样。你在床上笑着。你还记得每次我们挪动她或者给她喂奶时多害怕吗？而你，在人民团结阵线政府时期，还不想雇住家保姆，晚上竟然跟何塞·米格尔出门，留下我们照顾她。所以，我才能在生小丹尼尔时不那么害怕。那是我们第一次有孩子。玛丽亚这个傻女人没有孩子……你的孩子们又在流亡，埃斯佩兰萨是我唯一能够付出姨妈爱心的机会，索莱达却把她藏起来了。你想过这对可怜的玛丽塔姨妈来说多么不幸吗？她能做什么样的外婆呢？是的，有时候小埃斯佩兰萨会在那儿待上许久许久，但是随后索莱达就来了，不由分说地就把孩子从她身边夺走，连个安置她的办法都没有。姨妈就得等索莱达回来或者把孩子交给她。可怜的姨妈。

不，她不带奥斯卡。只有一次她跟他一起来了，还很不容易。我们不知道在其他人面前怎么介绍他。他觉得农村没什么风景，认为庄园主们天一黑就会感到无聊。于是他们就开始串门，来看我们。大家都知道索莱达是我表妹，虽然有点儿古怪，但终究是我表妹。她从来也不留下来聊天，善于巧妙地走开，话说得很少，总琢磨着怎样不引起别人注意。没错，她跟玛丽亚恰恰相反。现在我觉得真不可思议。她们俩曾经好得像一个人，还一起在政治事业上共同奋斗了那么长时间。嗯，是这样。玛丽亚意志薄弱，在事业上从来没有雄心壮志，而索莱达确实是有的。那个时候就已经显现出来了。玛丽亚承担了所有过错。她觉得自己轻浮，因为长得漂亮就请求别人原谅。你还记得她被工人抓着从工厂回来那次吗？她一把抓过剪子就咔嚓咔嚓地把那头漂亮的长发剪掉了。当我们问她为什么要这么做时，她郑重地回答说

"为了让他们把我当回事"。总是我们的大独裁者索莱达像提醒所有人那样提醒她该怎么做、包容她、跟她成为一体、保护她。我觉得直到现在索莱达也没能从被玛丽亚抛弃的阴影中走出来。虽然每个人都有自己的风格，但她们那时关系多好啊！她们俩的性格差异水火难容，能走那么近真是奇观。而你，玛格达……是的，索莱达向来最不相信你，但她现在很高兴通过你接触到人们所谓的"左派中的右派"。她一直都知道你早晚也会在那个地方。而且她相信何塞·米格尔的政治事业。这对她来说就已经够了。玛丽亚说只有流亡让你没有彻底投身到政治中心里，那是你的观念所在。好吧，现在一切都混成一团。她觉得你如此虚伪？你想想她是怎么看我的？她特别喜欢"老处女"那个形容词。玛格达，你和我，我们都是"老处女"，区别就在于她认为你是个聪明的"老处女"。我觉得说到底，她心里终究还是跟索莱达更亲近。

是的，我们跑题了。我刚刚跟你说到那次索莱达和奥斯卡一起来塔拉甘特的事儿。真是太糟糕了，她也马上觉察到了，所以那是最后一次。你知道我很喜欢奥斯卡。有时候我担心海梅没法被取代，因为这势必会给索莱达带来伤害。你想想她多年轻就守寡了！就是因为这个我才喜欢奥斯卡，真的，我感谢他让我们的索莱达又活过来了。不，玛格达，我在说感情上的事呢。我很清楚生活从未抛弃她，但是海梅死后的那些年你没在这儿生活，不知道索莱达的心日积月累地变得多么冷漠。她生埃斯佩兰萨那会儿，我认为那是一种反抗，是对被剥夺的一切的反抗。我想她可能再也不会有男朋友了。好吧，奥斯卡真是个菩萨心肠的人，他是我认识的最简朴的人，从来不抱怨任何情况。如果没有面包，他就不吃面包；如果没有石蜡，他就冻着，盖上被，钻进床里，从不抱怨；如果不能买周刊，他就去图书馆，在那儿阅读；如果他们不得不分开一段时间，他就认为那是他们工作的一部分，毫无怨言地接受；如果感到害怕，他就硬生生忍着，什么也不说。我敬重他。他是一个对自己的选择始终如一的人。如果全国的左派都是这样就好了……好吧，极端主义政党。孩子们对他感到新奇，问他为什么要戴金牙套，为什么那么瘦，为什么吃饭有声音，为什么把"ch"音发得那么奇怪。总之……要跟塔拉甘特的朋友介绍说他是一个老师，正想看看能不能在这块地方谋个差事。尽管我们说他跟索莱达一起工作，人们还是觉得蹊跷。她觉得大家的好奇心危及了他的安全。好像组织上没有多余的地方能隐蔽它的成员。奥斯卡和丹尼尔的对话很难进行，两个人都尽力表现得有教养，但是他们没有可能的共同点。奥斯卡就选择沉默。我和索莱达只好用童年回忆来拯救这种局面，但我们所有人都很别扭。最终索莱达决定他应该去玛丽亚的公寓，她说尽管她们之间是亲戚，但对于玛丽亚现在的生活来说那是个安全的地方。她跟奥斯卡的确有共同点，至少有一个同样的过去。而且，你知道她是怎样的人，复活节岛上的石像都能让她兴奋起来。我提醒你，让奥斯卡兴奋起来可不容易。他太不爱讲话了！也不像我们一样会出于教养强迫自己把不可避免的空隙填满。我一点都不怀疑他应该能跟玛丽亚相处融洽。他不会像索莱达一样在塔拉甘特空旷的大房子里挨冻，而是会吃丰盛的饭菜，不是孩子们吃的那种；他还会听听悦耳的音乐。因为丹尼尔从来都对音乐无所谓，我也开始无所谓了。因为他们都是喜欢夜间活动的，所以晚上不管几点玛丽亚都会跟他喝上一杯威士忌、请他吸烈烟、给他讲她所谓的现实世界中某件好玩的事。另外，她没有如何跟别人介绍他的麻烦。由于流传着玛丽亚情人的传说，没有人会因为看到一个陌生男人住在她家中而感到稀奇。最多就是他品位的无产阶级化会引起人们的注意，但这可以归结为他为人古怪。是的，玛丽亚在这方面很大度。我知道她在超市要付的账单，知道她出差时要带的书，知道她在奥斯卡生日时送他的设得兰羊毛毛衣和所有细节。顺便说一句，奥斯卡在那个公寓里应该比在塔拉甘特这儿过得好多了。而且，玛丽亚比我有趣多了，在她家里他应该可以遇到有意思的人。这是真的，玛格达。不管在哪儿，最后我们总是会聊到玛丽亚。你别生气，没人说她比你好。但是我跟索莱达聊天的时候也是这样。这是为什么呢？

十三

　　天已经黑了。今天下午太阳下山早，我们已经如往日一样在树林里散完步，带着满身寒气回了家。伊莎贝尔说她要上楼去泡个澡，但是她对萨拉正在厨房准备的酒饶有兴致。我们不能在走廊喝酒，那里过于凉爽了。总之，客厅不是那么派不上用场。萨拉正在把当地成色不错的奶油奶酪切成小块。伊莎贝尔品着白葡萄酒，把头靠在了粉红色的栎木桌子上。

　　她上楼去浴室时，看见正中间的浴缸已经被占领了。玛丽亚正在里边读书，泡沫一直漫到了她的脖子。她读的是理查德·福特的《体育记者》，这个作者有能力搅动她内心的一切。她发现美国的肮脏现实主义作家时就断言说："我在感受卡佛和福特的时候毫无防备。"她觉得用这句话就能解释全部了。我们，由于进口书的缺乏和增值税，等待着轮到我们证实为了感受这些作者是否需要毫无防备。

　　伊莎贝尔双臂交叉观察着她。

　　"我这就出去，这就出去。"玛丽亚不得不离开浴缸，看起来闷闷不乐。

　　"好吧，你还是这样待一会儿吧，"伊莎贝尔对她说，"如果你带着那么多泡沫把福特换成玛丽琳·法兰琪……玛丽亚，你知道你让我想起了什么吗？我过生日时那个疯狂的晚上！"两个人哈哈大笑起来。

喜来登酒店的这个房间有两张双人床，伊莎贝尔坐在其中一张的边缘，不知道从何开始。这大概是她一生做过的最大胆的事了。

她犹豫着是否要打电话叫客房服务。随后她明白这太荒唐了，她已经身在此处了，为什么还要扭扭捏捏呢？当终于要了一杯威士忌以后——更有甚者，她要的是双份的——她觉得有些冷静了。她想起了萨拉和玛丽亚讲过有流亡者在宾馆自杀的事情。确实，这是一种很明智的做法，是从本质上克服癔病的举动，是实实在在的孤独。不是那种你期待能在感觉最糟糕之前被发现的虎头蛇尾的自杀。她突然想到了埃尔南，便开心地笑了起来。"这是我第一次让他摸不到。这太美好了！他可能花整晚的时间寻找我而不得。"

愉悦让她放松下来。她的威士忌送来了。她签了账单，给过小费，插上了门闩，把"请勿打扰"的牌子挂在门外。

那个巨大的浴缸吸引了她。她一边心想一个人有两个洗手池太浪费，一边在大理石台面上放着的各式小瓶中搜寻一番，找到了泡澡用的泡沫。

她感觉到水已经开始流淌，便关了灯，坐在浴缸边上，闭上双眼，感到困意来袭。她想起小时候，妈妈几乎没冲过澡，只在浴缸里泡澡。水流淌的声音就是妈妈在身边的安全感。如果她在不寻常的时间听到了水声，那是因为妈妈已经起床了。长大以后她自告奋勇地帮妈妈准备洗澡水。她把自己关在浴室里，闭上灯，只有煤气火焰的反射光（那时热水器都放在浴室）神奇地把室内照亮。这些反射光和水流淌的声音一起成了她的荣耀。再后来，她就为自己和弟弟们准备洗澡水。那是她做梦的地方，从那里她创作着各种人物、跟他们对话，赋予想象中的一切以生命。

她打了个寒颤。她想再做一次孩子。她想念有依靠的感觉，同时也想念自由。

那天是伊莎贝尔的三十五岁生日。这是什么庆祝生日的方式啊！她想起几个小时前女儿弗朗西斯卡的小脸。她走进父母房间，恐惧地问道：

"妈妈，怎么啦？"

"没什么，宝贝。回床上去睡吧。"

"爸爸为什么那么生气地走了？"

"因为我们拌嘴了。"

"但是妈妈……你们是拌嘴还是吵架了？"她看起来忧心忡忡。

"区别是什么？"

"拌嘴的话很快就能原谅，但是吵架不会。"

"换句话说，弗朗西斯卡，吵架更严重，是吗？"

"是的，妈妈。"

伊莎贝尔深情地看着她。她小小的身体那么漂亮，裹在淡紫色的睡衣里。她光着小脚，蜷缩在一间圣地亚哥众多没有暖气的高级房子中。因为正值 8 月，天气寒冷。她想抱抱她，把她放到床上，跟她盖着被子紧挨在一起。但她马上意识到女儿会减弱她变得冷酷无情的能力。

"是拌嘴，宝贝。别为任何事担心了。去睡觉吧。"

"你不要我陪你吗？"

"不用了，谢谢你。我想自己待着。"

让人心软下来的孩子已经走远了，她又像之前一样生起气来。埃尔南确实怒气冲冲地离开了家。一如往常，他们公司有聚餐。堂毛里西奥邀请了他最喜欢的所有员工——顺便一提，埃尔南也位列其中——去讨一些可能成为投资者的日本人的欢心。

两个月前，伊莎贝尔就让埃尔南在生日当天带她去市中心一个既漂亮又有名的情人旅馆。她想要庆祝一下。

"我就要满三十五岁了，却从来没去过情人旅馆。据说连录像都有，还能看黄色电影呢！"

埃尔南莫名其妙地看着她。

"你？想看黄色电影？据我所知，我们不看那种东西也能行。"

"是。但是我还从来没看过全是黄色内容的电影呢。哎呀，埃尔南！我就是想任性一下，做做之前没做过的事。带我去情人旅馆吧。"

"谁给你出了这么个主意？你办公室的那群女人？"

"什么叫'我办公室的那群女人'？你觉得安娜会去情人旅馆吗？她就不是那种人。萨拉连男朋友都没有。换句话说，她不会为了这世上的任何事去情人旅馆的。"

（她克制着自己没有说出"她不跟任何人上床"这种话，那不是她该使用的语言。）

"那玛丽亚呢？她也绝对不会为任何事情去情人旅馆吗？"埃尔南的声调警觉而讽刺。

伊莎贝尔想到这确实是玛丽亚的主意，有些脸红："你是一个真真正正的女人，竟然从来没去过情人旅馆！真没创意，伊莎贝尔！你让埃尔南在你生日那天带你去。爱情也应该拉出来遛一遛。我把我最喜欢的那家店的资料给你。"

"玛丽亚用不着要别人带她去，别人都主动带她去。"

埃尔南好像并不喜欢这个答案，他立即转到了之前的话题。

"好吧，我带你去。但愿四十岁时你别让我带你去个热带的岛上。你现在越来越喜欢外国的东西了。但无论如何，我们会跟孩子和我妈妈办个传统的庆祝仪式，吃个千层酥蛋糕。还是你连这样都不想了？"

"想，我想这样。白天我们就这么定，但是晚上去情人旅馆。说好了？"

然而，要是堂毛里西奥没有掺和进来，埃尔南的承诺就实现了。如果堂毛里西奥需要埃尔南去满面笑容地面对一个日本人，那就算是在她生日的晚上，他也不会让他失望。他从来不让堂毛里西奥失望。

"你真是不知恩图报。"那天晚上埃尔南对她吼道。

当然，她还得感谢堂毛里西奥给他开工资，就好像埃尔南并不是个出色的土木工程师，就好像在他公司工作了十五年没给他赚够一百万。

"我更希望你少赚点钱，也少操点心。"这就是伊莎贝尔的全部回答。她想到了她的五个孩子、拉斯孔德斯区的大房子、私立学校和停在车库里的每辆车的价格。她走进浴室，踹了一脚通用电气牌的洗衣机，洗衣机旁还摆着一个同样牌子的烘干机。埃尔南紧紧抓着她的胳膊，让她动弹不得，指责她说她疯了。

就在这时伊莎贝尔感觉快要窒息了。她认为曾经很多次有过这种感觉，但从未如此清楚、分毫不差。一些零散的句子穿过她的脑海。

她听到了玛丽亚的声音。

"总有一天伊莎贝尔会有大问题的。要么开始酗酒，要么跟一个比她年纪小的嬉皮士私奔。"

她说这话时，伊莎贝尔还一边笑着，一边佯装生气。

"你应该慢慢来，伊莎贝尔。这样你才不会到极限。相信我，极限太可怕了。每天都放松一点儿，你才不会最终爆发。"

然后，在亲密的氛围中，玛丽亚热切的双眼紧紧盯着伊莎贝尔。

"你为什么忍受他的专横霸道呢，伊莎贝尔？为什么？你怕他什么？"

大家又一起笑起来。

"伊莎贝尔应该有个情人。至少也应该见识一个埃尔南以外的身体，就算是为了作出一点改变。"

"你在跟我说什么选择呢？如果你没有跟别的男人做过爱，你就没有选择。你只有你认识的那唯一一个。"

"霸道的人打电话是为了例行控制别人。我们就跟他说伊莎贝尔不在，看他有什么反应。"而伊莎贝尔脸色苍白地拿起了电话。

"我在，埃尔南。"

她十七年来一直在回答："我在，埃尔南。"

当生日的那天晚上听见关门声和汽车发动机启动的声音时，她觉得自己要窒息了。她喘不上气来，仅有的愿望就是逃离。

逃离……

没有孩子，没有丈夫，没有家电，没有为了买面包跟她要钱的保姆。

她把牙刷、化妆包、镇静药和玛丽亚借给她的一本美国作家玛丽琳·法兰琪的书塞进包里。（"她让你读这些女权主义者的书真是不安好心，"埃尔南不悦地看着书说道，"她把你带坏了。你真是越来越不可理喻。"）什么都不需要了。她检查了钱包，有两张信用卡和一点儿可以打车的现金。没有留下必要的思考时间，她就打电话叫了一辆出租车。

"去圣塔·玛丽亚的希尔顿酒店。"

仅仅是不亲自开车、毫无责任地瘫在后座上这件事就让她感到放松。谁说逃离的直觉是男人的专属？毋庸置疑，男人肯定会一笑置之。但是正在她前面开车的也是一个男人。这么多年来她听过几千遍关于出租车司机有多可疑的话题，说他们可以是保安，跟你讨论政治话题看你属于哪一派，还说警察拥有这个城市一半的出租车。她打了个寒颤，决定严格保持沉默。

伊莎贝尔总是害怕，害怕各种事情，晚上独自出门便是其中之一，独自睡觉也是。她从没想过在自己的城市里去宾馆住上一晚。去希尔顿是因为她觉得这个宾馆最安全（当时高档宾馆在圣地亚哥还为数不多）。如果它是最贵的，那肯定不是无缘无故，有钱人总是很在意安全问题。而且，去希尔顿就不用在这个时间进入市中心。夜晚的市中心是她恐惧的另一件事。高区的一家宾馆让她感觉更亲切。

已经到了大堂，她走向柜台去登记。她运气不错，还有空房间，是双人间，但这不重要，重要的是她到了那儿。

"请问您住几晚？"

"一晚……我不知道……"

冷漠的宾馆员工抬起头看着她。她想保持沉着，但事实上她做不到。

"我能只住一晚吗？"她的双眼几乎是在请求原谅。

"女士，您随意。您有行李吗？"

"没有。"

"您用什么方式付款？"

她拿出了自己的金卡，想让这个可能有些怀疑地看着她的男人平静下来。她忘了她的金发和温柔的双眼通常不会让人起疑，哪怕对方是最多疑的人。

她手上拿着房间的钥匙，惴惴不安地上了电梯。一个小伙子给她开门，把她请进了房间。她喜欢那个宽敞的空间、那两张双人床，还有桌子上的鲜花和水果。一切都洁净无瑕，正是她所需要的。在那片奢华与洁净中没有任何东西能让人觉得害怕。她怯生生地坐在床边，在那儿犹豫着要不要叫客房服务。

但是伊莎贝尔已经浑身泡沫地躺在浴缸里了。水温让身体和心灵融为一体。双份的威士忌已经空了半杯。

"我是个成年人。"她骄傲地对自己大声说。

她一时心血来潮想给玛丽亚打电话，让她分享自己的冒险经历——玛丽亚的优点就是一个人可以在半夜十二点给她打电话——但是她的直觉告诉她这样会让她的行为显得不那么像成年人。她生命中第一次单独行动，谁都不知道她在哪儿。她觉得保持这样才更是有始有终。那时她才注意到的的确确已经是半夜了。

"生日快乐，伊莎贝尔。"然后她让泡沫一直漫到了脖颈。

十四

"我不希望这社会上哪怕一个女人没有过性高潮。"

雪铁龙车奔跑在泛美公路北路时，萨拉的声音依然回荡在玛丽亚的耳膜。她正急切地想要赶到卡查瓜跟玛格达、何塞·米格尔和孩子们聚在一起。她随身带着防晒霜（好晒一晒初春的太阳）、满心期望和一丝焦急。每次进入一个陌生的社会环境，玛丽亚就有一种提前的感觉、相遇的直觉和奇特的期待，仿佛这些场景能让她复原，能觉得自己是真实的。她把拉斐尔留在圣地亚哥准备他的新画展，以使自己可以随心所欲。

公路和性高潮。

前一天她和表姐彼达一起吃过午饭后，垂头丧气地回到了办公室，找到萨拉想倾诉一下。她隐去了当事人的名字，跟萨拉讲：

"结婚十三年，却从来没有过性高潮！"

"那她怎么知道性高潮是什么样的？"

"因为她跟老公做了那么多年爱却一点也没感受到乐趣之后，就开始自慰了。这个可怜的女人感觉很奇怪，有轻微的窒息感，她看电影、读杂志，怀疑可能有某种她不了解的乐趣。她结婚时还是处女，老公是个没有教养也不会替别人着想的蠢货。他十三年来每周一次骑在她身上，连爱抚都没有一下，像个单纯的程序那样圆房，五分钟就结束，然后就没有然后了。这就是全部。他们从来也没探讨过这个话题。而当他，上千次中有那么一次，问她喜不喜欢时，她都很有教养地回答说喜欢。于是他就觉得万事大吉了。你能想象这个男人有多么不敏感吗？"

"还有这个女人有多傻，如果你允许我这么说的话……"

"好吧。有一天，她一边看着电视上的爱情电影一边开始自慰，而他，结束了每周的放松，正在身边平静地鼾声大作。她开始身体发热，接着自慰。由于在这个问题上太傻，她马上就要停下了，觉得自己做的事不光彩。但某种莫名的力量让她继续了下去，然后……结束了！这种感觉给她的印象太深刻了，如此有限。这种终于不再模糊的舒服感，这种让她筋疲力尽封闭了神经末梢摊在床上的感觉。她终于明白这就是性高潮。当然，此后她就一直背着老公自慰，但也承受着巨大的罪恶感。然而她觉得太爽了，对于她来说那不容置疑的刺激程度已经让她无法后退了。她决定跟我谈谈，于是今天就约了我一起吃午饭。她的无知、不开化和浪费时间让我很生气。十三年啊！你怎么想？我十分质疑她跟她那个混蛋老公的性生活。你相信我，萨拉，相信我，不要哭，这么多年来，他从来没吻过她的下体。从来没有。这都能让他进监狱了。这个漂亮女人可怜的下体还保留着初吻。你问她是不是亲过他的下体？你真是疯了。早就知道这两件事都不可能。或者说，因为他从来没做过，她就认为正经人都不这么做。就是这样。她从来都没想过采取主动。我太生气了，已经给她跟做心理医生的朋友预约了时间，就是那个专门治疗性生活问题的心理医生。"

"你朋友不会有些不够性感吗？"

可怜的彼达，她的问题可不是性感缺失，而是愚蠢！

萨拉也跟她一样忿忿不平。很长一段时间她们俩都关在办公室里为全世界的女人神伤。她们的爱情、她们的诱惑、她们的抛弃……玛丽亚的律师朋友丽塔也被拉到了争论中来。萨拉和玛丽亚开始时，我和伊莎贝尔保持了一定距离，我们害怕她们永远停不下来，害怕把我们——就像萨拉略带讽刺说过的那样，我们这样的正常人——也卷进去。但是说回到丽塔，她曾经深深震动过玛丽亚，现在依然时不时地试图再震动她一下。

丽塔是法学院她们那届最优秀的学生。用玛丽亚的话说，她是一个真正聪明的女人。从法学院毕业以后，她去国外读了博士，后来开了自己的律师事务所，成绩斐然。说到她的智商，玛丽亚解释说，她是犹太人。丽塔的整个事业就是一个上升螺旋。她嫁给了一位生物学家，婚姻美满。尽管她假装没有在婚姻上花费太多精力，人们还是明白，婚姻对于她来说是一个重要的维持平衡的背景。她是为数不多对待工作比对待感情生活更明确的女人之一。在玛丽亚看来，这实在让人羡慕。她有两个孩子，都聪慧机灵。对她来说生活很美好。她几乎精通四种语言，人们甚至很难猜出哪个是她的母语。美国一家颇有影响力的公司向她抛出了橄榄枝，于是他们全家都搬到了美国。五年之后这家公司又任命她为驻伦敦代表。她挣了数不清的钱，公司还因派她去欧洲给她涨了工资。她老公毫不犹豫就放弃了美国的工作，陪她去了欧洲。她主动给了他一年的假期，让他在伦敦休整，他愉快地接受了，因为这样他就能全身心地投入自己的研究中。玛丽亚就是在那个时候认识了他们。

玛丽亚会定期跟他们见面。她因见证到在这片土地上还有人是幸福的而感到高兴。这是玛丽亚在流亡期间遇到的唯一没有经济问题并且口中聊其他话题的家庭，因为他们不是由于政治原因才居住在伦敦的。这让他们在她眼中成了一对让人神清气爽的情侣，而十岁或者十五岁的年龄差距让她包裹在一层薄薄的保护面纱中，她对此心怀感激。此外，一个同性别同国籍的人能取得如此重要的职位、赚这么多的钱，让她内心无上骄傲。

玛丽亚度完假回到了巴黎。像每次长时间出门时做的那样，她往丽塔家打电话汇报近况。出乎她的意料，别人告诉她丽塔住院了。她火速赶到她家，心想可能丽塔是患了阑尾炎或是类似的病。她遇到了保姆——只有他们家还能雇得起保姆——保姆跟她说太太疯了。

简而言之：这个丈夫，一边靠丽塔养着享受休假，一边爱上了别的女人。那是一个没有特殊的学识、专门跳东方舞蹈的荷兰女人，挣的钱刚够付房租，但是绝对是个美女。他被迷得如此神魂颠倒，把他的婚姻和二十年来的稳定生活完全抛到脑后，一夜之间就跟她私奔了。丽塔得知她的厄运后就失去了理智。不管是她闪闪发光的职业还是她敏锐的推理能力都没能阻挡她。当后来玛丽亚终于见到她时，她只有一句话："他说我又老又丑。"仿佛丈夫抛弃她这件事都没有这句话更让她觉得屈辱。

玛丽亚穿过埃尔梅龙斜坡，心为丽塔和彼达阵阵紧缩。于是她又想到了特雷莎，那是萨拉的朋友，她的故事同样让人痛心。怎么用她们所有人做一个马赛克，把她们冻结在玻璃中，再让她们重获新生呢？

萨拉和特雷莎是大学同窗，她们成了很好的朋友。特雷莎是一个各方面都相当出色的女人：聪明、漂亮、勇敢，在女人并不很出彩的工程学院里也是成绩优异的学生。她有一种让人羡慕的平衡感。她负责各种事情却不会被它们占去全部精力。她解决问题的办法也不是精打细算的结果，而是出于常识。她很喜欢萨拉。两人都是外地人（她来自塞雷纳），家庭气氛都和谐融洽，也支持她们。一到首都她们就在学生公寓相识了。她们能参与多少项目就参与多少，从单纯的学院项目到政治和文化项目，总是萨拉纵观大局而特雷莎在内容上有所助益。虽然没有经历过萨拉那样的政治生活，但她也是一个左派人士，从后方提供支援。发生政变后，萨拉不得不转入地下时，她给萨拉提供了莫大的帮助（当时特雷莎不是领导人这件事让人感激不尽）。罗贝尔塔出生时，特雷莎被选做教母。她把这个名头看得格外严肃。她常常去瓦尔迪维亚，作为又一个女人跟姨妈们住在大湖街的房子里，姨妈们也把她当作另一个外甥女对待。她取得了学位，不久之后找到了不错的工作。特雷莎能力出众，同时充满活力，她对世界的爱让她在无数友情和活动中游刃有余。

特雷莎的问题是什么呢？男人。没什么新意的问题，尤其是在聪明女人中。特雷莎有些状况：她的恋爱都不能善终。不是外貌的问题。她举止得体，相当注重打扮——她是因为萨拉的邋遢责备她最多的人——秀发飘逸浓密，相貌也中规中矩。萨拉喜欢她开心的大笑，会自然地露出很多牙齿。她在服装上一掷千金，紧跟潮流。除此之外，跟她聊天妙趣横生，与她相处也让人心生欢喜。然而她总是因为一个又一个原因爱上某个男人，过段时间就会被抛弃。萨拉不明白为什么。

"因为她不能刺激男人的性欲，"弗朗西斯科从男性视角解释道，

"有的女人各方面都很出色，男人理应爱上她们。可是当化学效应不起作用时，人们就没办法产生爱意。你知道的，它决定一切。当它指向某个明确的方向时是没有理由的。这就是特雷莎的问题。她让人产生强烈的好感，但却不能刺激荷尔蒙。"

确实，这就是特雷莎的问题。随着时间的流逝，她身边所有的女人都结婚生子了，除了她。萨拉给她介绍了很多男士，特地给她创造机会，但特雷莎的问题不在于认识男人进而征服他们，而在于留住他们。经历了诸多失败之后，她开始失望、自信减弱、内心煎熬。萨拉也为她感到难过。

当她们已经过了三十岁而特雷莎成了资深单身女青年时，她决定接受一份在北部城市阿里卡的工作，幻想着到一个没有人认识她的地方，在那里从零开始。这样就会避免再受害于别人眼中的她的形象。这些形象逼迫她按照那些模板生活，逼迫她忠实于自己、回应别人已有的对一个女人的期待，那是女人自己造就的期待。总之，特雷莎相信自己会感到自由。

就是那时，在阿里卡，她认识了何塞，一个年轻的人类学家。他年龄比她小很多，单身。他是一个古怪、不易相处但有趣的人，他的过往表明他对女性有一定程度的恐惧。他的聪明才智在特雷莎的聪慧中得到了回响，于是故事开始了。不久之后他们就搬到一起同居了。婚姻这个对于特雷莎来说很神奇的词终于出现了。萨拉被邀请到北部去认识何塞。他们共同度过了一周，萨拉还带上了罗贝尔塔，她的教母特雷莎费心费力地照顾她，把时间留给萨拉跟何塞，让他们无拘无束地互相了解。他们一起在优美的环境中散步，穿过与秘鲁的边境去了塔克纳，泡在随时欢迎他们的北部温暖的海水里。那是一段异常充实、让人心情愉悦的日子。结果就是萨拉和何塞互相通过了考核，而且是高度通过。他们聊了两个人在七天之内可以聊到的所有话题。萨拉对何塞表现出来的才智、他让她如此发笑的挖苦和嘲讽能力以及强大的幽默感印象深刻。她注意到他始终是一切的中心，但却没有因此而评判他，反而觉得不如说是他实至名归。很明显他是一个感情激烈的男人，这让萨拉颇为欣赏。

因为朋友的问题终于得到了解决，萨拉兴高采烈地回到了圣地亚哥。特雷莎跟何塞水到渠成地结了婚，然后搬到了圣地亚哥。特雷莎怀孕了，终于做了与她相符的一个小何塞的母亲。之后他们住到了郊外的一块农田里，因为在喧闹的城市里、在人群中，何塞感到闷闷不乐。特雷莎辞职做起了在家里也能驾驭的顾问工作。外面的世界对她来说越来越多余，何塞和孩子仿似夺去了她的每一丝精力。何塞在家中的大书房里工作。每次出门特雷莎都仿佛非常着急赶回来。她长久以来的兴趣爱好越来越少，直至消失。她已然不再为生活在独裁统治下而忧心，对民主制度斗争的支持变得毫无价值。女人的主题——在两个朋友之间近距离地存在着——也不再让她感到不安。她忘记了自己的思想曾经多么先进，任何人找她也不再回应。

"你简直成了一个修女！"萨拉隐忍着但还是相当吃惊地对她说。

被邀请来家里做客的人越来越少，特雷莎把这归咎于路不好走，因为在抗议活动正盛时，村里的道路就变成了不折不扣的战壕，几乎每天晚上村民们都点燃轮胎，让人无法通行。萨拉已经在去做客时受到过几次惊吓。尽管罗贝尔塔喜欢去特雷莎家，大家都建议她白天去，但这对于一个全天工作的女人来说太难办。其他朋友都跟特雷莎失去了联系。有人建议她搬家，而她反对的叫喊声别提有多大了。直到有一天她干脆放弃了工作。她，一个曾经在工作上如此出色的女人。萨拉觉得这样过分了，但却没能越过这对夫妇设置在世界面前的屏障，就连她这个最知心的朋友都没能。她已经无法单独与特雷莎见面了。每次见面时，何塞都伴随左右，干涉她们的见面。萨拉渐渐觉得自己也多余了。随着时间的流逝，农村的房子开始让萨拉身心俱疲。何塞因某个不动产收的租金看似不足维持生计，萨拉旁敲侧击地对特雷莎说她应该重新开始工作。但特雷莎不承认是何塞不允许她工作，只是撒娇地解释说："虽然贫穷，但是我们还在一起。"事实是他们看起来无需任何不存在于那儿的东西。特雷莎努力地操持家务。她曾经爱过这个世界，也多少爱过上流社会的生活，但是何塞不喜欢这个世界，而她无论如何都会保护他。她高雅的外表也不似往昔了，甚至到了比起穿衣更像是蔽体的程度。有四个月萨拉看她一直穿着同一件衣服：腿上套一条黑色法兰绒裤子，上身穿黑色马甲。她已经不像从前那样打理头发了："何塞就喜欢这样，自然。"她夜以继日、寒来暑往地为他献身。如字面意思那样，把她的生活交了出去。

萨拉鼓起勇气，决定和她谈一谈，借口说罗贝尔塔生病了把她从农村拉出来，硬拉着她面对面坐下。她用最温柔的语调和最适宜的话语暗示她说她正在毁掉自己，还拿自己举例子，跟她解释有些女人的服务精神对应着灵魂的阴暗面，这些女人可能最后会得严重的神经官能症。她跟她聊拯救的本能，用萨拉的话说，这种本能只有女人心里才有；聊女性的活力如何做到这般非凡独特；还聊当一个人已经有了清醒的意识时，他如何能重新开始。她原原本本地给她讲了自己的观点，暗指何塞把她当作盾牌用来面对他厌恶的世界。没有她狂热的保护，他就会支离破碎，所以他才选择了她，因为出于单身的心结，她会不顾一切、不计任何代价地为他——这个终于跟她结了婚的男人——服务。

特雷莎没有回答。几天后，何塞来到学院，邀请萨拉吃午饭。作出回答的人是他，而答案是"这段友情走到尽头了"。萨拉明白了，跟特雷莎谈话之时，她就给了何塞一个工具，他需要这个工具来斩断特雷莎跟外部世界最后的联系。她因为掉进了陷阱而对自己气恼。现在除了他不会再有人爱特雷莎了。在整顿倒霉的午餐中她都被何塞指责，说她并不爱特雷莎；说她反对这段婚姻是因为这揭开了她失败的伤疤；还说萨拉不理解特雷莎为什么退出世俗，是因为她的根本兴趣在于权力，她在最先通过弗朗西斯科随后又通过妇女运动获取权力的斗争中，已经丢失了原有的眼光。萨拉没有回答，她想到了特雷莎，幻想着修复这段关系，本想对他说的非常冒犯的答案都停在了嘴边。她一句话都没有说，任凭何塞攻击她。回到办公室时，她脸色苍白、满面泪水地只说了一句话："特雷莎把我出卖得太便宜了！"

在地平线上隐约看见海滩时，玛丽亚决定忘掉那些女人和她们的不幸。

玛格达把她安置在一间能看见大海和卡查瓜那些美丽草地的卧室里。阳台上，一份精致的海鲜汤和一杯冰白葡萄酒正在等待她，让她如同置身天堂。在玛格达的世界里，她觉得很惬意。就这样独自一人、不用对别的事情负责任，让她轻松不少。拉斐尔从来不太喜欢与人打交道，尤其是金灿灿的左派知识分子——他这样称呼玛格达和她身边的人。与之相反，她却感觉如鱼得水。她喜欢手捧一杯威士忌坐在火炉边，身旁围着一群正在争论的朋友，听着他们对政治时局的分析，直到黎明。她间或参与其中，心情激动，为事件的发展心潮澎湃，永远觉得自己就是这个国家变化的主角。1986 年的春天，所有人都伤心难过。一年前，就在这个火炉旁，他们还满怀希望。当时国内达成了国民协议，天主教会召开了全面政治性会议，左右两派在漫长的十二年来终于首次坐在了同一张桌子前。军方感到被孤立。由于表面上民主的右派已经准备好在关键问题上作出让步，政治阶级的出路也依稀可见。他们还设想过要追随哪条路。但是如今，戒严之风盛行，人们很难不屈服于萧条的境况。有人要取皮诺切特的性命，而他在国内开始了镇压行动，暂时得以保命。死亡和入狱重新成为趋势。恐惧再一次扎根，为政治出路和斗争的后果付出代价。不久前还发现了极左团体大规模的军火库。一切都已经倒退，向前看的眼光正黯然失色。

一天早上玛格达激动不已地从海滩回来。玛丽亚刚刚起床。她不但从来不在十一点前起床，而且因这对夫妻在早上八点跑步或是九点打网球而感到惊讶。她讨厌做运动，还嘲笑他们生活得如此健康。

"玛丽亚，快醒醒，跟我来。我们今晚要举办个大型聚会。现在我要去买东西。"

他们的一个朋友来了。这位来自美国的大名鼎鼎的精神学家终于得到了进入这个国家的许可。他名为伊格纳西奥，正在加利福尼亚的一所大学做社会科学调查员。玛丽亚明白这是一个重要任务，因为提起他的名字，玛格达和何塞·米格尔的声音都变了。她不认识他，但听人提起过。由于这个男人在大学讲课并在政治杂志上发表文章时玛丽亚几乎还没长大成人，她从来没有参加过他声名赫赫的演讲。可能在那个时候，作为一名正统的党员，她不会对政治以外的话题感兴趣。玛丽亚想着在入党的那么长时间里自己的目光有多么狭隘，想起她多年间都没有重视党外的人、跟他们打交道，就好像国家的所有现实都被反映和总结在党内生活里。像之前很多次那样，她又回忆起了那模糊的被剥夺了什么的感觉，这感觉与那时的记忆紧密相连。

那天晚上玛丽亚深感不安，这感觉虽然不甚明晰，但确实是不安。萨拉把它定义为提前的焦虑。她为认识伊格纳西奥而兴致勃勃。她痴迷于经历显赫的男人，常常为此而自我批评，仿佛这能减轻自己去发掘他们故事的任务。

玛格达进入卧室时是九点。

"走吧，玛丽亚。傻瓜，别打扮了。伊格纳西奥也一样会为你着迷的。我警告你啊，他可是个风流浪子。"

"我讨厌风流成性的人！"

"因为他们抢了你的角色？"玛格达戏谑地问，"我得承认，如果我单身时认识他，肯定会发生点儿什么事。"

两个人向厨房走去。

"真奇怪，玛格达，你竟然没让我注意举止。"

那声音中有些许不满，表达着姐姐曾多少次压抑她、在她绝望地寻求认可时姐姐脸上多少次出现了指责的表情。每每姐姐需要桌子上有一个特别的装饰，玛丽亚都知道如何为她出力，也了解在玛格达看来她的行为不再是装饰时，那双眼中的无情。

"不需要。伊格纳西奥很开放。"

聚会上有五十余人，一些人是直接从圣地亚哥来的。政治反对在可接受的差异中表现得淋漓尽致。壁炉里点着火，小孩子们负责放音乐，何塞·米格尔在分发酒水和海鲜小饼。伊格纳西奥最后一个现身。

场面安静下来，那是重逢和真挚拥抱的安静。玛丽亚退后了几步，她总觉得表现得急于靠近那种场合的中心人物是种不入流的行为。正是出于这个原因，而不是傲慢无礼，她才像个观众一样远远地待在火炉前。

伊格纳西奥过了一会儿——这个一会儿有点长——向她走过来。他身材颀长，胸腔宽阔，仿似为拥抱而生。他的双眼明亮清澈，目光和蔼亲切。

"你是谁？"

"我叫玛丽亚。"

"你不是在场的任何一个政治家的妻子吧？"

"不，我是玛格达的妹妹。"

他皱了皱眉，像是在捕捉零散的信息。信息整合到一起时，他笑了。

"你就是那个有名的玛丽亚？你的大名如雷贯耳。我流亡期间一直能听到你的传说。"

玛丽亚害羞起来。

"你……知道我？"

"是的，我知道你。我们有共同的好朋友，不只是你姐姐。更不要说你的那些恋人了！在每个流亡者聚居区都会有一个。"

"上帝呀，太夸张了。"

"如果你跟我跳舞，我就告诉你一个秘密。"

玛丽亚像个妙龄少女一样笑了，任凭他拉着。一被他揽到怀里，她就问："你要告诉我什么秘密？"

"有人跟我说，如果我真是别人眼中的聪明人，你就是这个国家少有的可以相爱的女人之一。"

玛丽亚笑了,她已经放松了下来。

"那根据他们的推测,一个聪明的女人应该爱上你吗?"

"这可能对她很危险,但毫无疑问,她会受益匪浅。"

这声音如此亲切,让人无法指责他卖弄学识。

"我太天真了,竟然认为危险的女人是我。"

"想比一比吗?"

他们笑起来,开始跳舞。二人没谈任何重要的事情,只是和着音乐款款而动。他几乎不让她跟别人跳舞。过了一会儿,一伙人把他带到餐厅去聊天。

"跟上时代吧,你明白的。如果你已经胆敢缺席,那么在这个国家谁都不会原谅有人不谙世事。"

她继续跳着舞,但感到那双明亮的眼睛在追随着她的吉普赛宽摆黑裙。那双眼无时无刻不是她每个舞步的动力。深夜时他们重新聚到了一起,继续聊着,互相了解,尽情在一场真正的智慧比拼中过招,随后他们又跳起舞来,再也没有停下。萨尔萨的节奏和依然燃烧的火焰让他们身上汗涔涔的。玛丽亚的外甥女放了何塞·路易斯·佩拉莱斯的歌。一靠近伊格纳西奥她就觉得自己几乎浑身湿透了,秀发和前额湿漉漉的,身上出着汗,如同一匹长途疾驰之后的骏马。她拘束地向他道了歉。

"你的汗水让我着迷。你知道吗?性感缺失的女人是不出汗的。"

他把脸颊贴在玛丽亚湿润的前额上,像佩拉莱斯的歌声一样甜美地拥抱着她。这拥抱越来越紧,仿佛他把流动在那儿的每一丝性感都封闭在了一个圆圈里。当终于感触到对方的性器官时,他们觉得已经成了熟识已久的老朋友。这感觉极度清晰。玛丽亚觉得那具身躯在用某种来自其他地方的声音呼唤着她：来自天空或者遥远大地。正是那具高大的身躯让她联想到了能阻隔一切的宏大堤坝，而那双在玛丽亚脖颈上抚摸着她秀发和后颈的宽厚双手，仿佛正在沉默中一点一点地拆除玛丽亚的堡垒，搬起它高墙上的每一块石头。

"你不说话了。"

"是的，是这样。"

"有什么事吗？"

"对。我厌倦了做机智聪明的女人。"

伊格纳西奥温柔而关切地看了她一眼。

"你不需要这样。"

"那么，我可以用别的方式跟你相处吗？"

"当然了，玛丽亚，"他捧着她的脸，抬起来，"你害怕什么？"

"没什么。我只是厌倦了。"

"厌倦什么？"

她握紧他的手，把头靠在了那坚实的肩膀上。

"厌倦了做出色的人。"

伊格纳西奥笑了笑，这笑容在不知不觉间让她放下了一贯的角色。她卸下了防备。正是这笑容激起了某种反弹，使得这个一向表现得几乎僵硬的角色失去了控制。

"你知道吗，伊格纳西奥？你知道我难以表白的愿望吗？我想要一个让我依靠的肩膀和一双把我看成弱者的眼眸。我无比希望有人保护。"

伊格纳西奥的眼中混杂着惊喜和温柔，他全部的回答便是双手捧起她的脸，在聚会的中间放肆地亲吻了她的双唇。

"玛丽亚，我要爱上你了。"

聚会结束了。身上带着大海的气味、沾着盐味的沙子，玛丽亚和伊格纳西奥回到了家。她觉得自己正在剥光衣服，也知道只有把身体覆盖住，才不会被树枝刮伤。她不明白为什么选择了对他和盘托出，明知道这会让她处于容易受伤的位置。玛丽亚，等一等，她对自己说，你就是在这儿完蛋的，直接完蛋。

他一边抖去脚上的沙砾一边不经意地说：

"你知道我三天后就要离开智利了吗？我只是来休假的。"

"那你什么时候回来定居？"

"一年之内不会。我得履行跟大学的合同。"

沉默。

"但我会带着对这份发现的坚信离开。"

"什么发现？"

"你。我已经知道在世界的这个角落有一个你这样的女人存在。这会促使我回来。"

"我不知道等你回来时，我是否还在。已经跟你说过了，我有别的男人。"

他无视这一提醒，邀请她一同过夜。

"不，我不会跟你走。"

"为什么？"

她本想回答："我畏惧你，畏惧你那看似拥有的力量。同时我又直觉感到那力量会让我得到拯救。你让我产生了可怕的矛盾。我不喜欢畏惧男人。"

"不知道……我们不要强求。"

"好吧。但是你肯定今晚不想跟我过夜？"

她什么也不肯定。她想到了拉斐尔，想到了同床共枕可以互相给予力量。

"我肯定。"

"那么，我带不走任何承诺了？"

"没有承诺。顺其自然，让命运决定吧。"

玛丽亚心有余悸地告辞了。如果这个人像某些男人一样摇摆不定，那么她离丽塔、彼达或者特雷莎还远吗？这个想法和海边夜晚的寒意让她打了个冷颤。她裹紧马甲，进了屋。

十五

"我认为可以用所谓的'必要服从'来理解军人。说到底，我们跟他们大不相同吗？我们决心为党奉献多少？所有。或者说几乎所有。这是我们的责任吗？区别在于组织对我们的命令不是犯罪。但如果是犯罪，我们不会为它辩解吗？"

"我懂玛丽亚的意思。她说得有道理。"

萨拉点了一支烟，目不转睛地盯着碧绿的湖水。夕阳西下，这是我们最喜欢的时刻，能让心灵出来透透气。我们都在走廊上，伊莎贝尔梳理着头发，玛丽亚锉着指甲，而我手拿镊子修着眉。女人手上做的事和她们的想法之间总是看似矛盾，这让我觉得有趣。她们一定要边用大脑思考着一切重要的事，边把身体沉浸于无关紧要的琐碎之事中吗？

我们聊着阿根廷转型，把它跟我们想象中智利转型的样子作比较。大家一起发表着意见，直到我给出了定论。我给她们引用了一首萨姆·沙帕德的诗。

一年后我们也许会说：

> "这里的人
>
> 已经变成了
>
> 他们假装的样子。"
>
> 这就会是我们的转型。

　　她们三个神情难过地看着我，玛丽亚决定回到阿根廷的话题。但是，"必要服从"是让她更为我们山脉另一边的邻居担心还是更为自己担心呢？

　　十五年来，他们都是大整体的组成部分。组织：一个长着无数只臂膀的庞大身躯，能够覆盖进而控制他们。他们的生活完全集体化：不论是日常生活、精神生活还是感情生活。他们从不孤单：别人为他们着想，替他们决定，规划他们的生活。他们被深深的纽带连接着，宛如任何一个小团体或聚居区。玛丽亚和萨拉在那儿成长起来。虽然她们分属不同党派，但终究都是左派政党。那种集体化是她们的常态。她们从传统主义理论和集体观念中汲取知识，把它作为个人主义"毒物"的解药。她们被抑制、被推迟了解那独一无二的真相：我们的极端孤独。人孤独而生，孤独而死，孤独而活。人们否认这一本质，并且被迫毫无保留地奉献出几乎一切。但他们终究有个存在的理由和永恒的辩解。一条联结每个答案的垂直支柱。简而言之，对于她们来说，组织以完全的父系结构扮演了家庭的传统角色：如戴着护具的慈爱母亲，又如有着暴虐魔爪的严厉父亲。

　　萨拉对玛丽亚说，她认为这是一代人的问题，并提醒她说，作为一代人，她们只渴望集体的东西，一想到别人如何毫不留情地践踏她们的人格，她的心中就阵阵作痛。那时至关重要的感受是政治上和意识形态上的。从那种意义上讲，她们是斗士。她们因古巴革命、后来在另一种程度上因法国五月风暴[1]被打上了整个拉丁美洲的印记。不错。她们确实是特别有战斗精神的一代人。她们没有时间为个人而战，因为那并不紧要。

"我们没有时间操持私事，"玛丽亚说，"公共事务吞噬了我们，唯有这种事务受到敬重。不知不觉中，我们被夺走了1968年写满抗议的墙壁，仅剩下20世纪70年代圣地亚哥的训示。愿人民赢得胜利，而不是我；愿社会主义为穷人到来，尽管我并不需要；愿群众胜利，我是否属于群众并不要紧。为感情福利斗争与为多数人的福利斗争相互矛盾；疾病治疗遭到鄙视，被视为一种狂妄自大和自我欣赏的罪过；就连行为学也难以幸免；任何自省的企图都被看作懒散和虚荣的产物；选择幸福几乎被看作淫秽。"

"我们可怜的一代，"萨拉坚持说道，"它的逻辑始终是竞争性的：认为生活非胜即败。我们被极化，变成教条主义者，导致了宗派主义的病态。"

永远是冲突和对抗的逻辑，从来没有多元化和共识的逻辑。但他们确实掌握两样东西：不容辩驳的勇气和坚强的团结。

"意识到我们的错误已为时太晚了。"

"别自责了，"伊莎贝尔说，"别人从来不承认犯过错误，也从来不改正任何错误。"

在她看来，他们非常僵硬霸道，如同他们争论的宗旨本身。

"你想想，正是那时世界上出现了嬉皮士、和平主义者、大麻、

---

1 指1968年春天法国发生的学生运动。

性开放和长发。美国给了我们一个喘息的机会，然而我们，伏在自己的战壕里，对他们不屑一顾。我们用了太长的时间才明白他们也是持不同政见的人。那时我们都不专注于丰富文化的融合。"

萨拉以回答的方式旁证玛丽亚的话道：

"确实，那时一切目的都是精神开放，我们感觉受到威胁，于是以怀疑的态度拒绝这种目标。归根到底，我们不是真理的主宰吗？"

一天，玛丽亚干脆不再相信了。那是她清晰记得的一天。她跟鲁道夫住在贝亚维斯塔的家中，她正读着安托南·阿尔托的书。突然她恐惧起来，放下书，感受到那份不安。那份她十分陌生的、当人们明白开始不爱、分离悄然出现又无法消除时的不安。应该记得意识形态对她们来说是神圣的。于是她想装傻，想退缩，因为说到底，是确信的感觉在支撑、在塑造。她感到某种不成形的东西提前降临了。可能此前她大脑中累积的疑问和压抑的信息太多了！但是在那个瞬间它们显露在她的意识里。然而如果任凭它们显露，她就失去了多年间日复一日痛苦地创造、武装出来的坚持，那是一条仿佛汉赛尔与格莱特[1]的面包渣那样可以勾勒的道路。不再构成某个身体的一部分，那就等于抹掉全部的痕迹。

阿尔托的书封面是黑色的，白色印刷标题横穿对角线，清晰地呈现在她眼前。正是在她合上书的时候，怀疑开始显现、溢出，进而覆盖一切，最后仿佛一场无法治愈的疾病开始蔓延了。那会是一个漫长的过程，最初静默孤独，随后逐渐被表达和分享，最终是决裂。自由

---

1 《格林童话》中的人物。兄妹俩被遗弃，汉赛尔用面包屑做记号，却被鸟儿啄食干净，在森林中迷了路。

决裂和孤独，二者皆有。因为从那一刻起，她不再有任何宗教信仰，并且将独自与其斗争。

玛丽亚曾经放弃过一次信仰，那时是上帝。但她没有觉得那是危机抑或损失，因为她用人民这个上帝取代了另一个。她像后来信仰左派那样笃信天主教。二者融合，直至前者取代了后者，尽管它因后者而起。她解释说："如果基督教没有让我看到那条路，我永远不会选择为穷人而战。"由于两种信仰都具宗教性质，她依然带着整体眼光、等级腔调和不加批判的视角崇拜着。

玛丽亚有着糟糕的回忆。她认为流亡时期的党内生活是一种折磨，比在国内时恶劣得多。她记得他们可以因为随便什么事情就被传唤到干部检查委员会，有时原因十分微不足道，比如"猜测"她给某某同志传达了什么信息，在不调查情况是否属实甚至不向她本人询问的情况下，便对她进行惩罚；比如她收到了母亲赠予的美金，但没有上报组织，也没有缴纳义务份额；比如没有告知组织她个人信件中收到的智利方面的消息；比如当面向领导人暗示自己的不满，表明在有党员饥寒交迫之时他们却差遣她花大价钱给妻子买礼物。她气愤地记得来了一个大人物那次。此人穿过大西洋来开会，随身带着妻子的购物单，上面全是玛丽亚做梦都没想过能拥有的名牌内衣。她遵照纪律去购物，证实了仅仅是单子上的一套胸罩和内裤就要花掉她和维森特半个月的伙食费。她知道这都是来自同一个口袋。她因觉得屈辱而脸颊滚烫。

她记得刚到伦敦时很难找到出租房。她和另外一个嫁给了领导的女同志要完成任务，每人都得为自己找一套房子。玛丽亚很快就找到了，因为她办事效率高，并且几乎为此跑断了腿。然而组织上认为这套房子条件好，既然领导的妻子什么也没找到，她就应该让给他们。维森特和玛丽亚被安排住在了一间向几名同志借来的房子里，领导和他妻子则在玛丽亚为自己租的套房中乐享其成。

记得组织上派维森特长期出差又不让他告诉玛丽亚他去哪儿（那年我二十二岁，都要急死了，被迫单独住了两个月，得不到任何消息，也不能提任何问题）。

记得维森特路过马德里时，有人给他讲了许多流亡在那儿的一个同志的故事。维森特问他们是怎么知道的，他们告诉他说是因为看了他的往来信件。从那时起，玛丽亚知道了，所有她假别人之手拿到的信件都被事先看过了。

记得维森特离开伦敦时，她在那儿只有一个朋友。她们住得很近。每隔一段时间组织就传唤玛丽亚一次，禁止她去那位朋友家，不想让她看到那些天什么人在那儿留宿。居心不良的"隔离"！尽管痛苦难过，玛丽亚还是一丝不苟地遵守了指示，哪怕要持续半个月。然而有一天她却因为没有遵守指示被训斥了。她被指责危害了组织安全。理由？因为有人看见她从朋友家门前路过。没有人想过那是她买东西的必经之路，没有人。她的行为被看作企图窥探谁住在那里。

还记得玛格达寄给她一张机票邀请她去巴黎。由于没有组织的允许什么都不能做，她便向领导申请批准，但是被拒绝了。她问，既然机票是别人送的，而且只是离开几天，为什么不能去。得到的回答是他们不希望党员之间随便交往——玛格达当时属于同一党派——担心她们彼此传递信息。现在玛丽亚心想："能传递什么信息？"他们只是害怕不同国家的基层人员说他们的坏话罢了。有一次她因公去巴黎出差，他们让她保证不见玛格达。当然，她还是见了，不过是在一间咖啡店秘密见面，胆战心惊，唯恐被别人抓住，甚至连何塞·米格尔都瞒着。

最糟糕的回忆是她被抢走护照那次，也是在伦敦。理论上是因为一个领导同志需要使用，组织向她借走的。说好过几天就还，于是她就把护照上交了，什么都没过问。日复一日，周复一周，月复一月，护照还是没还回来。玛丽亚彻底绝望了，那是她仅有的身份证件，她需要常备在身以使自己的存在合法化，尤其是在跟外国人发生不愉快时，这种情况在英国相当常见。此外，她的行动完全被限制了，她无法出国。在她真的动火之前，她不得不错过两次旅行，一次是跟学校的电影团去摩洛哥，另一次是跟鲁道夫去葡萄牙。但始终没有人还她护照，也没有向她作任何解释。最后有人劝她装作护照被偷，去领馆办一个新的。她照做了，竭力忘记自己的愤怒。直到她回智利与他们告别时，才有人告诉她，她不能去任何一个拉丁美洲国家。当然了，肯定是因为一个叫玛丽亚的女人入境了某个国家却没有用相同名字出境。很长时间以后玛丽亚才对这件事情释怀，但是用她的话说，她觉得自己被彻底暗算了。

"如果我要一一列举他们横行霸道的行为的话，我三天三夜也讲不完。出于某种原因我只讲那些记得最清晰的。如果我和我们遭受的屈辱构成犯罪、可以对他们判刑的话，那刑期将是漫长无比。"

最后她做出定论："流亡的人只分两种：野心家或奴隶。人们不得不在二者之中选择其一。"

但是，万事皆如此，不存在完美无缺的事物，也不存在完全痛苦的事物。

玛丽亚也有美好的回忆。当时她已经回到智利，在宣传部工作，居住在贝亚维斯塔区的家里，跟鲁道夫同为党员。晚上开会开到半夜时她就煮意大利长面条。由于没有别的东西好加，她就只放些油。大家喝桶装红酒，这种酒从来不缺。一切都笼罩在烟雾、烟灰和红酒之中。他们开怀大笑，心怀信仰。现实而非流亡的危险让他们亲如兄弟，团结一心。他们年轻、贫穷，全都匿名，冒着生命危险完成宣传鼓动工作。很多次同志们都留宿在这里，几乎只有他们二人有工作和固定的房子。大家裹着睡袋或毛毯睡在仅有的一张床边，因为整座房子也就是一个房间。这个地方被选定制作印刷品。他们在此印刷党报，一直工作到黎明。一个最专业的人用丝网印刷制作字模，另外有人给刮条上墨，有人装纸，还有人上色。为了晾干报纸，他们在厨房和大门之间拉了多条细绳。由于没有隔墙，整栋房子都变成了一张巨大的沉浸在浓重油墨味中的打印纸。地下党报就是这样面世的。他们害怕夜里的声响，总有一个人站岗放哨。有一天晚上只剩玛丽亚一个人在家。鲁道夫不在圣地亚哥，其他同志都有不同原因出门了。如果有人进来，完全无法掩盖。只要打开入口处的门……印刷品就摆在那儿，一览无余。她整夜未睡，坐在纸张中间，惊惧地等待其他同志来找她。她整晚都在作准备，心里琢磨着一旦被捕如何不供出同志们的名字。还有一次，她心有余悸地记得他们看见两个身背卡宾枪的巡逻队员从房子的栅栏前经过。玛丽亚一边脸色苍白地出门面对他们，一边思考着如果他们执意进门她要怎么做。她站在栅栏和房子中间体态魅惑地接待了他们。那是市政府的一份通知，她艰难地让他们在没有跨过门槛的情况下把通知交给了她。那么多蓄胡须的人，那么多年轻人。想必显而易见！组织怎么就没想到这一点？但是忠诚到骨髓的他们，一切听从命令，拼命完成每项任务。玛丽亚说他们之间的关系是

"永久的纽带"。如今每个人各司其职，相遇时还是会像许久未见的兄弟一样。与他们断绝联系的最初几年，尽管她不想重复过去，还是因为不再拥有它而痛苦。追根究底，是某种怀念。然而正是那些阴暗的回忆让她的愤怒无法愈合，她甚至怀疑对某些人来说永远都无法愈合。某些伤口不可避免地让人无法回归正常生活。他们中的很多人如今依然从政，但方式不同了，他们懂得如何成功融入新环境中。但并非所有人都如此。那么多人都半途而废了！谁来对此负责？

十六

办公室派玛丽亚去拉巴斯出差一周，她特别不高兴，那几天都心情不佳。她刚跟拉斐尔分手，做什么都没兴致。前一天晚上我在她家吃的晚饭，她很失落。

"安娜，我能感到这个决定有多果断。拉斐尔离开时，我就知道我再也不会跟男人同居了，永远是墙壁与我为伴，再没有其他人。当然，在我老去之前，我还会一直谈恋爱，谈很多次。但是年华老去以后会怎么样呢？如果有人对我说我四十岁就会死去，我的生活也不会有一丁点变化。不如说我很希望四十岁就死去，死在我变成一个可以随意丢弃的物件、一个没人爱又不中用的老太婆之前。可是就算终将活到一百岁，我也不会对自己撒谎。安娜，我永远不会对自己说'恋情'的谎话。只要父系社会和一夫一妻制这样携手而行，我就没有一席之地。也许你的儿女会有。不。他们也赶不上，也许你的孙子孙女可以。但是我没有。我享受不到那种特权。所以我注定孤独。"

喝过了咖啡，她边开着一瓶杜林标酒，边接着抱怨：

"我们知道爱情是会终结的，安娜。那么干吗要想入非非呢？有关未来的计划不过是种保护罢了。我们知道一切关系终将消亡。你说它只是变成了别的形式。当然了，变成了那种温暖柔和、讨人喜欢的东西？它有什么力量？我们知道激情不是永恒的，隐藏于一段共生关系之后的只有对孤独的恐惧，而这种恐惧组成了家庭。生儿育女是为了让大家互相拥有、扼死。我讨厌占有！至少，我过着自己喜欢的生活，不必为别人保持一种稳定的形象，不必在我自己的动荡中保护任何人，不必为除我之外的人计划人生。我没有经历那种母性即主人的现象：罪过。一旦没有罪过，一切便被其他颜色所笼罩。不，我没在为将来作任何投资。可是你觉得儿女就真的是对未来的投资吗？就算你生了很多孩子，老来也可能是种不幸。最好我们在未来最没用的时候也不依赖那些可怜的孩子，说到底，他们不是为了受空虚的母亲拖累才来到这个世界上的。"

好吧，被派往拉巴斯之际，她正处于这种精神状态。

玛丽亚气冲冲地来到我们隔间。我们四人有个与其他人隔开的楼翼，两个大厅被改造成了四个舒适独立的小办公室。我们习惯中午时分聚在伊莎贝尔的最大的那一间。我们手捧一杯上乘咖啡享受着不可或缺的小憩。唯独这个时间，我们可以喝我带来的咖啡壶煮的纯正咖啡。在这里我们会得知最新的政治谣传——通常是玛丽亚从玛格达那里听来转告我们的，因为玛格达生活在完全的上层建筑中——子孙们的趣事或者某个地下崇拜者最后一次打来的电话。那天玛丽亚闯了进来：

"气死我了，他们竟然因为我没有孩子和丈夫，就觉得我可以随意支配。"

"冷静，玛丽亚，冷静。这只是因为你出差比我们方便。"

我想起玛丽亚最后一次出差愤愤回来时的样子，不禁在心中暗笑。不是因为那次出差毫无成果，不是，而是因为她在飞机上遇到了一个幸福的女人，这让她无法忍受。

"但是，玛丽亚，你怎么知道在那儿会不会遇到真命天子呢？"萨拉说，"就像我那个每周都买彩票却从没中过奖的姨妈。有一周她决定再也不买了，但她老公逼她买，于是她不情愿地在最后时刻买了一张。结果……中了！"

我们都笑了。实际上玛丽亚喜欢出差，随时为出发作好准备。她说这是离开智利生活的唯一方式，还说仅仅在外面感受几天自由、读一读真正的报纸，她就觉得像变了一个人。"出差让我更加聪明，"她补充说，"生活在这个国家不能出去，会让最有生命力的人都活不下去。所以我总是因出差而开心。"

只有这次她好像大动肝火。

"在那儿，一群世界各地的男人中，遇到我的真命天子太难了。你们能想到我会爱上个玻利维亚人吗？"她大笑起来。

玛丽亚在一个周二到了拉巴斯。她对预定的宾馆心满意足。她一向对好宾馆完全没有抵抗力。一个大雨滂沱的傍晚，她在房间安顿下来。黑云密布，没有转晴的迹象。她心想，我正好利用这个时间缓解一下高原反应。下雨的黄昏给了她完美的借口，不用联系必然请她吃饭的东道主。这样她就能泡个热水澡，晚些时候要一份三明治外卖送到房间，然后接着阅读。出差时她几乎总会带一本黑色小说，哈德里·蔡斯或是罗斯·麦唐诺的，这样她等人或者航班延误时就能悠然自得，脑海中全是有趣的画面。

她打开行李箱，把随身携带的不几件衣服挂在衣橱里。由于确信那里不会有人让她提起打扮的兴致——跟姐姐玛格达不同，打扮得漂漂亮亮从来不是她的目的，而是有其他人在时不得已而为之的行为——她当时并未精心雕琢。实际上，她来得特别不情愿，行李都准备得不充分。

她给客房服务打电话，要了一杯金巴利酒——她现在还不饿，过会儿再叫吃的——就躺在床上等着。想到飞机上遇到的那个玻利维亚人，她笑了。他建议她明天之前只喝古柯叶茶，不要喝酒。这不是她第一次来这座城市。她从来也没因为海拔高而受影响。预防措施都见鬼去吧！每次玛丽亚的欲望与所谓的"预防措施"冲突时，总是欲望胜出。没什么可大惊小怪的。

当嗓音温柔、目光谦卑的服务生端着酒来到房间时，玛丽亚才发现她没钱给小费。她向来都在钱包里放一些一美元纸币用来在机场和酒店支付小费，免得为换钱劳神。但这次她没装进钱包。

"很抱歉，我手里没钱。我下次打电话的时候你再来，我给你双倍小费。"

"没关系，小姐。"

穿着绿色短外套的印第安服务生笑了笑，从容地离开了。

玛丽亚犹豫着是马上下楼换钱还是静静地喝完金巴利酒再下去。尽管后来她很为自己懊恼，懒惰还是占了上风。于是她手捧红色酒杯，躺在亮丽的黄色床垫上，打开了《布兰第什小姐绑架案》的第六十二页。她沉浸在蔡斯的谜题中，对时间浑然不觉。很久之后她开始感到饥饿。她看看已经拨慢了一个小时的表，现在是拉巴斯时间晚上九点。

她停止阅读，决定下楼到大厅换钱。出于习惯，她在镜子前梳过头，拿起钱包，走下楼去。

当时出纳员让玛丽亚等五分钟他去找零钱。她坐在一个绿皮椅上听到音响里传出的声音。那里反复喊着某个人的名字，说有国际电话找他。她的心开始狂跳，听见的名字渐渐闯入她的脑海。不，不是她的幻觉：就是那个名字。他的姓氏很不常见。真是太巧了。但是再一次听到时，她怀疑那不是巧合。那个伊格纳西奥此时会在拉巴斯？不可能！

她快速走向柜台，向接待员问起他。

"我已经通知过，说他出门了，不在宾馆。刚告诉接线员。"

"先生，我跟国际电话没有任何关系，只想知道这位客人是否是我认识的那个，或者他们是否只是同名。"

"那我能帮您做什么呢，小姐？"

"请让我看看他的登记信息。"

"不，不行。我无权这样做。"

"为什么不行？"

"我们客人的登记信息都是隐私，小姐。"

"好吧，那请您至少告诉我他是不是智利人。"

"我什么都不能告诉您，小姐，请别再强人所难。我要服从命令。"

另一个男人来到柜台，他没穿制服，看他的态度玛丽亚推测他是个领导。他洋洋自得地看了她一眼，明显得几乎可以说是色眯眯的。

"我们能帮您做什么，女士？"他满面笑容地说道。

玛丽亚感恩自己生得漂亮，可以用外貌获得其他方式无法获得的东西。她把他拉到一旁，用最甜美的声音小声说：

"先生，出于完全隐私和个人的原因，我迫切希望知道宾馆一位客人的第二个姓是什么。请您相信，这对我至关重要，而且我不认为提供一份如此基本的信息是你们的失职。"

一切都解决了。确实是他，半小时前跟一群人出门吃饭了。他两天前入住，一直预定到后天。

如果他的航班很早，那我只剩明天一天了。见鬼！

玛丽亚的大脑全速转动。她不能守株待兔地等待偶遇，因为他们可能根本碰不上面。他也许要参加某个研讨会，或者作演讲，这就意味着他恐怕整天在外面。怎样才能在下午见到他？怎样才能知道他几点回宾馆？要是等不到他呢？留言是最恰当的方法。这是闪现在玛丽亚脑海里的第一个想法。但随即她又害怕他不是独自一人。关于他好色风流的一面，有人已经提醒过她。或许他身边有美女相伴，可能更正式，是他女朋友。不管怎样，玛丽亚几个月没有他的消息了。卡查瓜那晚之后过了多长时间？七个月左右？三个月前，跟拉斐尔彻底分开时，她通过玛格达收到一张卡片，上面印着大都会博物馆，只写了一句话："请你告诉命运，我执著不悔。"只有这些。玛丽亚记得收到卡片时，她整个人都沉浸在愉悦中。但是为什么那个男人对她有种莫名其妙的笃定呢？她知道伊格纳西奥依然没有确定回国，但就是最近了。

最终她冒着伊格纳西奥不能或不想见她的风险选择了留言，但她觉得让他得知她也在这里是件万分紧急的事。

"是你吗？真有缘啊！我住在六一〇房间。"后面是她的名字。

这就足够了。就算那个虚拟的女人读到了也不能有怨言。

她回到房间，紧张又迷茫地躺着听雨声。伊格纳西奥！这真是她能经历的最大意外！为什么单单那个名字就让她恐惧？是什么奇怪的直觉让她一边防备他，一边向他张开双臂？她确信他心里有自己。如果想到他们全部的交集只有七个月前的那天晚上，这真是疯狂的确信。命运弄人，让他们今天在这座迷失之城相遇。

她咒骂自己没有早些下楼。如果他们在大厅遇见会怎样呢？可能现在他们正一起吃饭呢。就这么错过了！只剩一天……她恨自己对黑色小说的痴迷，恨自己的懒惰和一切把她困在房里的东西。突然，她打了个寒颤，想到如果他们一个小时前相遇，此时她的留言早被抛到九霄云外了。

这一晚对于玛丽亚来说并不好过。她等电话等到很晚，可是没人打来。她深感不安。他应该几点吃完饭回来呢？可能他们去聚会了。如同所有人一样，她焦虑得坐立难安。

第二天早上八点整，她床头的电话响了。

"醒醒，姑娘，我从七点就开始等你了。"

"是伊格纳西奥？"她边结结巴巴地说，边在潜意识里明白她正面对着一个"早起的典型"，这完全是某些性格的体现。

"你很困吗？"

"我刚才还在睡觉……"

"你应该几点钟工作？"仿佛两个人昨天是一起过的夜。

"我不知道。我昨天晚上到的，还没跟相关人员联系。"

"啊！你先跟我联系的，是不是？"

玛丽亚一笑，她已经清醒多了。他接着说：

"是这样，我九点要出门，然后回来吃午饭。你想跟我一起吃早饭吗？"

玛丽亚想想她需要多长时间起床打扮……她不希望自己像一直

以来那样因为事情提前而显得暴躁。再考虑到昨天晚上他没给她打电话，现在应该让他等一等再见面。无论如何，永远不能表现出欲望。这是原则。他打断她道：

"你早晨脸色不好？这是个重要信息，应该了解。"他的声音愉悦欢快、把握十足。

"你一个人？"她的好奇心盖过了慎重。

"你是在问我身边有没有女人吗？没有。我跟一群研究员一起。你呢？"

"一个人。"

"好的，十分钟前是这样。现在你跟我在一起了。你待到什么时候？"

"到周六。你呢？"

"我明天走。"

沉默。确实只剩一天了。仿佛读懂了她的想法，他说：

"时间不多。我们看看能做什么。嗯，我们一起吃早饭？"

"不，我觉得午饭更好。"她心想，这样我就可以沉着地洗头、跟别人联系，以最佳状态悠然地等他。

"好的。我们十二点半在穆里约广场见面，好让你的上午别太漫长。"他声音里带着笑意，玛丽亚没有反驳。"我会早点下课，在那儿等你。你知道怎么去吗？"

"没关系。如果忘了，我就打车。"

"在大教堂的台阶前见。"

"好，就在那儿。"

"挂电话之前还有件事，玛丽亚。你觉得命运如何？"

"什么意思？"玛丽亚明明把那张卡片读了上千遍，却佯装不解。

"你不记得在卡查瓜的时候了吗？你对我说我们应该把事情交给命运。"

"一收到你的卡片我就想起来了。"

"很好。我们可以猜猜命运想怎么样了。"

电话挂断了。玛丽亚很震惊，因为他让她茫然无措。她的心神被夺走，平时的老道和把握自己万无一失的本领顷刻失效。他俘获了她的芳心。她在房间里来回踱步。内心有个小小的声音提醒她：为什么这次不放任自己被俘房呢？她记起有一次鲁道夫提出的看法："玛丽亚从来不让人挑选。她不是被关在障碍重重的城堡里的公主，相反，她是骑着马出门寻找和挑选爱情的王子。当然，随后出现了龙……"

十一点半时她已经准备妥当，在浴室的镜子里最后看了自己一眼。她已经如自己一向喜欢的那样在床上吃过了早饭，这就可以不必在没有提前喝过咖啡时面对这个世界。她跟有关人员做了必要的联系，整理好了为参加会见所需的文件并为自己的发言做了备注。她关切地打听了她必须出席会议多少天，然后冲了个长长的澡，洗了头，选好了衣服。想到圣地亚哥的衣橱中有那么多衣服，现在却不知穿什么去赴如此重要的约会，她就窝了一肚子火。最后她选择了里维斯经典款牛仔裤，从非常喜欢的纯丝衬衫中挑了一件，思考着他抚摸她时对丝绸的触感。幸好没把最喜欢的香水落在圣地亚哥，于是她把娇兰一千零一夜喷了个够。

由于担心迷路迟到，她打了一辆出租车，这样还可以利用这段时间参观广场和那座美丽的教堂。十二点二十五分她坐在台阶上，点了一支烟。她紧张得要命。情况会是怎样？她从包里找出镇静剂，如果出现万一，她要马上吃一粒。要是失控就糟了。她觉得自己像个小孩子，也像个少女，就是不像成人。她认为只有用完整的成熟魅力才能征服伊格纳西奥。这时，她听到了他的声音。

"玛丽亚！"

他张开双臂向她走来。她起身。两个人在第三道台阶上拥抱。那是一个轻轻的拥抱。总之，他们不是互相思念的密友。他们亲吻了脸颊，望着对方。

"你变漂亮了。看看你，我忍不住想我是怎么度过了没有你的这几个月。你对我可不慷慨。"

"好了。我们以最偶然而神奇的方式见面，你还觉得不够吗？"

他就站在那儿，如她记忆中一样挺拔。他头发几乎灰白，鬓角有几撮性感的白发，眼眸如此清澈，笑容轻松迷人，穿着得体的深蓝色粗呢羊毛大衣，还有一双宽厚的大手。

他们在附近逛了一会儿，去了拉巴斯最美的哈恩街，参观了穆里约之家博物馆。他们还欣赏了殖民时期风格的建筑，这些建筑让他们回忆起了墨西哥和塞维利亚。气氛很轻松，仿佛他们熟识已久。后来他依旧步行领她去了普拉萨酒店的餐厅，那里的生海鲜片和银汉鱼都美味可口。

他们刚手捧冰啤酒落座就开始畅谈，长久地讨论智利，比如结束独裁统治希望渺茫、政治没有出路、自由选举面临的首要障碍和前一年——没能成为"决定性一年"的 1986 年——的政治消耗，还聊到了第二年年末可能性很小的全民公投。他非常亲切地问及玛格达和何塞·米格尔。

"他们特别崇尚革新，甚至有些过了头，几乎要成右翼分子了。"

他笑笑，但还是明确指出：

"如果人们认为真正的革新是必要的，它就跟温和不贴边。"

然后他突然换了话题。

"我们已经说完了客观话题。现在你说说，你丈夫呢？"

"他已经不是我丈夫了。"

意料之中的问题。他没有表现出惊讶。

"在卡查瓜的那晚我就知道，你们夫妻剩下的时间屈指可数了。"

"我也知道。"

"如果你心知肚明，为什么我们浪费了这么多时间？"

男人真是什么都不懂，玛丽亚心想。向他解释我多么恐惧完全无益。他只会加速我们分手，然而我不想。不能让他夹在中间。我跟拉斐尔之间必须清清白白。那时我还没准备好。他能明白吗？这段经历必不可少，而我需要感受这种孤独，承受一切应该承受的。

"太艰难了，伊格纳西奥，你别以为很轻松。"

他不禁抚弄她的秀发，这是他第一次触碰她。

"我猜是很艰难。对不起，因为我上次分手并不艰难。那次太轻松了，我庆祝了好几天。"

"你的话有点儿轻浮。分手总是让人痛苦，这我真的明白。只有痛切地体会到这一点，然后使之归零，你才能断然释怀，一身轻松。"

她向他解释自己的理论，说分手后立即出现的爱情是没有希望的。如果不经历一段时间的打磨，心灵就不会纯净，新情侣则会为此付出代价。

"看似男人只享受恋爱，女人才思考恋爱。"

玛丽亚脸上溢出讥讽的笑容。

"你才知道？"

"好吧，那一切都很顺利。你已经度过了那个时期。小玛丽亚，我觉得生活在对我们微笑。"

他又换了话题，讲起了他的计划。

"我六点就有空了。我坐政府的车去找你，带你逛逛。我们可以在卡拉科托和拉弗罗里达走走，去月亮谷。如果还有时间，我们就去圣弗朗西斯科，你看看那儿的手工艺市场，不然去萨加尔那加街，你求个爱情符或是多子多福符，再看看羊驼幼崽木乃伊。之后我请你去这座城市最好的餐厅用餐，就在我们宾馆的顶楼。你不知道？那是个环形餐厅，通体透明，你可以从城市最高处尽览灯火辉煌。我们还可以在那儿喝一杯上好的红魔鬼葡萄酒，你别惊讶，哪儿都有智利红酒，庆祝一下我们的相遇和告别。"

"什么？"玛丽亚的脸上立即出现了失望的表情。

"天一亮我就坐飞机走。但我已经把一切都想清楚了。你跟我说你周六走，是不是？"

"是。"

他狡黠地看着她，递过来一个信封。玛丽亚打开，是一张周六从拉巴斯飞往库斯科的机票。以她的名字买的。她惊异地看着他。

"可是，伊格纳西奥，你什么时候……"

"这个国家的秘书效率很高。我都想好了，我明天出发去利马，要在周四周五分别做两场演讲，再从利马去库斯科，我们周六在那儿见。我的航班很早，你的没那么早。我会在那儿等你，负责照顾你。"

由于她震惊地看着他，哑口无言，他起身准备离开，最后说：

"今天伊宜马尼峰天气晴朗。这很少见。所以人们说能看见山顶时，会发生非同寻常的事情。"

他们把一切都计划好，在环形玻璃餐厅中结束了这个夜晚。他们聊得火热，半夜时分已经成为朋友了。他们很晚才心满意足地吃完了饭，玛丽亚已经迫不及待想知道还有什么在等待她。她认为这顿丰盛的晚餐不过是夜晚的序曲。但出乎意料，他把她留在房间，就此告别了。他长吻了她，后来她形容说，那是一个"美好、湿润而深情"的吻。

"我在库斯科等你。"

伊格纳西奥沿着走廊朝电梯走去。玛丽亚呆呆地立在房门口，一动不动，茫然无措。他就这样走了是什么意思？为什么不留下来跟她一起？她做错什么了？是他不想要她？还是他的风流只是逢场作戏？她从未想过这个晚上会这样结束，不禁打了个哆嗦。

"伊格纳西奥！"

他站在电梯前，门已经打开。她不知道说什么，这声呼唤是盛怒之下的冲动。她结结巴巴含混不清地在对他说着话，伊格纳西奥打断了她。

"咱们有话直说吧。我不跟你过夜冒犯了你吗？"

"是的，我认为是。我不明白……"

"这不是你那些随随便便的风流故事的又一段，小姑娘，"他嘲讽地说，随后严肃地补充道，"你不要不安，也不要怀疑自己或者怀疑我。我今晚不想跟你上床。我们别太急，玛丽亚。未来有一生的时间。"

他又吻了她，转身走了，这次她没敢阻拦。她有些恼火。这是他扎在她身上的刺，而她决定坚强忍耐。

尽管她怀疑了上千次，又在内心挣扎了上千次，但还是在周六登上飞机，出发去了库斯科。好像是地心引力把她带走，她本人的意志无法抵挡。

当她终于置身这个大陆最美的城市、在广场对面蓝白相间的宾馆里躺在他身边时，当他们已然亲吻、触碰、爱抚、相爱到感觉疼痛时，她去邮局给办公室发了一封电报：

"你们别在约好的日期等我了。还记得萨拉姨妈的故事吗？我中奖了，正在享受好运呢。爱你们，玛丽亚。"

十七

"你想什么呢？"

"阴道。"

玛丽亚环抱着双腿露出后背，我正给她涂防晒霜，阳光炙烤着她的皮肤。今年夏天我们的运气很好，气候不错。这么说是因为南方有时不按常理出牌。

"我以为你在想什么严肃的事呢。"

玛丽亚开心地笑了。

"但阴道确实是特别严肃的事。你要记得，安娜，我比你更了解它，更有优势。"

她提到在巴西参加的一个自考班，每个女学员都能用手电筒和透明窥视镜观察其他人的阴道。

"我从内部看见了一个阴道，安娜。或者说，很多个。相信我，每个都不一样。怎么那么多女人长年用它却不知道它长什么样呢？"

"这说明本质的东西可能也是最平常的，人们在无意识中承载着它们。"

"举个例子。"

"肾……"

"安娜，安娜，"玛丽亚笑笑，"我预感你的阴道赋予了你更多，比让你想到肾多一点儿。"

"玛丽亚，清醒点儿吧。如果女人几千年来都不了解自己的阴道却还是能够生存，你觉得它真的那么重要吗？"

玛丽亚狡黠地看着我。

"但是你想想，安娜，想想那些无辜的阴道内壁中累积了多少快感。"

瞬间，她脸色变了，眼光飘远。这种情况越来越频繁，我知道她已经陷入沉思，于是沉默不语了。

"你们中谁是最先失去童贞的？"

伊格纳西奥喜欢把玛丽亚人生的整个片段总结成一个问题。她总是点一支烟，给他讲长长的故事。他躺在床上听着，仿佛女人和这三姐妹的人生几乎引起了他有关社会学的兴趣。

"1970 年的夏天我们已经中学毕业，三个人都是处女，并为此感到骄傲，但这种贞操带来的骄傲要完全避讳。换句话说，我们心里没有在战役中取得胜利的成就感。没有什么比完整的性概念离我们更遥远。我们无法想象，也不感兴趣。你要知道传统天主教教育中只有一个根本的罪恶：性。就是这样，大写的性。我记得有天玛格达知道一个熟识的小女孩怀孕时，她浑身颤抖。"不能理解。一个正经人怎么能做这种事呢？我跟你发誓，玛丽亚，我跟你发誓我宁可死也不会这样。"是的，死亡。童贞是我们最看重的价值。当时几乎所有和我们谈恋爱的年轻人都会有性关系，但不是跟我们，是跟别的女人，妓女、保姆、理发师或者老女人。有些东西是不成文的规定：男人可以，女人不行。狗屁资产阶级的经典双重道德标准，我们对此从无任何质疑。我们经历性的方式零零碎碎，所有人都知道兴奋为何物。十三岁那年，我第一个男朋友在电影院牵了我的手，只有一次。我现在都记得，那是周日在奥连特。我全身滚烫，不禁落泪。十四岁，初吻。我再一次全身滚烫，不禁落泪。十五岁，我真正恋爱了——当时我这样觉得——从此开始了煎熬般的克制。聚会上我们紧贴着热舞，感受彼此的身体，心中激起丰富而陌生、无从分辨的情感。记得一天晚上，我和当时的男朋友阿尔弗雷多在我家车库接吻。那时我们年级的同学分成两类：舌吻过的和没有的。多亏和阿尔弗雷多的长期探索，我刚刚归到第一类。那晚四周漆黑，我们紧紧相拥。当他的手放在我的一侧胸上时，我身上顿感通电一般。我做梦都没想过会发生如此放肆的事情，对我来说完全没有这种可能。我一动没动，既着迷又忐忑。后来我都没有原谅自己：我本该制止他的。他停在我衬衫上的手开始游移、抚摸。我的心脏因前所未有的兴奋快要跳出嗓子眼儿了，想必连父母也可以在房间听见它的跳动。那天晚上我明白发生了严重的事。我失眠了。我无法明确解释什么是欲望，但知道什么是罪孽。还得跟你说，在众多懵懂的事情中，我也不知道什么是手淫。我从未探究过自己的性。玛格达说这并不奇怪，她和索莱达也没探究过。我们小时候被压抑得太紧，连最无意识的欲望都没有。玛格达认为大人们可能先打过我们手心，长大后我们才既没有这种习惯，也不对此好奇。上大学时我才知道手淫不仅是男人的乐趣。不用说我受到了多大冲击。接着说我的经历。第二天早上我去了玛格达的房间，跟她说前一天晚上的事。她责备了我，跟我解释说那些事不能做，阿尔弗雷多会认为我"轻浮"、"不检点"：当时这两个词对一个上流社会的年轻女孩来说是致命的。一旦跟它们沾边，她就完蛋了。玛格达担心阿尔弗雷多不再尊重我。

"但是，为什么？他喜欢我。而且是他主动的。为什么怪我？"

"因为你纵容他了。"

我觉得孤立无援，迷茫无助，便去找表姐彼达。她谈了两年柏拉图式恋爱——我从没谈过那么久——尚未发生过这种事。她完全同意玛格达的话。

"有些事只能男人做，女人不能，玛丽亚。"

"别傻了，彼达。如果把女人排除在外，男人跟谁做？"

"其他女人，玛丽亚。不是我们。正经人感受不到你说的那些事。"

最后我又找索莱达倾诉。她态度最中立，不赞成我，也不责怪我。无论如何，她不是最精通此行的人。

从此开始了对我来说十分困难的日子：自视异类。你别觉得当时在那种地方与众不同很难能可贵。恰恰相反。我们都尽可能地与别人相同，害怕被指指点点。然而我感到自己是异类。我经历着禁忌感。我和阿尔弗雷多常常谈心，总是保证不"再堕落"。我们用的这个表达方式说明了一切。但当我们开始触摸彼此、迸发出早熟的激情，我们懂得如何继续感受它。没有退路。那时我就明白了性的推进不可逆转。与阿尔弗雷多分手时，我非常痛苦，好像他只用双手就让我产生了深深的依恋。他跟一个和我同届的学生开始了正派而纯洁的新恋情。我和那个女孩算得上是朋友。有一天我偷了她的日记本，看得目瞪口呆："……上帝不保佑他们，所以他们分手了。他不尊重她，还求我别跟她一样，说他不想有负罪感。跟我在一起，阿尔弗雷多什么都不用怕，我有圣母玛利亚的支持和保护。可怜的玛丽亚。但是，上帝，请原谅，我无法平等地看待她。"整件可怕的事情就是因为一个男人摸了我的胸！

我下一段认真的恋爱发生在中学最后一年。我们甚至想过结婚。他长相帅气，在天主学校学经济，之前在非教会英语学校上学。他没有阿尔弗雷多的清教主义，只在表面上遵守社会规范。跟他在一起，爱抚升级了。以前是隔着衣服，现在是衣服里面。性欲和罪恶感也一并升级，一同升级的还有我感觉自己始终是异类的孤独感和担心别人发现这份罪孽的恐惧。如今我依然在想是否有别的女人跟我一样默默承受着相同的事。要是能问问她的感受，我会特别欣慰。不可能所有女孩都这么愚蠢。我曾幻想过身体周围有一个隐形光环，噩梦是它可以变色。我一走进教堂，它就显形。我在全校注视中穿过走廊领取圣餐时，它就变成红色。罪孽的红色。

1970 年夏天，玛格达、彼达和索莱达都是完完全全的处女，而我，已经不是了。

一进大学，我们的生活发生了翻天覆地的变化，道德标准也是。变化的起点是与基督教会的年轻人相处。他们如此健康地相爱、自然地亲热，让我们惊奇不已……有些事开始被重新定义。

我给你讲个当时最有代表性的故事。我们有群不同专业的朋友，聚在一个叫爱德华多的优秀神父身边。他们放弃了舒适的生活，一起住在村子里。我们四人经常去那儿，与学生们关系甚密。爱德华多是我们的精神向导和告解神父。我和索莱达分别跟两名学生谈恋爱。当时我真正的自由已经开始，断然拒绝重新"谈恋爱"，把这个词从我的词典和生命里抹去了，再也没发展过有那种意味的恋情。我同时爱几个人，大家彼此心知肚明。于是我开始了与一夫一妻制的漫长斗争。在那种情况下，我跟基督教会的一个男孩恋爱了。他叫卡洛斯。我爱他幽蓝的大眼睛和两排整齐的牙齿。他很难对付，有些不可接近，我对赢得他的好感洋洋自得。他出身于大资产阶级家庭，父亲是我爸爸的朋友，姐妹跟我在同一所中学上学。他的长相可以满足"俊美"这个词的广泛含义。我们交往的时间很长，在我的其他恋情变换动荡之时，他都在。这段关系一直持续到我流亡回来。他是我意外的恋人，虽然有坎坷，但始终是恋人。我是他的初恋，他的初吻和初夜都给了我。我们直到最后那天都彼此忠诚，直到他死去（死于车祸。他值得最壮烈的死法。6月末寒冷的一天，我看见棺材中的他——身边第一个失去生命的人——时，觉得自己遭到了背叛。被他背叛。他说过爱我一辈子，到那一刻他严格遵守了诺言。一个人可以以自我为中心到那种地步。我从未经历过这种抛弃，无法原谅他。他的肉体不再是我的。面对曾经爱过之人的死亡，我受到的冲击太大了。这对我来说是目前为止仅有的一次。时至今日我还会为此流泪，也知道我的泪会继续流下去）。

我接着说镇里的小房子。大家都睡下了，我和卡洛斯依然留在客厅。说"客厅"有些言过其实，我们依然留在整栋房子唯一不睡人的房间。除了睡觉，什么都在那儿做。我们喝着红酒，读着他最喜欢的作者阿尔盖达斯的书，不时作些评论。然后他放下书，跟我亲热。总是那抹蓝色、那双可爱的手和我置身其中的无限信赖。他解开我衬衫的上面几个扣子，把手伸进去爱抚我。这时爱德华多神父出现了，我本以为他已经睡了。他是来找落在我们身边桌子上的一本书的。我一下就从躺着的地上跳起来，满脸通红，手忙脚乱地想系上扣子，可是卡洛斯的手还在那儿。他一动没动，爱德华多也没动。我看着神父，乞求道：

"对不起，爱德华多，请原谅我们。"

我永远也不会忘记他热切的眼神。

"玛丽亚，说什么傻话呢。我没什么可原谅的。为什么要道歉呢？"

卡洛斯抱抱我，把我拉回原来的位置。

"我的孩子，你知道吗？上帝赐予我们一副身躯和一缕灵魂，让我们爱自己的每个部分。何罪之有？"

然而我依然焦虑不安地看着爱德华多。他的形象让我觉得自己十恶不赦。他靠近我，抚摸着我的头，笑了笑。

"唯一的错误是你和卡洛斯，彼此深爱，却对对方的身体没有欲望。"

我的眼泪夺眶而出。上帝在地球上的代理人可以宽恕我？激动、羞耻和这么多年来这副可怜的身躯受到的压抑同时迸发。我止不住哭泣。

"安慰安慰她，卡洛斯。她需要你。晚安，玛丽亚。"他特别虔诚地亲吻了我的脸颊，就去睡觉了。

我抱着卡洛斯，号啕大哭，连从前本该哭的一并发泄出来。后来我再也没有这样哭过。

一年后，1971年夏天，我们姊妹出于不同原因，仍然都是处女。

彼达，我坚持把她算为亲姐妹。她认为只能在婚姻中把自己交给唯一的男人：她丈夫。她短暂的进步经历没能改变一点儿如性这样本质的东西。正是那年夏天，当我们试图让她爱上左派人士并让她接触性时，她爱上了橄榄球队员丹尼尔。他是典型的智利男孩。第一次看见裸体男人时，她还认为婚前不能把自己完全交给别人。她感到焦虑、准备不足，没有道路可以循序渐进地把她带到那儿。但就应该这样。一如往常，她勉强接受了。时至今日，就像彼达的路线一样，她见过、爱过的男性生殖器只有他丈夫的。

玛格达从未有过太多恋爱史和男朋友。何塞·米格尔是她唯一认真的恋爱，也是他的丈夫。年轻时她就不擅长与男人交往。伊格纳西奥，你得记得她那时可不好看，是后来变漂亮的。她有男性朋友，会出门玩耍，但仅此而已。尽管遮遮掩掩，但她在那方面很腼腆。她知道自己没什么魅力，这让她心里相当压抑。学业使她无暇分身，恋爱在她嘴里仿佛学术问题。那时，1971年夏天，我们两个去了巴黎一年。她和我都是在那儿失去了童贞，这种事要穿过大西洋才可以。但我们之间有个区别。对我来说，巴黎意味着开始了真正的自由，终结了长期不完整恋爱的痛苦，远离了母亲压制我急需发泄的性欲的监视和彻底告别了青春期。由于是在那儿失去了童贞，很长时间里我的恋爱都在阳光之下，毫不掩饰。而玛格达……她表面上也一样，斩断了让我们窒息的家庭和乡下的束缚，爱上了杰克斯。他们爱情甜蜜。她冲破重重心理障碍常常与他上床，全心投入其中。然而回国后，某种莫名的机制使她否认在法国的经历。她回到智利，表现得跟从前别无二致，似乎从未在性上跨出一步。我注意到她在智利如何巧妙地否认杰克斯的存在。甚至某天当着众多朋友的面，她竟敢说自己还是处女。我当时也在场，怀疑地看着她。她笑着把法国的事长话短说，把这段恋情归结为"孩子的游戏"。我终于明白了，她没有对大家撒谎，甚至对我也没有。我是她初夜时在她身边、第二天早上还听她兴冲冲讲述的人。不：玛格达在对自己撒谎。她需要否认那种后来自己鄙视的经历。她抹杀了这段故事，然后在何塞·米格尔面前以上层社会天主教女孩自居：进步但传统，人生之路上没有任何污点。见证这件事给我冲击太大，我无法面对和质疑她。我认为没人能干涉其中。

索莱达的情况，如同那么多事情一样，是所有人中最少见的。

认识丈夫海梅之前，索莱达跟马里奥谈过恋爱。以我们当时的阅历来看，这段恋情从一开始就不正常。这个男人年龄比我们大很多。他从国立技术大学毕业——但我父亲说过，这根本算不上大学——还是名共产党员，无神论者。这对索莱达来说极其复杂，因为她在基督教会、静修和大学教堂里与同龄并且有相似家庭背景和成长道路的伙伴一起，从宗教热情和工作中汲取养分。说所有人都出身于我们这样的家庭并不公平。正如我那个在财政学校学习的朋友所说，直到进了当时的左派大学，她才认识了活生生的姓氏显赫的人。这话一部分可信，但有夸张成分。

马里奥出身上普恩特，家境不宽裕，没上过私立学校，也不懂索莱达说的成语。用最浅显的话说，他觉得我们的生活环境很新奇。索莱达试图喜欢他，一部分出于工人主义，一部分出于挑战。但两个人难以理解对方。他们无休止地争论上帝。他是研究尼采的专家，毫不客气地强加于她。索莱达无法接受他的无神论，这确实让她痛苦不堪、无法理解，我妹妹一向是很虔诚的。可是最大的冲突出现在性的问题上。马里奥认为世上不存在处女，至少他脚踩的这片土地上不存在，更不懂有人竟以此为荣。他跟女人的关系都是始于床上，跟索莱达的这段恋情，限制太多，让他不能忍受。最初他只是用语言长篇大论地说服她，跟她说相爱的人不可能没有肉体关系，这是爱情至关重要的一部分。索莱达不理他。"会有那天的，马里奥，会有的。"然后他们热切地抚摸、放松，他想要唤起她的欲望。亲热到某个时间点，一旦她感受到压力，就会变得极度冷淡。这对两个人来说都是毁灭性的。这段恋爱剩下的日子已经屈指可数。一天晚上他们听完奇拉帕云组合的音乐会，去他家吃饭。他们从不去我家，我父母不想了解这个男人。他身上集合了所有他们恐惧和厌恶的东西。如果他不是来自上普恩特，他们或许可以原谅他是共产党员（那时上层社会的孩子还不会加入共产党）。但他们无法忍受二者的集合。马里奥跟一位离家的同学合住。他准备了晚餐，教索莱达做美味的意大利长条面，他们喝皮斯科酒和红酒，听叛逆民俗音乐——我们都整日整夜地听——躺在地板上幻想。她喝了几杯皮斯科酒，变得多情而迷醉，于是他们开始拥抱。马里奥的手小心地在她身上游走，她热烈地亲吻着他。他们亲热了许久，但当她感觉自己的内裤被褪到膝盖时，她想提上穿好。两个人开始挣扎，好像马里奥的耐心恰好到此为止了。索莱达试图摆脱他。她身体贴着地面，收紧胃部、胸部和下身，紧紧贴着能救她于水火之中的地毯。她感到马里奥在她身上来回移动，但下定决心不改变姿势。突然，她在臀部和大腿根之间感受到一股浓浓的潮湿。陌生的液体浸润了她，黏腻温热。马里奥羞愧地站起身，而她一动未动。

一个月后，索莱达知道自己怀孕了，但她从来没有过性行为。她气愤又无奈地哭了，却还能在我叫她"圣母玛利亚"时笑出来。

那是我们第一次接触那个不人道的陌生词汇：流产。索莱达没有过一瞬间犹豫：不计任何代价也不能留下那个孩子。她觉得那几乎是强奸的产物。她不想再见到马里奥，单是想象跟他结婚就让她恶心。

她坚持要求享受青春和选择自己生活的权利。她跟神父忏悔了良久，承受了信仰和现实的巨大矛盾，但她没有踟蹰。我倾尽全力支持她，玛格达和彼达也一样，尽管这对她们来说极不道德。

必须着手处理这件事情。我们不知道求助于谁（多年后相关信息口口相传，但当时没有），不认识有类似经历的人。怎么办？无须多想家人就被预先排除了，也不可能找中学的朋友。当时大学的朋友还没我们经验丰富。于是我想到给前男友打电话，就是那个学经济的学生。我信任他，预感他能帮我们。为了不受他无端的责备，我明明白白地告诉他怀孕的不是我，结果依然没能幸免。

"你们加入混蛋左派走了一条什么路啊！玛丽亚，就算将来你发生这种事我都不会感到奇怪。你怎么这么快就变了？你以为我们这些朋友看见你在中央大厅跟着那群不三不四的人喊粗鄙的口号时是怎么想的？更别提看见你戴着袖章手举小旗跟着所有支持人民团结阵线的人在街上游行时的议论纷纷了。我承认，我为曾经向你求婚而感到过羞耻。你看看，玛丽亚，你穿的什么！好像智利师范大学的学生。把它留给那些野心勃勃、为成为大人物而向上攀爬斗争的人吧。你不适合，亲爱的玛丽亚。"

我硬着头皮听着他枯燥无味的说教。多年来我已经听了无数次。但最终，他觉得我被说服了，我的魅力重新征服了他，于是他忘了他的说辞，我们的角色调转了。

"非常简单，亲爱的。我给你两个名字，有备无患。都是好大夫，好诊所，一定会守口如瓶。会做全身麻醉。你什么都感觉不到！就像拔颗牙一样……当然是妇科医生了，丫头！都很有名。他们同时也做这种生意，赚赚外快。啊！很贵。但任何一个都可以马上接待你们。

把这个名字告诉他们，省得他们不信任你们。"

我疑心地听着。

"别天真了，玛丽亚。你以为人遇到困难会怎么办？我们不会冒任何风险。这种事很常见：不谋一时，不成一事。或者因为还想结婚就不认真考虑自己例假周期的离婚女人，甚至是博人同情的无依无靠的商店店员。任何情况都比生私生子好。"

我跟医生约好时间，然后去找索莱达。这次想呕吐的人是我了。这些就是我们应该保持处女身与之结婚的"绅士"吗？我明白我们开始不可避免地从那个世界撤离了。

流产花了我们不少钱。彼达变卖了她的金手链；玛格达取出了为巴黎之行攒的存款（我们正要出发）；我典当了新买的皮夹克。尽管这样还是杯水车薪。真是个利润丰厚的行当！我想起那些流产不构成犯罪的发达国家。在那里政府可以避免成千上万的平民妇女因大出血而死亡，也可以避免玩着双面道德游戏的富有医生做这种暴利买卖。我向往一个公共卫生系统，能解决这种对每个当事人来说既如此窘迫、日常、痛心同时又这般危险的问题。

（后来我又想起这些思考，当时我带着妈妈家里的保姆去医院，她子宫穿孔，想要终止妊娠，这给她的子宫带来了不可逆的后果。她那时还单身，比起身体的痛苦，更糟糕的是以后再结婚，她也不能生孩子了。）

索莱达的力量是个榜样，只有我们知道她承受了什么、内心有多么崩溃。

一个朋友把他的房子借给了我们，我们在那儿住了三天，严格遵守各项医嘱。我们买了很多石蜡（"避免着凉"）和维生素（"避免贫血"）。为了不得抑郁症还买了美味的食物和酒。我们跟家里人编谎话说正在休假，之后留在了那栋房子里。

终于到了住进去的日子，索莱达坐在车里脸色苍白地回来了。玛格达为了控制情绪尽量不看她，彼达准备好了一切等着我们。一进屋索莱达就躺下来，在床上看着我们仨。

"你们三个不负责任的疯子。我之前从没做过全身麻醉。你们知不知道要是过敏会有什么后果？这会儿你们谁会在监狱里？"

她笑了。

然后，她更加严肃地说：

"我会跟从现在开始爱上的第一个男人上床。第一次给了窥镜真是不值得。这不会给我留下太大阴影的，姑娘们。我只想哭一次，之后就别再提了。我们已经知道什么是流产了，还会了解更多不想了解的事。我准备好了。"

当时索莱达预感到了什么？

她痛哭流涕。后来再也没提过此事。

她确实跟下一任男友上床了，不再为性而受伤害。她是我们中第一个失去童真的，在身体和心灵双重意义上。

十八

没有人的生活是透明的，安娜。所有女人都有秘密，不管多小。是所有女人，没有例外，都一定有某个秘密。

湖上飘着雨，湿漉漉的地面呈现一片深咖啡色。湖水变成了灰蒙蒙的颜色。我和玛丽亚在厨房的柴炉边取暖。玛丽亚一边来回摸着粉色栎木桌子，一边清理面包渣。咖啡杯放在我们旁边，咖啡壶在火中又沸腾起来。萨拉和伊莎贝尔去了镇上，伊莎贝尔想往阿尔加罗沃打电话，迫切想知道孩子们的消息。一个小时前马努埃尔驾小艇去找她们，然后就开始下雨了。

"她们肯定会被浇成落汤鸡。"

"如果不想被浇湿，她们会等等的。别担心了。"

玛丽亚套上一件针织毛衣。白色毛衣把她的肤色衬托得前所未有的光亮。乱蓬蓬的长发散落在洁白之上，覆盖了肩膀和后背，全部。修长、瘦削、黝黑的手指摆弄着香烟。

"但是，你朋友从来没发现一点先兆吗？"

我们接着聊天。玛丽亚给我讲了她朋友的故事。她结婚四年，一切正常，有两个孩子。有一天她结束休假，比预定的日期更早回到家，竟然发现他丈夫跟另一个男人躺在他们的床上。

"完全没有。最细微的征兆都没有。"

面对这种情况，可怜的女人不知道怎么办。她大惊失色，不知该作何反应，于是带着孩子回了娘家。合情合理。一周后她决定永远离开他，而他觉得如释重负。

"他没有把这件事公之于众，依然做着保险推销员的工作，穿着笔挺的西装，维持着超级男人的表象。他已经结婚生子，完成了自己的角色，在社会上不会引起怀疑。他继续在那间公寓正常生活，只有我朋友知道不久后另一个男人也搬了进去，顶替了她的位置。她从未对别人说过离婚的理由，跟任何人都没说过。她认为这是个人的耻辱，觉得人格被羞辱了，好像他喜欢男人是她的问题，或者归根到底，是她的过错。"

"女人的过错……如整片海洋。"

"许多年后，作为不理智怀疑的受害者，她害怕重新面对婚姻，于是在考虑是否跟当时的男友结婚时，她决定第一次把她的遭遇对人说出来。我被选中了。我认真倾听，没有给她讲大道理，但她仅靠把经历用语言表达出来就难以置信地获得了解放，仿佛一说出来，痛苦便减轻不少，这件事就让她感到不那么压抑了。安娜，我的经验教训是没有什么事不能说破，一旦把私人的过错公之于众，你就把它变成了羞耻，而这完全是一种更能谈论的情感。这个女人再婚了，不出意料，这段婚姻再正常不过。后来她对我说，我们的谈话对她来说至关重要，我给了她莫大的帮助，她很感激。我笑了，很谦虚地——在我身上并不常见——向她解释说我什么忙都没帮上，不再对她的故事讳莫如深才拯救了她，我只是导火索。"

玛丽亚掐灭了烟，出于习惯，在烟灰缸里挤压了三四次。她站起身，一边往我们杯子里倒满咖啡，一边接着说：

"我保管着大量的秘密。可能是因为我的生活看似比别人的更开放，道德观不似那么严谨，能容忍任何光怪陆离的事。我身边的人知道这不会伤害我，同时我的反应也不会伤害到别人。的确，我心里有个空间，能装下所有非主流和不合逻辑的事，我不恐惧它们。然而奇怪的是，我的秘密如此之少。我的一切都极度公开，好像这样能让我的经历少些可能的阴暗。我不喜欢阴暗，安娜。"

我在一片静默中定睛看着她。玛丽亚正在厨房走来走去找咖啡，清洗咖啡壶，讲着话，没看我。由于我沉默的时间太长，她突然转过身。

"怎么了，安娜？"

她强大的能力可以感知空气中一种不同的颤动。

我没做声。我觉得我可能脸色苍白，因为她还没把咖啡壶倒满就把它扔下，漫不经心地丢下勺子，来到桌子旁，在我对面坐下。

"怎么了，安娜。你也有让你坐立不安的秘密吗？"

我点点头。

"你想聊聊吗？"

我沉默。她也没说话。她把手放在我的手腕上握紧，双眼深深地望着我，我的心脏快跳出来了。

那年我二十六岁，跟胡安结婚五年，已经生了塞尔西奥和费尔南多，着魔似的想去美国读艺术硕士。我获得了一份奖学金，但因为孩子推迟了两年。塞尔西奥三岁，费尔南多两岁。如果再推迟，我就会失去这笔钱。我们的生活相当拮据，我也几乎在大学的工作和照顾孩子中分身乏术。由于请不起保姆，每天早上都是我喂过孩子之后，抱着他们挤公交——谢天谢地当时有让座的美德——把他们放在我妈妈那儿。她不久前成了寡妇，感觉孤单空虚，靠我爸爸留下的一份微薄的抚恤金生活，但房子是她自己的，是当年通过特殊雇员组织买的好房子——不是现在建的小火柴盒——基本花费可以满足。她不外出工作，所以自告奋勇地照顾我的孩子。要不是她，我就得停止工作、只靠胡安的工资生活了。这可行不通。

我把他们放在我妈妈那儿，五点整再去接回来，领他们回家，从随身的包里拿出脏尿布——我从不让我妈妈洗——然后开始后半个工作日。我从整理早上的床铺开始打扫卫生，清洗早餐用过的盘子、洗衣服——那时我们没有洗衣机，我说的是 20 世纪 70 年代初——熨衣服尤其是胡安的衬衫、给孩子们做第二天带到我妈妈那儿的饭——是特别花费时间的蔬菜炖肉——为全家做晚饭、跟孩子们玩一会儿、给他们洗澡、喂他们吃饭、哄他们躺下睡觉。冬天我可以早点做完这些工作，为自己从家务中省点时间，但夏天不行。孩子们不管多小，都不在有光亮的时候躺下。然后胡安筋疲力尽地回来。他的工作比我更辛苦，六点在大学上完课（还没签长期合同，要上很多节课），还要接着上晚课到八半点。那些年胡安从来不在晚上九点之前回家。我们吃饭时孩子已经睡着了，他洗盘子，我擦干放起来。之后就是我们在家工作的时间：备课、改作业和试卷、打分。我上文学课，胡安上哲学课。由于不想每年机械地重复一样的内容，我们要日复一日地备课。而且我们不总是轮到相同的科目，这也很费力。我记得有一次我实在太累了，把一个年级的课程和其他年级的搞混了。我严肃地走进美国当代诗歌的课堂，用戏剧腔说："今天我们将领略英国巴洛克风格和世界文学的瑰宝之一：弥尔顿和他的《失乐园》。"全班都不停地笑。我迷茫地看着他们。一个女孩站起来对我说："老师，我们不是在 18 世纪的英国。明年才学这个内容呢。"

总之，那段日子太艰难了。

在这种情况下我怎么梦想读完硕士？怎么扔下胡安和孩子们？有天晚上跟母亲吃完饭，正喝着菊花茶，我向她讲了自己的问题，说这一切让我的希望落空了。她如往常一样善解人意——别笑，玛丽亚，你知道我是为数不多与母亲没有隔阂的女人之一——她建议我去，说她会代替我。她可以把房子租出去一年，自己住在我家，用房租挣点钱。她会照顾孩子和家，尽力减轻胡安的生活负担。他们俩关系一直很好。这不是母亲为女儿作出的牺牲，不是。她显得热情又高兴，从未让我觉得这是帮忙。所有人都同意了。胡安很大方，对他来说与我分开那么长时间不容易。学习期间我们买不起机票互相看望。我的承诺是努力学习，在一年之内拿到硕士学位。

就这样，我出发了。渴望学习，渴望受到没有限制的刺激。我在纽约安顿下来，在还没现在这样流行的格林尼治村租了个小房间。虽然卫生间是公用的，但我觉得房子非常棒。那个房间能放下一切：我的打字机、书籍、带来的不多衣服还有胡安和孩子们的照片。我特别想念他们，有时候几乎无法坚持完成学业。我决定给自己穿上一副巨大的铠甲，发誓不允许想家，不可以有胡思乱想的空间。你知道的，这在一定程度上挺有效果。人开始假装冷漠，最终就会觉得自己真的冷漠。我从未那样认真学习过，这对我助益不少。我只在阳光明媚的周日才放松。我会去布鲁克林高地逛逛，看看跟我儿子同龄的孩子。记得有一天我在某个公园看见一双被丢弃的鞋子，跟小塞尔西奥的脚一样大。我看到它们以最悲伤孤独的姿态被扔在草坪上：小孩空荡荡的鞋。（每当我夜里去看他们是否盖好被子时，总是为他们脱在地上的鞋子而动容。鞋的形状完全说明了他们的性格。这是一个孩子存在——或是缺席——的最有说服力的证据。我总是对胡安说，如果我们的孩子有个三长两短，千万不要让我看到他们的鞋。）我内心某些东西崩溃了，坐在石凳上大哭起来。

我一次流光了那段时间的所有眼泪。

我和胡安经常通信，当时的信件我保留至今，它们依然是我的宝贝。我的身体仿佛冻结了所有享乐的想法。我想念胡安，但基本只会想起我们的谈话和欢笑，从来不想性。这是我仅剩的防护。女性欲望上我理解很多事情，比如受多少教育才能跟感受融为一体、表面上不动声色实际能有多么压抑，还有多么没有自主权。

万事顺利，直到那天，一名巴西学生搬到了隔壁房间。他那么帅气、有魅力，跟我一样拿奖学金攻读硕士学位。我们之间的区别是他没把家人留在身后，肩上没有负担。但他确实像我和那个城市里所有拉丁美洲人一样，形单影只。我们成了朋友。有时他邀请我去房间喝杯上好的咖啡。我们的关系被我定了性，完全划定了范围。只能是朋友，没别的。对我来说并不特别困难，因为我认为家庭结构本质上是一夫一妻制，我已经习惯了把跟别人的关系停留在朋友层面。我也不是玛塔·哈里[1]，能让身边的每个男人拜倒在石榴裙下。十八岁起我就习惯了胡安在身边，只要有他存在我就变成了对其他男人无欲无求的女人。我把这些话说给埃里奥，就是那个巴西人，他决定跟我继续相

1　荷兰人，是20世纪初知名交际花，一战期间与欧洲多国军政要人、社会名流都有瓜葛。

处，不怀任何情欲。

一天，我们在街角的小商店花一美元吃完披萨回家。他用力抓住我的肩，紧紧抱住我。我感到一股电流，这种感觉已经很久没有过了。我挣脱出来，对于我的坚持他很吃惊。就是那时我开始感觉到了自己的脆弱。只是我肩上的一只手臂，我的上帝啊。我觉得我就像个修女或是老处女，因感知荒漠上最微小的刺激而反应过度。事情就这样过去了。但下一周有人送了他几张百老汇歌剧的门票。我们心情放松愉悦地从剧院回来时，他在门口拥抱了我（完全是一个年轻健康、充满激情的男人的拥抱）。我知道我迷失了。我很难过，夜不能寐，我的铠甲正在变薄。到美国以来我第一次做了春梦，连此前派不上用场的自慰也无法让我平静。

于是我不再见他了。我认为自己已经爱上了他，这对胡安不公平。他那么大方让我离开，只有一个请求，就是我不要出轨，只有此事能让他心碎。事实上，如果我出轨，他不确定是否能够原谅我。他承认在这方面不算开明，但这不受他自己控制。我了解胡安，知道作为一个好男人——而且是南美洲男人——忠诚是婚姻的支柱。他不害怕我爱上别人，而是害怕我跟别人发生性关系。性，性！所有权的绝对标志。祖祖辈辈传承下来，毫无道理可讲。由于仅仅待在伦敦就已经有很大负罪感了，我决定用那种方式报答他：对他忠诚。

所以一段时间内我断绝了与埃里奥的关系。我们时而在楼梯上遇到时，会友好地打声招呼。但仅限于此。当我这样做而不再有生理反应时，我们和好了。我需要他，他是我的陪伴，不见他的那段日子我孤独又悲伤。我们继续一起吃披萨、在他房里喝上好的咖啡、讨论我们的功课、互相帮忙洗衣服。我前所未有地努力学习，把目标定为九个月而不是一年内完成学业。我做到了，因为我知道我的意志在减弱，我不相信自己在更长时间里还能自持。

　　就这样我在格林尼治村逗留的时间结束了，跟埃里奥的相处也终结了。这本是一段非常美好的故事，充满爱情和理解的柏拉图式关系。我出发的前一晚他来送我，在那么狭小的空间里给我做饭，买了很多价值不菲的红酒。我第二天早上就要乘飞机离开了，因此感觉很放松，喝了一整瓶红酒。平时我不喝那么多，所以那天我的头很晕。好吧，长话短说，最后我们上床了，感情爆发，如同泄洪的水，快乐得欲仙欲死，也为分别难过得死去活来。我们度过了疯狂、悲伤又美妙的一晚。我觉得我的牺牲毫无用处，为浪费了那么多时间咒骂自己。我离开他的怀抱和床，登上了飞机。

　　回到智利，胡安兴高采烈地等着我。孩子们，他们的小脸和身体都很好。我们都活下来了！我到家的那天晚上，尽管身体很累、心情激动，还是跟胡安做了很长时间爱。我向他靠近得模棱两可：我等了他那么久，然而埃里奥的身体已经沁入肌理。

　　好吧，下个月我没来例假。只是想想可能怀孕我就毛骨悚然，因为我知道回来的那天正在排卵期。玛丽亚，你大概会说没采取措施是我不负责任，但九个月来我根本没考虑过周期，无须为此费神和担心。我手边也没有避孕套或者子宫帽，想不到要采取措施。而且这都是后话。如果不是这样，如何解释这个世界上每天那么多的意外怀孕呢？

　　周期中的十四号，埃里奥；十五号，胡安。怎么知道我怀了谁的孩子？我冷静地想了想，希望只是自己神经质，这种情况以前也发生过几次。或者是因为换了国家，气候、食物、水土不服。但是没有。

我偷偷做了检查。阳性。我简直疯了，想私下流产。没想到一向很关注我的胡安也察觉了。

飞机上我只想着在埃里奥的问题上如何面对我丈夫。我绕了个大圈子，不知道埃里奥和谎言哪个更对不起他的信任。如果是我，谎言的伤害更大。但权衡了所有胡安支持和反对的事情后，我选择只字不提。这算得上是个善意的谎言：我想照顾他的自尊，想保护他，而且真的害怕失去他。

跟我说发现症状时，他的手正握着我的胸。腹部的鼓起骗不了人，另外他没看到过一滴血，事实很清楚。他劝我去"做检查"。我怎么拒绝？怎么告诉他我已经知道了却瞒着他？我照做了。看到结果他高兴得跳了起来。那种情况下，我怎么能想着把孩子做掉？

尽管我极力掩饰，他还是发现了我没有即将为人母的喜悦。我对他说我们很穷，还要上班，养现有的两个孩子已经很艰难，再生一个更加困难重重。他提醒我说，他刚刚签了合同，成了大学里的全职教师，可以不上晚课。我不在的日子里，他已经学会如何做爸爸，理解了我之前多么辛苦，这点他早该发现的。他还说照顾孩子的任务只落在母亲肩上不公平。为了不太影响我工作，我们可以雇个保姆。那会是结婚六年来我第一次可以把孩子留在家里出门上班。

我找到我的妇科医生，向他解释这种情况，想从他身上寻找一个神奇的解决办法，让他给我肯定的答案。

"没法知道。都有可能，安娜。"

"但我不能一直揣着这个疑问活着。"我越发焦虑。

"他长什么样？那个男人。给我描述一下。"

"皮肤黝黑、深色眼睛、咖啡色直发。精瘦、不算高，正常身材。"

"现在描述一下你丈夫。"

我不禁笑了。如果真要描述，他们长得差不多。

"那就没问题了。大家不会怀疑的。"

"但我担心的不是这个。想知道真相的是我。"

"听着，安娜，这种事每天都会发生。你不知道有多常见。重要的是可能的父亲们外貌差距并不明显。其余的都忘了吧。这个孩子生下来就是胡安的女儿，也确实是他女儿，有谁的基因无所谓。是他的女儿，就这样。他和孩子都将这样生活。时间一长，你也会。别多想了。"

我愤怒地离开了，感觉整场谈话就是敷衍。我决定更换妇科医生，于是开始找一个女产科医生问诊。我跟她从没提过这个话题，另外，我可以跟她谈论我的身体，完全确信她能理解我。胡安不解地问我为什么换医生，我提出了纽约很流行的理论，说女人在这方面被同性接诊尤为重要。但是追根究底，我知道为什么换医生：因为我不想再见到这个世界上唯一知道我秘密的人。

玛丽亚·阿莉西亚就这样出生了，跟我一模一样，仿佛没有父亲参与。我的宝贝女儿。

我戴着十字架。二十六年来每天都戴着，每天都盼望她身上某些迹象能给我答案。但我什么都没得到。现在我想引用山姆·夏普德的话："我祈祷不再胡思乱想。"

十九

　　这是我们在湖边度过的周日。天色渐晚，我们四个人坐在走廊的摇椅上享受着美丽的风景。这已经成了日常仪式。伊莎贝尔准备了奶酪和白葡萄酒，玛丽亚拿来了冰和威士忌。我们逛了一整天，没有力气做别的事，只能在湖水前躺着摇晃。

　　"今天是周日，我竟没觉得伤感。"玛丽亚突然说，好似对自己感到吃惊。

　　"不奇怪，"我回答她说，"我们四个人一起度过了美好的一天，为什么一定要伤感呢？"

　　"我在青春期时，每到周日就伤感。现在已经不会了。"萨拉说。

　　"确实，"伊莎贝尔表示同意，"伤感是青春期的典型情感。我生了埃尔南·巴勃罗之后才不那样了。"

　　"可能我还在青春期吧，"玛丽亚笑了，"但我一直没能摆脱，似乎所有糟糕的回忆都与周日有关。"

　　"为什么？"我问。

　　"我跟伊格纳西奥说……"

　　玛丽亚点了一支烟，喝了一大口葡萄酒，对着我们专注的目光，讲起了遥远的往事。

那是一个周日的下午四点钟。他们刚做完爱，他看着电视里的足球比赛，她犹豫着是睡午觉还是继续读欧文那本让人称奇的小说《新罕布什尔旅馆》。

"我总看到你手里拿本美国作家的书。"

"我只读美国作家的书。"

"为什么？"

"因为他们的作品有文学表现力，好像所有元气和生命力都集中在纽约人身上。我几乎无法忍受欧洲人的节奏，没几个例外。"

"法国人呢？"

"法国人？我讨厌他们。读完玛格丽特·杜拉斯的最后一本书时——以防你先入为主，那本书不是《情人》——我就发誓再也不读法国人的书了。太做作，太以自我为中心，理性得让人无法容忍。我们马上就进入 21 世纪了，他们无权用十页篇幅洋洋洒洒地解释她如何观察花瓣、内心作何感受。我受不了他们的世界观。太堕落。你看看电影。他们多长时间没做正经事了？他们不具备美国人的清新和活力。"

"你太夸张了，玛丽亚。"

"那是自然。如果我没这么拥护美国文化，也不会爱上你。"

他接着看足球比赛，她在床单下摸索他的腿，把自己圈在里边，紧贴着他。她摆弄着他的胸毛。玛丽亚喜欢把它们卷起来再轻轻拔除。

"你知道吗，伊格纳西奥？我觉得你是我生命中遇到过的最美好的东西。"

足球比赛注定要被打断了。他转过身，注视她，亲吻她。他们吻了良晌，一切重新开始了。

玛丽亚的套房甚是明亮。她刚买下不久，说这是"她最后的疯狂"。这确实是套超棒的房子，无比宽敞。房子面积很大，安全性高，连厨房都是实木装饰的。露台和阳台仿若花园，简直奢侈，而她享受得心安理得。她真诚地说："我相当富有，为什么不利用呢？"电影公司的盈利、堂霍阿金的遗产——他选择在世时就留给她——她自己在学院的工资和撰稿的稳定收入着实让我们的朋友变成了富婆。玛丽塔太太偶然间说："这是你一直以来应该做到的样子。"

"我不像你们有丈夫有孩子，但至少我有钱。"她几乎辩解着对我们说。

于是我想起八年前我们的聊天。

"你注意过小镇的建筑吗？灰暗的大楼，小小的落地窗，几乎没有阳台，没有树木。一个紧挨一个，都是同样的房子，被放置在随便什么位置，好像没人曾费心给它们找个好环境。它们可以建在荒地或是铁路和公路对面，一点儿都不符合人性化逻辑。我把它们叫做'自杀模型'。如果我住在那里，一定会想尽办法自杀。看到它们时，我就根据坐落位置，猜想我能在每栋房子里住多长时间。比如，在这栋死板的楼房里，我一个星期就会饮弹自尽；那栋，半个月；另外几栋，第二天。安娜，问题是这些一模一样或平常无奇的系列建筑让我恐惧。除此之外，我的内心如此脆弱易碎，所以居住条件决定着我的一切。我住在哪儿就是哪样的人。因此，我有钱那天，无论如何不能压抑，一定要给自己在普罗维登西亚区的高处买一间绿植环绕的顶层豪华房子，面朝东南方向，要有可以保护我的夜班保安、帮我搬包裹的门卫、没到膝盖的地毯和让我在严冬也能裸身的暖气。从最高处我能看见充足的阳光，满目绿色……享受高处的绝对安静。"

玛丽亚原原本本地实现了自己的话。

交工当天，她和伊格纳西奥拿着一瓶二人专属的红魔鬼葡萄酒去收房。产权经纪人刚走，他们就关起门，脱光衣服，在如牧场般空旷的客厅打开红酒，在地板的毯子上交合，身边没有一件家具。他们就这样为新家举行了落成典礼。玛丽亚的房子和爱情最终对她来说是同样的事。她放弃了贝亚维斯塔区倾心的房子，因为鲁道夫的气息让她难过；放弃了普罗维登西亚区惹人喜欢的住所，因为无法承受与拉斐尔的回忆。她问伊格纳西奥："如果你离开了，我也要卖掉这间漂亮的房子吗？"

他们没有同居。伊格纳西奥有自己的房子，离玛丽亚的不远，他们会彼此拜访。玛丽亚发誓不会再跟男人同居，而对于伊格纳西奥来说只要她在附近，就没什么区别。

"要是哪天我们有孩子了呢？他跟你住还是跟我住？"

这是玛丽亚签新住房合同那天他们聊天的内容。

"别，别说这事。我们这样挺好。"

"你不能永远不生孩子，亲爱的。还差几年你就四十岁了？"

"四年，还有幸福的四年。"

"那你什么时候能收收心，不再沉浸于'你还行'的想法里？"

"只要我还行。乌苏拉·安德丝过了四十岁才生的第一个孩子。"

"你最好尽快考虑，这是为你自己。我已经有孩子，不需要再生了。会后悔的人是你。玛丽亚，如果你下定决心，必须得说服我。我没有急切地想要孩子。"

"那你提这事干嘛？"

我们说回到玛丽亚套房的光照，周日那近乎白色的光照。正是下午四点钟，无所谓冬夏。周日。他们的对话宛如对自己的内心独白。

我害怕周日，伊格纳西奥。如果你必然要抛弃我，请别在周日，我承受不住。周日就连阳光都不一样，总是毫无生气。如果我曾经遗憾没有孩子，那就是在某个周日。我从小就害怕。童年莫名其妙对未知的恐惧把我跟那天紧紧相连。可能也是因为周一要上课。是的，我讨厌学习。周日下午我会让朋友给我打好几次电话，让我觉得没有被抛弃。后来谈恋爱时，因为家里只允许我们周末跟男友相处，周日下午便成了分别时刻。我尤其记得几段最触动我的恋情，那段时间我畏惧剪断周五和周日的联系，仿佛那几天我终于得以享受，害怕周一的现实生活打破那种魅力，害怕男朋友会离我而去。周日傍晚多么焦虑！还是周日，天色一暗，我们就收到了海梅被杀的消息。我的妹夫，那个天蓝色眼眸的出色海梅，可怜的索莱达的丈夫。"

那些天很奇怪，只有恐惧和伤痛打破灰暗。大家都失业了，有那么多时间担惊受怕、那么少时间在室外活动和那么多宵禁。漫长的午后被迫关在室内甚至让我们的新陈代谢失去了平衡。我们转圈绕来绕去，拼命思考可以做什么。行动主义行之有效，紧急状态持续了三年。我们无从得知怎么经历了这么长时间的沉默。不完全是和平的沉默。

一切都混乱不堪。

从第一天起就被迫害和隔离的何塞·米格尔得到了通行证，已经身在巴黎。玛格达刚刚飞去与他团聚。她把小帕乌拉留在了智利，直到她找到合适的住处。实际上，是我妈妈劝她这样做的。她让他们夫妻团聚，理清他们的事情，单独生活一段时间，还说她随后就去把孩子带给他们。我们小时候她几乎每个冬天都去巴黎游玩，那之后已经好多年没去过了。她会带着玛格达留下的行李和东西，帮她归整新生活。眼下，我们的法国朋友把我和玛格达当时在拉丁区中心住的那间房子借给了他们，在流亡初期帮助、宽慰他们。由于看不到希望，无法想象十年后这个国家会是什么样子，所以比起离开祖国，玛格达出发时最担心的是她囚于北部的妹夫海梅。

"只是行政手段，"索莱达安慰她说，"安心走吧。他一被放出来我们就通知你。"

荒谬的是，尽管丈夫身陷囹圄，玛格达还是把照顾帕乌拉的任务交给了索莱达。现在我不禁心中暗想我的姐妹们有多么不信任我。我是全家唯一单身的，却没有人让我负责任何事情。我当时自己跟父母住，有时间做任何事。玛格达两年前跟何塞·米格尔结婚时离开了埃尔哥尔夫的家，一年后是索莱达。她小小年纪就结了婚，让大家惊诧不已。全家对海梅的信任减少了反对的声音，所有人都看好他们，认为他们会白头到老。1973 年 11 月 11 日，索莱达年仅二十岁。真奇怪，伊格纳西奥，打击和流亡引出了我们最隐秘的情感，让我的心这辈子前所未有地靠近、再靠近玛格达。她一直认为我对索莱达格外亲近，然而在那段最艰难的日子，我爱她胜过爱任何人。

"玛格达，你记得海梅和索莱达相识那天吗？当时家里正在举办聚会。你记得那双蓝眼睛吗？"

"她学社会服务，一条几乎与赤脚加尔默罗女修会和慈悲姐妹会[1]同样严格的路。"

面对我的介绍，海梅饶有兴致地看着她。

"你想过出家做修女吗？"

"想过，"索莱达辩解道，"我想不到更好的办法为社会服务。"

"那你决心留在尘世了？"

"嗯，"她很严肃，"我要用事业为社会服务。"

关于志向和未来的职业，我们已经讨论过多次。1969 年和 1970 年夏天填报大学志愿时，我们不探讨别的问题。伪善淹没了内心真实的想法。我们所有人都盲目选择了天主教大学，把它作为唯一可能的选项，因为我们根本没考虑过技术大学，又害怕智利大学的极左派主义、无神论和多阶级主义。

你，玛格达，总是很清醒，一直想学历史。

"教育学。从来不是师范类！"

你的话冒犯了我们表姐彼达，她维护师范类，说这是为他人奉献的最高尚方式。英语对她来说既熟悉又合适。彼达作的所有选择都一样简单：相近、熟知、保险。我想学新闻，但没有人重视它，不知道我将来会从事什么职业。有些东西不言而喻：正经职业是你和索莱达这种聪明人的。大家因为索莱达在社会服务上浪费天分而唏嘘不已，她本可以成为律师或者经济学家的。面对你的选择，他们相信你会出人头地，因为你很适合认真研究、发表成果。你确实做到了。对于我，没人期待我在学习上有所成就。我觉得我的成绩能上大学，爸

1　均为天主教教会，旨在帮助穷人。

妈心里的大石头就已经落地了，谁也没太注意我的分数究竟有多高。

十六岁左右时，索莱达放弃了进修道院的念头，她明白她的志向更倾向于知识层面，而不是精神层面。于是，玛格达，她跟你的分歧就出现了。

"你不能仅仅因为可以接近穷人就选择一份职业。你学学允许他们存在的体制吧。如果想改变这个世界，你得了解它。可能是社会学之类的社会科学。这才是更适合的学科。"

"不，玛格达。你还是没明白。我要帮助受苦的人。我在寻找一种力所能及的方式去减轻他们的负担。我的目的很单纯。"

"从来就没有什么目的应该单纯，索莱达！"

"让我结束这个话题吧。我要在他们身边谦卑地工作。社会科学留给政客们吧。玛格达，我的志愿出于信仰，由此我作出选择。你很清楚，政治是件不同的事，我从未对它感兴趣。"

"尽管这样，索莱达，还是不可避免。你早晚要经历它。"

确实，没过多久，索莱达就懂了。如果有人能预见历史进程……我们家会少承受多少痛苦。如果有人阻止索莱达……如果她去了修道院……妈妈双手抱着头极为痛苦。

我做了什么要遭这种罪？作为母亲，我做错了什么？为什么我生了三个左派女儿？我给她们的教育哪里出了问题？这跟我对她们的憧憬有什么关系？

多年后，当我们的选择有了结果，我和你，玛格达，跟索莱达比较起来真是难得的女儿。她第一次在母亲面前声明支持武装斗争时，母亲在内心深处已经跟她断绝了母女关系。但她还扮演着自己的角色，保护她、收养埃斯佩兰萨。她做了一切，却在心里封闭了她们的关系。索莱达已经不是她的女儿了。这点在爸爸把遗产留给了我们俩却没有留给索莱达的时候就能看出来。

"我不会把一生的积蓄留给精神失常的孩子。否则，我就成了用自己的钱买武器的罪魁祸首。毫无疑问，索莱达一定会拿我的钱这么做。"

一进大学，她就和从事社会活动的基督教团体混在一起。她始终忠于真理，或者说，忠于她自己的真理。她知道了如你所说，政治责任不可避免。她渐渐围着它打转，全身心地投入。在我们大学生活初期，一个新政党成立了。说是运动更贴切，基本由基督教徒、年轻人和知识分子组成。她多个基督教会的朋友都入党了。她为自己的新发现激动不已，还把热情扩散给我们，邀请我们参加集会。一个比一个执拗的我们都出席了。是坚定的基督教信仰把我们聚在一起，是最初精神修炼的清修让我们保留了团结的幻想。但那些年清修的结论不可避免：基督教义务和社会责任的结合。

彼达是最先怀疑的，她觉得背叛了自己。索莱达竭尽全力，同她一起艰苦地工作。她们共同研究福音书，在唱福音教士中寻找不同的解读，继而展开讨论。如果马太这样看这个问题，那么约翰就会用另外的方式领会。她们都夸大一切。有时仅仅某个经段就要讨论上一两个小时。而讨论的结果总是一样的。

"好吧，索莱达，你确实在某些方面说得对，但是耶稣从来没说过这是为他服务的唯一方式。"

"说到底，彼达，你不敢承担这项责任。你害怕背叛家庭和阶级，然而真正的基督教徒无所畏惧。想想最初的教徒，想想他们冒的风险。他们真正抛弃了一切，毫不退缩，抨击整个文化和已然建立的社会体系。他们被迫害，甚至献出了生命。而你，如此胆小怕事。"

回忆起那些争论我依旧心有余悸。彼达的双眼闪闪发光，总是一副要哭的样子。我怀疑索拉达的力量在于战胜，而不是说服。但当时我同意她的说法，没有保护彼达免受不公平对待。在她气急跺脚维护被践踏的尊严时，我没有出手帮她。

论据枯竭时，索莱达来求助于我。

"唯一能留住彼达的方法就是恋爱。这确实对她有效。既然你是这方面的专家，那就应该在你的朋友中为她找个合适的人，要英俊，在私立学校上学，最好知根知底，但他的想法要明确，得能让她知道我们的出身不是履行义务的障碍。"

在当时的天主教大学找一个满足这些条件的人不是艰难的任务。被选中的男孩名叫胡里奥·马林，跟我一样是新闻系的学生。我们和索莱达背着彼达开始了真正的暗箱操作，结果成功了。她给我们讲了这段浪漫史，天真地对索莱达预言说她会有多么认可他。就这样，我们重新把彼达拉进了小团体，让她跟我们参加游行、音乐会和学生活动。索拉达松了口气，我们四个又一起走"正确的道路"了。然而好景不长。到了12月，由于胡里奥·马林不能参加我们组织的夏季劳动，彼达也不想去了。于是我们去参加活动，她出发去了萨帕利亚尔。2月份我们在拉斯美伊萨斯见面时，彼达容光焕发。

"我恋爱了。"她郑重宣布。

我们三个面面相觑。

"那胡里奥·马林呢？"

他消失得无影无踪，丹尼尔取代了他的位置。我们向来了解丹尼尔，在我们少女时期他身边就不乏追求者。他长相英俊，是橄榄球运动员，阅历丰富，用父亲的财富弥补了文化上的不足。他的形象完全否定了我们大学初期的所有经历。

索莱达的不屑让假期不欢而散。我和你，玛格达，我们保持沉默。彼达回到圣地亚哥，重新过起了之前的生活。她投靠了自己的真理，从未再试图背叛自己。一年之后她和丹尼尔结婚了。第二年拉斯美伊萨斯被没收充公，我们的漫长夏日变成了回忆，再也没有了。那年我们还不知道那是我们四个人在农村度过的最后一个夏天，仿佛在不知不觉间，它给我们还不曾体会痛苦的人生第一阶段画上了句号。我们不知道失去拉斯美伊萨斯如何让我们也失去了自己。玛格达，我们未曾怀疑失去它多么有标志性，而是试图把它理解为工人的增收。伤我们的心，为他们增收。但我们没有因为伤心而哭泣。玛格达，尽管我的双脚，我们的双脚永远放弃了登上那片土地的权利，那片属于他们、支撑他们的土地……但坚忍就是训示，就是命令。

彼达结婚了，从此彻底放弃了改变生活的任何幻想。玛格达，随后你也放弃了，以不同的方式，缓慢、无声无息，就这样……好像结婚生子让你看不起自己的行动主义了。你总是戏谑机智地用那几句话支撑你的行为，话里有话地说我们"小儿科"。要不是有过流亡经历，你就成了我们一起鄙视过的那种人。或许如今帕乌拉会重复你的历史，在你上学的学校学习，更像彼达的孩子，而不是你的。

只剩下索莱达和我。

我也放弃了。不是放弃幻想，是放弃了组织。利剑落得形单影只了。

正是在大学改革、学生认为五月革命与古巴革命一样必要的背景下，在一个即将施行社会主义的动荡国家里，海梅和索莱达相识了。

他们多么相爱啊！

这是一个普通的故事。一个普通的爱情故事，没有波折。我在诸多恋情和男友之间周旋时，他们结婚了。那正是人民团结阵线执政时期。我记得那天，简单的仪式过后——与你的婚礼完全不同，玛格达——我用力拥抱了海梅，对他说，出于某些原因，上帝没有给我一个兄弟，把这个空缺留给了他。他像个天使，仿佛从天而降。上帝赐予了他那双眼睛，把他带到我们身边。就是那时组织派他去北部，让他负责伊基克的一家国企。

后来我们为这次任命感到多么伤心啊！

玛格达。德拉贡大街、第六街区、法国的阳光。你终于身处何塞·米格尔的怀抱，却是住在七楼那个没有电梯的小单间，每天或者至少周日早上有人送报。城市魔幻般的阳光混混沌沌，你的小屋安静得让人窒息。你的护照被怀疑，你再也不能毫无心机地讲出你的国籍、简单明了地说起你的祖国。恐怖时期开始了。我说的不是面对抽象集体的抽象恐怖，而是我们自己，拉斯美伊萨斯幸福的小女孩。生活给我们打上了第一个烙印，我们已经变了。如果你在巴黎，把自己封闭在你的小天地和索邦大学潮湿的教室里，如果你认为可以保持不变，今天我在这儿告诉你，已经不可能了。你不能。生活没留给你空间。如果你逃避它，还有我，我不允许你逃避。我们埋下了一把刀，必然要流血。

玛格达，你还记得我们一起愉快生活过的巴黎吗？它也变了。下午七点的烈性波尔多红酒、穆浮塔街的闲逛、意大利广场的弗朗西斯科煎蛋饼、圣米歇尔市场的卡门贝干酪和布里奶酪、在建筑风格无可挑剔的孚日广场晒过的太阳、阿拉伯的甜腻糖果和在马伯乐因为不买而匆忙读书的夜晚，这些快乐都结束了。那个生活丰富多彩的巴黎消失了。海梅被杀害了。

他被杀害了，玛格达！

索莱达撕心裂肺的痛苦也是你的、我的。面对海梅独有、绝对、完全的真正死亡，我们三个人也变成了活死人。

索莱达睡在隔壁床上，我们刚给她吃了镇定剂。但愿她能入睡，但愿美梦关怀她、眷顾她、治愈她一会儿。昨晚她的尖叫惊醒了我，我觉得今天她能睡着。她熟睡的面庞表情很安详。希望她不会半夜醒来，不要摸向身边的床却只能感到一片虚无；希望她不觉寒冷，不需要另一个身体温暖她，别醒来发现海梅已经不在了。

索莱达把海梅的死看作自己死亡的开端，我害怕她会爱上死亡本身。

我觉得被你抛弃了，玛格达。活见鬼，你为什么离我那么远？难道是想让我独自承受这份痛苦吗？

那是个周日，伊格纳西奥。我和维森特看完电影刚回到我父母家。由于他不愿意与我同居，当时我住在娘家。时值 10 月末，天气寒冷。我们上楼走到我母亲房间。当时蜡还很短缺，晚上只点火炉，而它总是放在母亲的大房间里，摆在电视和茶桌旁。1973 年的 10 月想必寒冷彻骨，因为已经完全进入春季，却还点着火炉。母亲面色苍白，毫无血色地坐在旁边。父亲也在那儿。我忘了他们跟我说了什么，只记得我瘫倒在了床上。我摔在床垫上，被反复弹起。随即我的内心封闭了，我想到索莱达受到的打击应该最大。她人在佩尼亚弗洛尔，之前说好带小帕乌拉去看望何塞·米格尔的祖母。她对我说由于是周日，手续不会有任何进展，她要先把孩子送过去，还让我注意听电话，可能伊基克会有人打来。她很乐观，平静地去了佩尼亚弗洛尔。"我在那儿过夜，玛丽亚，宵禁太早了，不值得回来一趟。我跟小帕乌拉一起睡，自从海梅被捕我几乎都见不到她了。我在伊基克来来回回办所有手续的时候……可能最后的斡旋就起作用了。你想过他们今晚就放了他吗？如果是这样，玛丽亚，不用多说，宵禁一结束，你就赶快去找我。好吧，我不应该这么想入非非。我明天回来。"

打到我父母家的电话是来自北部的，但他们没有释放海梅。我知道谁该把消息告诉索莱达，于是看向维森特。

"还有多久宵禁？"

"五十分钟。"

"我们一个小时之内要到佩尼亚弗洛尔。走。"

妈妈建议我们先打电话，可是何塞·米格尔的祖母家没有电话。

"太危险了，孩子们。路上全是巡逻队员。你们可能到不了……"

"我们必须得去。不知道明天早上索莱达想干什么，我们不能让她……算了，维森特，我们快走！"

我们火速出发了。

我们飞快地驾驶，一路上沉默不语。这次行程我只记得对于玛格达缺席的愤怒、我麻木的心和那晚的月光。苍白、冷清。周日的月光。

全国笼罩在一片空旷之中。佩尼亚弗洛尔的房子和年迈的姑妈们就在这样的时刻迎接了我们。我们穿过农村老房子的昏暗走廊进了门，远远便看到内院和坐在瓷砖地上的索莱达。一边是帕乌拉的小椅子，另一边是祖母，她们在玩着铃铛，索莱达笑靥如花。我停住脚步，握紧了维森特的手。不，她什么都不知道，我们是最先到的。我的上帝，我没有勇气！

索莱达抬头看向我们。她下意识的反应是高兴，露出了灿烂的笑容。然后，她确认了时间和空间。她机械地看看手表，明白宵禁已经开始了。她眯起了眼睛。

"你们这个时间来这儿干什么？是海梅被释放了你们来通知我，还是大事不好了？"

"海梅没被释放。"维森特脸上的表情说明了一切。

她艰难地从地上站起身，仿佛肌肉已经麻木。她注视着我们慢慢朝走廊走来。我在同一条走廊向前走，注视着她。如同所有农村房子的走廊，这条路无比漫长。我们的目光互相盯着对方。她的双眼在无声无息间对我发问，而我的双眼给了她肯定的回答。

"是海梅吗？"

我说不出话，好像嗓子永远干涸了，只能张开双臂。索莱达扑到已经十分伤心的我身上。一感受到她的崩溃，我也撑不住了。但我听到的不是号啕大哭，而是断断续续的低声呜咽。维森特双手扶着索莱达的肩。男人总是有能力在被需要之时出现，分寸掌握得刚好。维森特就是我指的这种人，他说了我无法开口的话。

我妹妹的眼睛来回扫视着我们。她瞳孔放大，满目怀疑。她放开我们，在内院走来走去。佩尼亚弗洛尔天色已晚。整整五分钟过去她才有反应。她看着我，脸色巨变，似乎那五分钟里到遥远的地方神游了一遭。接着她又扑到我怀里大哭起来。

小帕乌拉在旁边手持铃铛，狐疑地看着我们。这哭声刺进了我的灵魂。我执拗地认为很不幸，最终利剑总是变成十字架。

"啊，伊格纳西奥。那是周日晚上。"

二十

"你为什么离婚？"

"因为我妹夫的爸爸去世时，我前夫没去吊唁。"

萨拉公寓的小客厅里有八个女人，她们在研究其他女人的问题上志同道合，乐此不疲。大家几乎全坐在地上，说话声淹没在烟雾和不可或缺的热情中。她们已经吃过了从街角买来的披萨。中间闪闪发亮的桉木桌子上摆着许多小巧玲珑、宛若陶瓷装饰品的烟灰缸和所有软木杯垫，那是萨拉买来防止桌子因为太多啤酒和红酒而受损的。空荡荡的墙上零星挂着几幅不大的画，看起来并不能隔音。客厅右边角落里有一张朱丝贵竹餐桌和四把一模一样的椅子，桌上盖着一片圆形玻璃，上面并排放着冰桶和更多没开封的酒瓶，预示着那会是一个漫长的夜晚。

"别担心，妈妈。我和胡安娜会帮你打扫卫生，"罗贝尔塔下午时对她说，"你从来不邀请别人。这些东西又不是为了保持干净才存在的。"

萨拉的房子总是整整齐齐，地板永远闪耀着石蜡的光，床罩和窗帘定期清洗。一切都很耀眼。她家具不多，但全是崭新的，每一件都有固定的用途。玛丽亚吃惊地问她："你从来没想过只因为某个东西好看而拥有它吗？"就连朝着阳台放的橡胶树叶和蔓绿绒也成了清洁工作的受害者，它们的表面从来都一尘不染。家里的每个装饰下面都有一块圆形白布，那是智利中产阶级青睐的钩针编织物，其中包括电视上不可或缺的一块和电话桌上的一块。罗贝尔塔的房间是唯一萨拉能接受有所凌乱的地方。女孩房间里的全部家具均购自著名连锁店。由于没有客房，保姆胡安娜的房间紧挨着罗贝尔塔的。她就像小家庭的一员。因为也没有客用卫生间，她就跟罗贝尔塔共用一个，萨拉则有自己专用的。她们看似与罗贝尔塔同龄，相处和睦融洽，同样痴迷于卡米洛·塞斯托和肥皂剧。

"我不明白为什么萨拉的保姆不扎围裙，"有一次玛格达说，"难道她们认为这是进步主义的标志吗？太让人搞不懂了。年轻保姆更难懂。"

实际上，鉴于大名鼎鼎的新经济模式带来了大量进口商品，胡安娜几乎比萨拉穿得还好，她们之间只能靠品牌而不是衣着区分。胡安娜的脚仅仅比萨拉的大几毫米，所以萨拉常常把新鞋拿给她穿几周，让她撑一撑。

"全乱套了。"玛格达又说道。

顺便说一句，胡安娜一板一眼地紧跟时尚潮流，不管是不是东施效颦。

玛格达说："回到智利，最让我吃惊的变化是穷人不再衣衫褴褛。我们几乎穿得一样。从前的约定俗成消失了，比如穿牛仔裤的小男孩肯定是学生，或者穿体操鞋的肯定是运动员。现在都不好意思把旧衣服送给保姆了，因为在波斯市场用不了几个钱就能买到全新货，中国台湾的或者中国大陆的。"

就这样，胡安娜成了她们的参数，用玛丽亚的话说，可以知道什么时候因为某种潮流已经不可避免地普及了而抛弃它。不管怎么说，尽管胡安娜既不扎围裙，休息日又比谁都多，她依然是个天使。她像照顾自己一样照顾罗贝尔塔。那晚她从家中的小厨房里专注地听着她们聊天，不想错过任何细节，期待女主人的朋友们那些在她看来很老套的故事能提供些线索。她听着客厅传来的声音。

"你就因为这个离婚？"

"对。我妹夫的爸爸死后一个星期，罗德里格还是无动于衷，那时我开始认真怀疑他有没有常识，更别提别人的痛苦会不会让他不安了。我开始寒心地分析他，那种寒心让我惊慌。我妹妹，逝者的儿媳妇，很恼火。她对我说罗德里格跟家人不一条心，她认为这是堕落的开端。就是这样。问题是我出于合理的原因只想恨我前夫几天，然后就停下来。可谁能想到，我竟然没办法回头不再讨厌他了。于是我们就离婚了。"

"因为婚姻没有确定的目的地。"萨拉说。

"那就不该结婚。"

"别夸大其词，"另一个人说，"要懂得让步。"

有个人要求讲话，是四十多岁的心理学家希美娜。她因自己是个历经世事的女人而得意。她出于原则不染白发，为人处事有些矫揉造作。

"姑娘们，我们聊天得有个最基本的理论框架，我们的思维太混乱了。还是从头开始吧。我们这代人的一个共同点就是对感情怀有一种深深的无意识的不信任。父母没计划过我们的出生，我们不是必须被他们选择。那时没有避孕药和子宫帽，在分娩的痛苦时刻，一从温暖的羊水中出来，我们就怀疑没被宠爱过。所以，如果回到原点，我认为我们可以谈谈有感情障碍和极度不会与人交往的一整代人。总而言之，一代几乎神经质地怀疑爱情的人。"

"从结果来看，希美娜好像说得有理。"

"希美娜别危言耸听了。这不是一代人的问题，也不是感情问题，而是男人的问题。"一个正坐在客厅角落的垫子上练习瑜伽的金发美女发表意见说。

"克拉拉，你想得太简单了。"

于是这个三十多岁的人类学家克拉拉严肃起来。

"女人的爱情关系让我百思不得其解。我试图通过自己理解女性，也试图通过女性理解自己，但毫无进展，止步不前。我读书、钻研、找人谈心，先研究女权主义，接着是后女权主义，发现了诸多疑问。路在何方？既然没有能创造历史的个人道路，集体道路又在哪儿？我为我们感到焦虑。有什么模式能让我们借鉴呢？"

"太稀少了，"希美娜思考着说，"另辟蹊径的女人都付出了沉痛的代价。"

"如果知道这样能幸福，我不在乎付出代价。"

"谁能提前保证会幸福呢？"

所有人都似乎陷入了沉思。克拉拉接过话茬。

"当然……女人因放荡付出代价，而男人却因此收获颇丰。没有男人的女人被认为人尽可夫，而且，人们觉得女人的力量，或者说，我们的力量，只是诱惑男人。"

"就此打住，克拉拉。如果是这样，我们就不可能衰老了。"

"谁说我们会？"

"是这样的：时间是男人的专属。如果他们的力量在于公开的事务，那么便可持续一生。可我们的呢？会随着皱纹的出现和绝经而消失一空。"

"所以我拒绝接受！如果我们所有力量都源自诱惑和生育的能力……那感情的力量会被置于何地呢？或者你们告诉我，所谓感情扮演了什么角色、发挥了何种作用？"

"哎呀，上帝啊！"一个性感的黝黑女人叹了口气。她比其他人更年轻。"没有那种力量时，我会变成什么样呢？"

萨拉打断她说："由此我就知道女人只能变成熟，因为从她一生最美好的岁月结束到死亡那一刻，她应该活得时间更长。"

"要懂得从这段时间中受益。或许我们今天应该加快脚步来避免时间摧残我们。"

"请举例说明。"黑皮肤女人专注地说道。

"不知道，"萨拉思索着点燃一支烟，在别人插话之前补充道，"不要把安全感集中于性和容貌，或者说，不要把它集中在会随年龄结束的任何东西上。"

"这是老生常谈，谁都知道，萨拉。"

"可能吧，但我们必须学会享受当下的快乐，不能总寄希望于明天。"

精神学家希美娜急忙说："总结经验，深刻领会，将其融会贯通。这是变睿智的重要一步。"

前夫没去吊唁的女人跳起来说："确保经济独立！"

"对。我们别本末倒置。为了有尊严地老去，需要满足三个条件：

睿智、富有、苗条。"

"苗条？"

"对，又老又胖的女人可不体面。就算我们老了，至少也要保持风度高雅。"

"我还是认为最重要的是稳固情感，不是色情的那种，"萨拉接着说，"而且为了不衰老，我们应该不断磨练智慧。这确实需要磨练！"

大家都笑了。胡莉亚接过话。她大概三十七岁到四十岁之间，是个律师，优雅漂亮，外貌在中等水平以上，有一种源于身体的安全感。

"我先是在男人的世界中摸爬滚打，看不起一切跟'女性'有关的东西。然后经历了在我看来必不可少的阶段：拥护女权和愤愤不平。这开阔了我的眼界，让我更理解世界和自己。现在我觉得我正在成功把二者结合。我最近特别享受做李杏果酱。"

"明智。"克拉拉看着她，表示同意。"可是你解决爱情问题了吗？"

"还没有。但我考虑过了，觉得我会长期依照我朋友欧亨尼娅的例子。"

"她怎么了？"

"她是艺术家，是个多愁善感的女人，比我大很多。她十二年间与一个男朋友相恋，两个人只在周末见面。她没有把继父之类的巨变带到两个儿女的生活中影响他们的成长。孩子们在成长中没得到什么爱抚，但很有安全感，从未因这个男人的存在感到危机。他们开心地拥有一个没有与别人分享的母亲。当他们离开母亲的家……或者说就在她二女儿结婚第二天、妈妈开始老得不中用了的时候，她把拉斯孔德斯区的房子卖掉，在森林公园区买了一套大房子。她把房子装饰成两种风格，邀请男朋友与她同居。当时她对我说：我不会独自终老，那是最孤独难耐的日子。年轻时标志着自主和自由的东西到老年时会变得卑下。年轻时我自由自在，现在我要体面地老去，就因为我识时务，善应变。"

"好吧，如果是寻找解决办法，我还知道一个例子。"希美娜补充说："我有一对朋友，他们谈了两年恋爱，之前各自结过婚，生过子。他们买了一栋古老的两层大房子，把它分成两部分，每人各住一层，分别有自己的入口、厨房、门铃甚至电话。楼下是她的工作室、走廊、怀旧小院、孩子和保姆；楼上是他的住处，没有隔墙，完全现代化，是个不折不扣的单身汉房间。房子尽头隐藏着一个连通两层的楼梯。他们相互拜访，想做时就邀请对方同睡，着实保留了谈情说爱的灵魂。"

"聪明。就怪冬天和宵禁，我才最终和阿曼多结婚了。我们相爱的两年间一直住在相隔一条街的两栋房子里。每人都跟自己的孩子住在各自的家中，从不胡乱过夜。但我们却被冬天打败了。因为各自起床回家时太冷了，还得是在宵禁允许的时间内，于是我们终于留在一个家里了。如果有那对情侣的方法，我就得救了。"

"你们太奇怪了！怎么能偏爱独自睡觉呢？有个夜晚陪伴你的身体，这感觉多美好啊。另外你们不害怕吗？我宁愿死都不会标新立异。你们想想，如果有人强行闯入，或者晚上有怪异的东西进入这个国家……不。我还是要丈夫在身边。"

"如果他眼里有你，在身边当然好，"刚离婚的女人说道，"但是罗德里格已经在床上对我视而不见了。他的性欲越来越淡。如果我提议做，就成了永远准备妥当的傻瓜。他从来没考虑过我想不想。太没眼力价了！现在还问我为什么跟他离婚呢。"

"可是如果我们这样开始，就永远也停不下来了。男人把我看成玻璃上的一块污渍，瞬间就能用棉纱擦掉。"胡莉亚笑道。

"不，我们别聊被无视的问题了，求求你们。我拒绝！"

"我刚刚在想希美娜说的那对住在两层楼的情侣，他们的办法不公平，"伊沃内打断说，"这首先需要双方有一定收入，或者说，这是个精英团体的方案。此外，为什么她有保姆和孩子，而他没有呢？因为只有她肩负起照顾孩子的责任，他才可以像个单身人士一样生活。我跟你打赌，这个女人也支付各项开销。这不公平。"

"可能吧，但他们过得很好，"希美娜回答她，"他们后来有了自己的孩子，他索性把孩子'送给她'，因为他不想要，而她想。所以孩子就被安置在楼下了。"

"把生育当作男人的馈赠，"萨拉讽刺地说，"不新鲜。考虑到女人和孩子不分彼此，是不可分割的组合，希美娜讲的例子当然不公平。我记得那时候弗朗西斯科不希望我们有小孩子。避孕药对我不管用，其他方法也没效果，于是我求他做结扎手术，毕竟是他不想要孩子，不是我。他断然拒绝了，反倒让我去做。最终我逼着他告诉我真实原因，他对我承认说，他想在心理上有一直能生育的感觉，否则会伤害他的男性尊严，还说就算最后我们分手了，他年老时后悔没有子女，也可以跟个更年轻的女人生。换句话说，他的生育能力凌驾于我的之上。你们大概能猜到，所有避孕问题都是我自己的，我在这方面完全没有同伴。我试了不同的方法，他对此毫不知情。最后我决定唯一可能的措施就是索性不在某几天发生关系，因为他出于原则，拒绝用避孕套。我必须精确计算日期，如果搞错了，他就会大发雷霆，指责我不小心。他只问'能不能'。这就是他对这个问题费的所有心思。"

大家都很愤怒，思考着每个人身边的"弗朗西斯科"。那位皮肤黝黑、年轻性感的女人有个三岁的女儿，她说她和丈夫、女儿在奥索尔诺待了几天，刚从南部回来。

"我猜是图个好玩吧，恩里克跟路上遇到的每辆车都要比一比。路上开车的男人太让人讨厌了！他甚至跟自己也比，因为他下定决心在十二个小时内到达，不是十三也不是十四个小时。我们一点都不急，根本没人在等我们。路上的每辆车都是他的对手。后来我可怜的玛卡雷娜就开始在后座上吐。我对恩里克喊，让他停车，他却在开了一千米之后才停，就是因为女儿恶心得死去活来时，有辆车想超过他。他终于停下了，我和女儿下了车。我急忙不安地找东西给她擦嘴、清理后座，还要安慰大哭的她。恩里克坐在驾驶座上一动没动，连车都没下。玛卡雷娜还在吐，他就看着前面，一副事不关己的样子，手指都没动一根。真不敢相信这也是他女儿。我终于把一切收拾好了，跟吐得又虚弱又委屈的玛卡雷娜回到了车里。门都还没关好，他就飞速出发了，还对我生气，说女儿浪费了时间。当我气愤地说他什么也没做时，他的解释是呕吐物让他恶心。要是同样的情况发生在我们身上怎么办？我再说一件事。去的路上，在洛桑赫莱斯，玛卡雷娜想大便。她一路上都没添麻烦。我让恩里克停车，他却拒绝了。我对他说别像个疯子，孩子确实需要停下，不是无理取闹。他停了，嘴里嘟嘟囔囔，说我们浪费时间。当然是我下的车，帮她在路边大便，而他，坐在神圣的驾驶座上等我们。我们回到车上时，他板着脸严肃地对我说不管发生什么都不会再停，埋怨孩子大便打乱了他的时速节奏。你们觉得孩子想大便是谁的错？我对奥索尔诺之行的结论是二者其一：要么他不配做玛卡雷娜的'父亲'，要么他就是精神变态。"

"太可怕了！"

"说到精神变态，让我给你们讲一个我朋友的故事。你们可能不会相信，但这确实是真的。"胡莉亚说："她离婚十年了，我们一直不知道为什么。几个月前，由于正在接受治疗，需要面对一切，她就跟我倾诉，给我讲了事情的原委。原来她和前夫结婚的七年里，每次同房时，他都四肢着地，求她把那玩意放进他肛门里……你们知道是什么吗？保龄球瓶！只有她这样做，他才能获得快感。他们家里装满了这种东西，各式各样、五颜六色。得知他获选保龄球瓶俱乐部主席那天，我朋友当下就决定跟他离婚了。"

大家哈哈大笑。卡尔拉站起身，在一片笑声中说："这让我想起一个前牧师和贵格会修女的故事。我孩子的保姆之前在那家工作，是她给我讲的这件事。男的是个非常值得大家尊敬的人，一头白发，身着深色正装，风度翩翩。他不做牧师后便娶了一个美国人，是贵格会修女。房子宽敞昏暗，到处都是耶稣受苦像。每当乞丐走上门来，他们都会施舍吃的。但到了晚上，保姆就感觉书房的大衣柜里有奇怪的动静，她去看了很多次，但什么都没看到，衣柜的门总是紧闭着。但是由于它在动，她就觉得是被诅咒了。一天早上打扫卫生时，她发现地上扔着一条鞭子，就在那个赫赫有名的衣柜旁边。她以为是魔鬼放在那儿的，当天就辞职离开了。直到现在她还认为那栋房子闹鬼了，所以才很天真地讲给我听。"

这时笑声被敲门声打断了。大家都看向萨拉，问她在等谁。萨拉打开门。是她的一个男邻居。

"对不起，我不知道你有客人。"

"没关系。怎么了？"

"我想跟你借电话，我的坏了。"

"请进来吧。"

邻居走进来，跟大家打过招呼后就拿起了客厅角落的电话。萨拉察觉到气氛有变，所有人都不一样了。胡莉亚在落地窗玻璃上照着镜子，自然地整理着发型；伊沃内更换了双腿的姿势，翘着二郎腿，露出漂亮的小腿肚；前夫没去吊唁的女人整理着衬衫衣领，让低领显露无疑。室内几乎是半安静状态，只有些窸窸窣窣的声音。

邻居走后，萨拉站在客厅中间，双手叉腰看着她们。

"我整个下午都在听你们抱怨男人，好像你们真的讨厌他们。可是进来一个他们的代表，你们就变了样。咱们怎么说的？"

胡安娜在厨房一边听着女主人说话一边盘算，心想她们中有没有一个人，至少一个人，是幸福的。结论是如今做男人比做女人好。因为这个问题无解，她决定不再偷听，就跟罗贝尔塔去看电视上的晚间电影了。

二十一

　　那天是埃尔南的生日。那年伊莎贝尔想为他精挑细选个礼物。她好几次听丈夫对新激光唱片的音响效果赞不绝口。这种音响设备刚在国内流行起来，不是哪个朋友家都能见到的。"那是另一种音乐，伊莎贝尔！我们得买一个。"但他们还没买。顺便一提，这是份昂贵的礼物，但为了丈夫高兴，值得。

　　伊莎贝尔决定妥善行事。她跟时而来我们办公室工作的音响师克劳迪奥聊了聊，向他咨询，甚至带他回家，让他看看埃尔南的设备，检查激光唱机能不能跟它兼容。他们一起去了克劳迪奥熟悉的"小店"，那里出售质量上乘的电子设备。之前为了约时间，他们商量了很久。两个人在那儿待了几乎整个下午，克劳迪奥饥渴地翻阅着商品目录。他们买不起专业人士为之疯狂的好多品牌，最终定下了三洋牌。她胸有成竹，觉得自己买了一份好礼物，双手提着大包兴高采烈地回家了。她还计算好时间，避免被埃尔南看见。第二天上午，她早早离开办公室去了唱片店，分别以孩子们的名义买了五张小激光唱片，希望那天打开包裹的时候，埃尔南不急于试听。她选了半晌，最后买了巴赫的、披头士乐队的和几张正在甩卖的。她提前了许久做这些事，因为她认为事到临头才买，会让送礼物的心意大打折扣。

两天前，在女儿弗朗西斯卡的坚持下，她们刚用银纸盛大包装了每张唱片。随后埃尔南走进房间。他小心谨慎地捡起了地上的购物小票。伊莎贝尔正在旁边的卫生间洗手，他隔着门喊她：

"我知道你给我买了激光唱片做礼物。"

伊莎贝尔困惑不解。她把包裹看作最大的秘密，藏在了弗朗西斯卡的衣柜里。埃尔南一向不往那儿看。她手上拿着毛巾，感觉自己僵在了浴室里，小心地问他：

"为什么这么说？"

"你买了五张唱片，一张披头士乐队的，花了六千比索；两张甩卖的，每张两千比索；另外两张是古典音乐，一共三千五百比索。"

伊莎贝尔的脸涨得通红，她觉得自己被莫名其妙地侮辱了，仿佛被当众扒光了衣服。资料如此准确，让她很受打击。她走出卫生间，眼泪在眼圈里打转。

"家里没有激光唱片，很明显，这些是你给我买的生日礼物。"

她没有回答，心里还想着他把价格说出来让她受到了多大屈辱，尤其是所谓"甩卖"两个字听起来异常刺耳。他笑道：

"如果你这么在乎，就别把小票扔到地上啊。"

他手上清清楚楚地攥着唱片集市的粉红色小票。

"肯定是弗朗西斯卡扔的，或者我们打包装时从包里滑出去的。"

她借口去叫弗朗西斯卡，离开了房间。女儿迎面遭到了母亲的责备。

"你太粗心了！"

"妈妈，我没注意……你知道我不是故意的。"

"你本可以细心点儿的……"

"你太生气了，妈妈！"

她不禁心中暗想如果是她捡到小票会有什么反应。她确信一切都进行得悄无声息，认为丈夫完全不会撞破惊喜。她不该如此大意。但她立即觉得这样想不好，于是她牵起弗朗西斯卡的手，决定忘掉这件事。

两天后是埃尔南的生日。当天是周四，埃尔南不想庆祝。他说："也许周日我们可以叫几个朋友吃烧烤。但现在时间不合适。"那晚全家一起吃饭，那个时辰孩子们已经昏昏欲睡。正像伊莎贝尔取出白色绣花桌布和玻璃杯时说的那样，她把桌子布置得很高雅。她做了埃尔南最喜欢的菜品之一：玛格丽塔酱浇石首鱼。孩子们围着蛋糕唱生日歌，大家都看似高兴。回到客厅时，孩子们去睡觉了。火炉旁放着包裹。

"你不拆礼物吗？"他们正喝着咖啡，伊莎贝尔问。有了小票的插曲，她问得几乎有些胆怯。

埃尔南拿起五个小包，逐一打开，嘴上还说着她当初会是如何挑选的。

"我猜你没买贝多芬的交响乐。那些正在促销，买就得买一整套。"

"不，埃尔南。我想过，所以我选了那个奏鸣曲。"

"嗯，巴赫。你可能没想过分开买勃兰登堡协奏曲。"

"没有，埃尔南。这是长笛音乐会。"

"亨德尔。你没找到《水上音乐》？"

"没有，埃尔南。如果能找到，我就给你买它了。"

"真遗憾。我那么喜欢《水上音乐》。"

伊莎贝尔默不做声。他检查完光盘就结束这个话题，起身去酒桌给自己倒了一杯饭后酒。

"阿玛雷托酒剩得不多了，伊莎贝尔。我下次去布宜诺斯艾利斯的时候你得提醒我。你知道那儿免税店的价格和智利酒水店的差多少吗？而且，不是哪儿都卖阿玛雷托。"

伊莎贝尔打断他："你不打开大包吗？"

"打开干什么？我都知道是个唱机了。"

"但是……我不知道。你不想看看它什么样子吗？"

"不想。我知道是台索尼，我猜它跟我所有的设备一样，是银色的。"

"埃尔南，我在送你礼物，我觉得它至少值得被打开。"

"哎呀，伊莎贝尔，你太复杂了！"他的语气完全漫不经心，"你知道我不会表达感谢，也不会说漂亮话。这么多年了，你了解我。"

伊莎贝尔觉得被冒犯了。

"你别这副脸色，老婆。别拘泥于形式。"他皱皱眉，有些不快，"这就是女人的麻烦事，总是搞形式主义，本末倒置。行了，你别纠结了。明天我就把唱机装上。我会特地回家吃午饭，然后把它安上。这才重要。我为什么要提前打开呢？"

"不是索尼，也不是银色。"她说。

他面露不解。

"什么？不是索尼？可是，为什么？"

"因为索尼不是这世界上唯一的牌子。但我咨询过了，知道这个牌子很好。你看见了吗？即使你知道礼物是什么，也总是有惊喜成分。"

"这个礼物的'惊喜成分'太愚蠢了。况且，我不喜欢惊喜。你想想你的生日。你想要台微波炉，我们就一起去买。你拿主意，决定款式、品牌和颜色。我记得你选了一台手动的。要是我自己去，就给你买个数码的了。你满心欢喜地拿着微波炉回来了，忘了吗？这才是送礼物。"

"我不认为一个人买、另一个只管付钱是送礼物。对我而言，礼物这个词包含的所有含义就是避免别人参与。换句话说，坐等享受，明白吗，埃尔南？买微波炉那天，你把我带去那么远，让我在大冷天出门。天色已经很晚，商店就快关门了，我们特别着急。这都发生在我生日当天。我不觉得你这种行为是体贴。是我为这个礼物身体力行，没让你做一丁点儿调查；是我把音响师带到家里，让他看哪个更好；是我去买的，我提着包，打包装，只为了让你在生日的晚上不用动一根手指就能拥有它。这是我对礼物的理解，是爱对方的另一种方式。"

"这跟爱有什么关系？我觉得你跑题了。我坚持认为对你而言唯一重要的是别人对你感恩戴德。你要求我因为你的礼物宠你。真是典型的女人行为！你总需要被宠着，总因为没有得到足够的宠爱而生气，所以我说女人太流于表面、注重形式。"

"好吧，如果表达感谢是形式主义，那我爱它。至少有热情。"

埃尔南很快打破了短暂的沉默。

"你知道的，伊莎贝尔，我家从来没有送礼物的习惯。我想我可能在这方面没经验。"

"这个借口已经不管用了，埃尔南。你已经抛弃你的家庭太久了，你有过大把时间去学学那些没脱离它的正常人是怎么生活的。可能你做过小小的努力。我的上帝，如果我们都在各自的家庭经历中裹足不前，看看你能跟谁说这话！"

"我觉得这对话太无聊了，毫无意义。你希望我打开这个美好的礼物让你高兴吗？"

这时门铃响了。

"是我妈妈，她说好这个时间过来。我给她开门。"

母子二人兴高采烈地聊着，疲于争论的伊莎贝尔也加入进来。除了僵直地坐在沙发边儿上，她没有表现出任何吵架的迹象。后来他们睡下，如往常各自结束工作日那样筋疲力尽。他们每人守着床的一侧，没有任何接触，但这不一定是个糟糕的信号。

第二天，伊莎贝尔下班回家，看到埃尔南确实回来吃了午饭，她听到他书房里有声音。他出来迎接她。

"你听到音乐了？激光唱机的声音没有任何特别之处。我觉得我的老电唱机听起来比这好多了。"

哦，不，伊莎贝尔心想，别再继续了……

"我猜由于是甩卖品，你带回来的唱片不是在数码系统里录制的，只是简单地把之前的录音转录过来，就像葛戴尔转成立体声。录的时候不是立体声，听起来就永远不可能跟直接录成立体声一样。你懂吗？而且，我不能把录音机同时跟激光唱机和电唱机连起来。你应该可以想到，我不会因为只能连激光唱机就不再听我所有的音乐了。"

"但你多少年没打开电唱机和录音机了……"

"因为我决定重拾音乐了。我根本不会连接激光唱机，除非你和你的音响师调查过我是否有别的选择。"

他接着不以为意地朝厨房走去。伊莎贝尔给朋友克劳迪奥打电话，先为麻烦他道歉，然后请他有时间来家里检查一下连接问题。

周日他们与两对朋友举办了一个小型的烧烤聚会。吃开胃小吃时，有人问埃尔南觉得礼物怎么样。他正烧着碳，心情愉悦、若无其事地说：

"伊莎贝尔的礼物特别棒。你们看，她送了我一台激光唱机。明知道我所有设备都是索尼的，她还是决定送我一台三洋；明知道我所有设备都是银色的，她还是决定别出心裁，买了一台黑色的。你们能想象一台黑色三洋摆在银色索尼中间会是什么样子吗？更糟糕的是接触不良，我不能同时连接所有安装好的设备。还有更要命的，配套唱片竟然不是用杜比特立体音响系统刻录的。你们怎么看？我的小伊莎贝尔真是擅长送礼物啊。"他笑着说完。

所有人都笑了，甚至有人笑得前仰后合。他们觉得太有趣了。

二十二

我看到的是如下场景：

旌旗、彩虹、希望、团结。世界上的全部颜色聚在一份即将到来的喜悦周围。

那是 1988 年 10 月 5 日，智利近十五年历史中最辉煌的一天。

本章的主角是萨拉和她想要打破强加于自身的单身生活的意图。她的意图与全民公投合二为一，在她身上不分彼此。

事情的开端是这样的：历史的车轮滚滚向前，全国都在期盼某个日期。八年前我们伟大的独裁者把它作为一个单纯的程序写进宪法里。这个日期成了现实，我们看到了用他自己制定的法律扳倒他的可能。最初这很疯狂。多矛盾啊！从抗议要求皮诺切特下台、阻止这次全民公投，我们经历了多少斗争，而 1986 年后，除了当成挑战接受它、继续向前，我们无路可走。

反对派组织起来，开始了一项艰巨而激动人心的工作：让人们相信我们能赢。斗争针对僵化、猜忌和不信任，这无疑是深深渗透进人民生活的独裁统治的恶果。但是某种希望得以传播，工作开始了。从第一天起，我们就意识到了这次事件的影响力。

"我们要孤注一掷，就算随后会被杀害。勿失良机！"这是玛丽亚。

"安娜，你现在是领导。给我们开个特例吧。10月之前我们只在学院上半天班，剩下的时间都奉献给反对行动队。"

萨拉说到做到，她就是在那儿认识了克里斯蒂安。他们是同行，都是工程师；同龄；也同样对工作一丝不苟、慷慨投入。他们有诸多共同点。他几个月前与女友分了手。

"他仍旧把衣服送到前女友家洗吗？我提这个问题是想搞清楚他们彻底分手了没有。"玛丽亚问。

"他暂时和妈妈住，"萨拉回答，"女人希望稳定，围着自己打造家园；而男人不同，他们可以'过渡'很多年。太厉害了！话说回来，我不喜欢他的地方不是他妈妈也不是他前女友，而是他太教条！"

"但是教条的人床上功夫都不错，萨拉。这是经验之谈。我猜是因为只有在床上他们才放松。"

"拭目以待吧。"萨拉笑了，他们还没亲密到那种程度。

但这一刻很快到来了。有一天晚上他们疲惫不堪地下了班，一起回到萨拉家。胡安娜告诉她弗朗西斯科把罗贝尔塔带走了，今晚在他那儿住。她给他们准备了清淡的晚餐后，就悄悄撤退了。他们休息，聊天，听了一会儿音乐。当克里斯蒂安注意到时间时，城市已经一片漆黑。停电了。

"这种情况下出门简直就是羊入虎口。"

"你可以住在这儿，罗贝尔塔的房间空着。"

他觉得这是个好主意。蜡烛的光芒让气氛变得轻松，萨拉准备了酒。她总在食品柜的中层放一瓶威士忌，尽管她自己几乎不喝，也很少在家接待客人。他们感到越来越累，并排坐在靠椅上。半小时后，他们向卧室走去。

"你有橡皮带吗？"他喘息着问道。

"什么橡皮带？"萨拉不解。

"避孕套，萨拉。你有避孕套吗？"

避孕套是萨拉最无须操心的东西。她与他分开了一点儿。

"没有，克里斯蒂安，我没有。"

"那你怎么做？"

"我什么都不做。"

（玛丽亚调侃她说："想必你已经结蜘蛛网了。"）

克里斯蒂安看着她。现在不解的是他。

"我从不乱交。如果你担心的是这个。"

"我就是因为艾滋病阴魂不散才分手的。"他辩解道。

"那么乱交的就是你了。我跟男人做爱的时间不会超过病毒的潜伏期。"

"我没法相信你。"他回答。

"那就别跟我搞在一起。"萨拉站起身，客气地把他带到罗贝尔塔的房间，对他道了晚安。

她躺在床上心想，我的上帝，多少年没想过我会碰上这种事了，竟然遇上个妄想狂。

但是第二天，玛丽亚表示支持克里斯蒂安。

"萨拉，你不懂艾滋病的出现对于我们情场中人来说有多不幸。安娜和伊莎贝尔实在幸运，现在是一夫一妻制的好时机。因此，我和伊格纳西奥选择在性爱上对彼此有最基本的忠诚。就好像是罗马教廷创造了艾滋病毒！所以，克里斯蒂安不是疯子，他只是有责任感。"

萨拉心软原谅了他，但还是行事谨慎。

"我跟妈妈越来越像，像她一辈子那样，不信任男人，压得自己喘不过气来。"

"这是我们的命，注定像自己母亲。我们很可能热忱地重复她们身上最讨厌的东西。"伊莎贝尔回答道。关于这个问题她已经思考良久了。

玛丽亚夸张地说："太可怕了。衰老本身已经很丑陋，还要像我们母亲！"

萨拉打电话问母亲："你从没想过再婚吗？"

"没有，女儿。男人没有好东西。好男人都死绝了。女儿，你想过吗？守寡是女人的专属。"

在一片政治热情中，萨拉犹豫不决。他们买避孕套发生了性关系。爱情故事已经开始。但她不确定是否任其发展。值得吗？问题不是克里斯蒂安是否值得，而是失去镇静是否值得。

于是我提醒她想想我听过的她和玛丽亚的对话。

在拉斐尔和伊格纳西奥之间的空窗期，玛丽亚发誓不再与男人同居。确实，她至今也没跟伊格纳西奥同住。萨拉也发了同样的誓，但她的"不再"更加决绝和可信，因为它涵盖了全部男性。玛丽亚给爱人留了空间，并为此找理由。她以精妙诗意的说辞开始，念了一句向伍尔夫致敬的诗：

"哦，弗吉尼亚，无论你身在何处，天堂还是地狱，或是你决定留在冰封的海洋，请听听我感恩的祈祷！我们欠你太多，但最重要的是自己的房间。"

然后她忘掉文学和比喻，热情地投入到平凡的日常生活中。

"再也不跟男人睡同一间卧室。有张自己的床是最卑微的愿望！它每天最少八小时贴着我的身体，是这辈子跟我接触最多的东西。要是连'这个地方，这个可爱的长方形，是我的'这种话都不能说可怎么办？"

萨拉像辉儿、杜儿和路儿[1]那样补充道：

"一张床不能属于两个人。可以偶尔分享，最好是在冬天，但为人最基本的尊严就是做自己床的主人。更别提吵架后同睡一张床了。在讨厌的男人身边睡觉简直等于强奸。"

玛丽亚继续说：

"你们怎么看每个人对卧室的习惯？一个人抽烟，另一个不抽。他们争执、妥协，说好床上不能再有香烟。抽烟的那个满心愧疚地抽，让它变得毫无乐趣，而不抽的那个等着开窗散气。然后是灯光。情侣中总有一个睡不着，冠冕堂皇地说想让失眠的时间变得有意义。但如果他一直读书，另一个就没法睡。他们开始争吵。不失眠的人可能想上午早起阅读，这样又吵醒了失眠的人。于是双方都不读书了，他们开始互相怨恨。因为你们要相信我，有的男人在早上六点钟最多产。是的，尽管听起来像骗人，但确实如此。他们偶尔想分享自己的多产，仿佛躺在身边的可怜女人在那个时间就能情绪高涨。他指责她不配合，说她浪费了头脑最清醒的几个小时。她很愤怒，因为早上六点钟是睡觉时间，如果他想分享，为什么明知道她入睡困难还那

---

1 唐老鸭的三个侄子。

么早睡觉呢？电视是个不可回避的因素。她睡不着，因为一旦电视开着，她就不能移开目光。而他需要开着电视睡。如果她决定不再看电视，拿出一本书，电视的声音会让她分心。你们发现了吗？电视的声音总是蠢蠢的。她看看已经开始打呼噜的丈夫，对他心生厌恶。她关了电视，他呢，一感觉听不到母亲子宫的催眠曲就醒了。他们又开始争吵。这里我们就不提在共同空间里打呼噜的问题了。"

"不管是不是共同空间都烦死人了！"

玛丽亚接着说：

"最终百分之九十居民的日常生活在每天出门进入社会时就很艰难。他们回来时心力交瘁，不希望再有任何刺激。所以卧室的和平是最基本的需求，不是奢望。却可望而不可即。"

"清醒和睡眠之间的那条线——叫入睡困难？——是使心灵平静、放松末梢神经的基础。入睡和醒来都是独处时刻。其他一切都是廉价的浪漫主义。如果我们能独自经历那些时刻，生活中得少吵多少架啊？他们从未想过早上八点钟的愤怒跟中午十二点的不一样吗？"

还差两个关键房间：浴室和厨房。

"浴室？去洗澡然后发现浴缸里全是头发？毛巾湿哒哒的……还要忍受各种气味。一个人有权利要求别人选择忍受他的体味吗？如果情侣同时起床会怎么样？我不想要一面满是雾气、什么都模糊得照不到的镜子，也不想为了让雾气散去打开窗户，搞得浴室冰凉。如果你的另一半不用脚垫呢？我就遇上过一个。他非要弄湿地板，再把毛巾扔地上。早上洁白的浴室本该为人享受，却被其他人破坏了。更不要说用厕所了。为了看准先大便要跟别人协调时间……真丢脸！不。浴室是神圣的，不能共用。"

萨拉点头同意。玛丽亚继续说厨房的话题。

"男人对事物的概念跟女人极度不同。你们向所有独居女人做个调查，问问她们：第一，她们在超市花多少钱？第二，在里面花多长时间？第三，每顿午饭用多少餐具，由此而来的是，之后洗多少盘子？然后再问问已婚的女人。从本质上说，男人喜欢坐在摆好的桌子前安稳地吃饭。最好有华丽的沙拉，一切都尽可能地精雕细琢。另外，每顿饭都要有饱腹的硬菜。蔬菜布丁不禁饿，吃了也像没吃一样。肉菜对男人来说必不可少。比如我朋友。有天晚上我请他吃饭。计划得很浪漫。我下厨，前菜给他做了一份放了许多黄油和大蒜的美味蘑菇，主菜是奶油意大利长面条。我费了好大劲，他却傻乎乎地问我：'牛肉在哪儿？'男女之间在厨房上的问题就在于此：牛肉。只有单身女人能享受吃芹菜和奶酪的乐趣，已婚的都是米饭和土豆的受害者。每当看见女人在超市推着满满的购物车却没有一件商品是为自己而选时，我就感到难过。不用说男厨师了。他们做碗汤能弄脏两口锅、三把勺子和四个盘子。当然，由于他们施恩做了饭，我们女人就得清理留下的一片狼藉。不，不能跟男人共用厨房！"

萨拉完全同意。

我也记得1985年。在巴西贝尔蒂奥加海滩有一个拉美女人的聚会，萨拉和玛丽亚去参加了。她们归来时带着满满的故事和经历。这是玛丽亚回来后讲给我的：

最后一晚我们举办了盛大的告别晚会。大家梳洗化妆，装扮各异，光彩照人，还染了头发。我选了粉红色，萨拉是银色。那是一场喧闹、纵情狂欢的盛宴，所有人都沉浸于听觉和舞动肢体的快乐中，让我感觉很多女人这么多能量的动力基本是欲望。一个美丽的黑白混血女子试图在我身上激起这种动力。她在我面前几乎裸体跳着舞，直视我的眼睛。我想，可能每个能把异性恋带入门的女同性恋都会在最终考核上得到重要的成绩吧。我继续旁观，想着拉斐尔，思念着他。我远远看见萨拉埋没在人群中舞动着，陶醉地跳着桑巴、萨尔萨和梅伦格，纵情狂舞。我记起几个小时前我们在木屋的谈话。

"明天就回到现实世界了，真可怕。它还存在吗？一周都在棕榈树和草坪中度过，没有一丝现代文明的喧哗，体会如此丰富的经历。这样的生活把这里不存在的一切都变成了其他星系的东西！"

"别动，萨拉，不然你的脸也变成银色了。"我正试着给她染头发。

"玛丽亚，最糟糕的是，我对男人的论断完全坐实了。如果我曾经怀疑过是否有可能与他们共同生活，如今已经不会了。现在我确信：我不爱，也不需要他们。"

她声音变得和缓，抓紧我一只手臂，真诚地看着我的双眼。

"你不能没有他们。你不知道我多同情你，玛丽亚。"

当晚，看到音乐让一切变得疯狂、很多女人成双成对地从舞会溜走去棕榈树下亲热时，我有些孤单地回到了木屋，脑海里回荡着萨拉的话。我执着思考的是，如果男人懂得我们对平等的诉求，他们也能赢。可怜的男人！说到底，大男子主义对他们要求太多。

我在空荡荡的木屋里默默收拾行李，出于直觉，也整理了萨拉的。我们第二天早上天一亮就要出发，最好把所有物品都准备好。之后我怀着全部激动的心情睡着了。半夜我突然惊醒，月亮想必已经升得很高了。旁边的床空着。我微微一笑，继续睡去。天已大亮时，萨拉叫醒我。她一脸藏不住好事的表情。我不知道是什么，但无疑是好事。她调皮地凑到我耳边说：

"我跟一个女人做爱了。"

"但是，萨拉……怎么做的？"听到这个消息，我完全清醒了。

"就那样。没什么特别的。但是我没害臊。生命中又少了一种可能……"

克里斯蒂安仿佛真的痴迷于她。

"别太理智，萨拉，我们要享受每一刻。总之，我不是在要求你跟我结婚。"

"问题是如果我爱上你，然后痛苦……"

"别想那些，有这样的标准，你不会面临任何风险。"

"风险！这正是我想避免的。"

"萨拉，你已经不是象牙塔里的小姑娘了。"

晚上萨拉来我家跟我和胡安吃晚饭，回去后她陷入了思考。

她已经躺在单身女人卧室的双人床上，抽着睡前最后一支烟。罗贝尔塔和城市已经安睡，反对派行动队也停止了活动享受夜晚的休息。

"你知道吗，安娜？尽管我们女人确实注定重复母亲的生活，我还是觉得面对风险这个问题，我和我母亲之间存在一个巨大的分歧。她无所不用其极地避免一切风险，哪怕后果是混日子。"

"你呢？"

"我只在异性面前踩下避免风险的刹车。我承受的已经够多了，不幻想有可能在不经历太多伤痛的情况下爱上一个男人，未来也不可能。但无所谓，我不为此而存在，它不是我贯穿存在的线条。那种可能性不是我的支柱。"

"当然不是，萨拉，显而易见。"

"这就是我，安娜。当我还在犹豫是否要卷入跟克里斯蒂安的恋情中时，我想到自己所有的职业和个人成就，把它们与潜在的想有个伴侣的欲望作权衡，结果前者获得了压倒性的胜利。我不想冒一丝风险，不想因恋爱打破我的宁静。我多么需要它来努力工作啊！"

胡安一向习惯听我们交谈，静静地用着餐。他停住递到嘴边的叉子，专注地看着萨拉。

"你不要感到不悦，萨拉，不过在这方面你差不多像个男人。"

"我怎么会感到不悦呢，你的话是一种赞美。你知道我为自己具有男人的一面感到多么骄傲吗？"

"说说看，对你而言工程学已经变成了什么？"

如同所有文科男，胡安对萨拉理科女的那一面很着迷。

"它是教会我思考、推理和付诸行动的学科。多亏它，我得以谋生。"

"没别的了？"

"如果你问我是否建造桥梁或者做计算设计，不，我不是做那些事的。可能你听来觉得好笑，但是胡安，我真正的职业是女人。我最大的能量都放在了与女人相关的工作上。这么长时间过去了，我越来越清楚，那就是我的道路。我猜因为工程学教给我的知识，我才能把手上每个女人的项目做好。"

"我喜欢这样，萨拉，一点也不假谦虚！"

"这不是重点，"萨拉的目光温和，"我觉得它是唯一真的属于我的东西，身处其中我真正感到安全。"

胡安半信半疑地看着我们。

"你们在学院做的工作真奇怪。每个人在那儿从事真实的职业，然而确实感兴趣的却在外边。"

"怎么讲？"

"萨拉是工程师，但她的专业是女人；你是老师，而实际从事的却是文学。"

我试图反驳他：

"萨拉在办公室内外都是教育专家。那是她的志向和职业，集中了她全部的兴趣，不管是在学院还是在大学。胡安，你清楚伊莎贝尔在专业上是多么训练有素。"

"不错，伊莎贝尔是那样，"胡安进一步说，"但是你们会说玛丽亚全心致力于新闻学吗？"

我和萨拉对视了一眼。由于没人立即回答，我丈夫接着说：

"除了爱情生活，玛丽亚对什么全心投入过吗？"

"当然，如果你要比较，那我同意。她是萨拉的反面。"

"除了学院，玛丽亚也关心政治，关心女人的问题和她的电影公司。"

萨拉列举了一大串，准备为玛丽亚辩护。

"是的，"胡安怀疑地看了我们一眼，"她什么都关注，但是博而不精。"

"她为什么一定要精呢？"我的语调中带些敌意，"这个国家有多少女人在某方面是'专家'？"

"尽管听起来自命不凡，胡安，"萨拉插嘴道，"我们三个与普通女人相比是另类。这是让我几乎执拗地投入这些事情的原因之一。说回之前的话题：因为我是另类的一部分，不想因内心的事情分心。对于安娜这样的正常女人来说，它们可以完美兼容，而对于我这种不正常的女人来说，"她笑了，"几乎是矛盾对立的。"

这些天有多少活动她们就参加多少，其中一个活动的主要演讲者是弗朗西斯科。克里斯蒂安把他调查得一清二楚。

"集中注意力。鼓掌。政客就像演员，得不到掌声就会难过得要死。"

"你不是在想小丑吧？"

"我可不敢偏那么远。但你应该知道……你是这方面的专家……"

每次他们遇见弗朗西斯科，克里斯蒂安都比萨拉更为紧张，但萨拉想象不出克里斯蒂安的前女友是什么样。她没有满足萨拉的好奇心，从未在任何地方露过面。在漫长紧张的数月工作中她从来没有探望过孩子的父亲。有时，她会打来电话，但萨拉的目光无法穿过它了解这个女人。

公投的日期临近，人们的节奏和情绪日渐高涨。心怀恐惧在所难免，所以尽管知道时刻一到，他们对一切都无能为力，人们还是采取了无数种预防措施。国内出现了大规模的群众公共活动，集体尽情发泄。东西南北的人都行动起来，在全国游行示威，仿佛顷刻之间用另一只手重新描绘了智利。不管立场如何，没有人能对此冷眼旁观。

10月5日那天，大多数人投了反对票，就这样勾画了新生活的开端。那天晚上他们忐忑不安地等待了很久。投票结果会得到尊重吗？当空军总司令通过媒体承认反对派胜利的时候，人们高唱起了凯歌。萨拉和克里斯蒂安半夜离开办公室，走上挤满庆祝人群的街头，沿着宽阔的大街向前走。萨拉看到克里斯蒂安的眼中闪烁着异样的光芒。顺着他的眼神，她看到了目标。那是一个很年轻的女人，满脸喜悦，表情和容貌极度纯朴。她正看着他们。克里斯蒂安和那个女人的目光相遇了，他们开始迈着轻快的步子朝对方走去。只剩几米距离的时候，两个人都迫不及待地奔跑起来。终于他们互相拥抱，那不是庆祝者的任意拥抱，而是全身心的尽情拥抱。萨拉觉察到一双手臂传达给另一双的全部深情。那里保留着多少共同的经历？有多少承诺结束的痛苦？萨拉理解，因为她也曾如此拥抱过。

她混在人群中孤独地朝反方向走去，身边尽是高声呼喊的喜悦和街头巷尾的骚动。她没有对这骚动感到恐惧，反而热切地希望成为它的组成部分。就在那时她看见伊格纳西奥和玛丽亚正脱离人群向她跑来。他们唇间带着庆祝的声音同样互相拥抱、道贺。他们急急忙忙地发表了一番评论。大家争先恐后地同时讲话，每个人都心情激动。玛丽亚问起克里斯蒂安，萨拉摇了摇头。玛丽亚满眼疑惑。

萨拉眼中只涌出一滴腼腆的泪水，但她马上抑制住了，随之竭力想露出笑容。

"我不喜欢艾滋病时期的爱情。"

二十三

"你们知道吗？性交已经过时了。"

"我的上帝！"

"哎呀，安娜，别想太多。我说的是男同性恋之间。"

玛丽亚刚和众多男同性恋朋友中的一个吃过午餐回来。伊莎贝尔羞红了脸，只是想想这个词就让她浑身颤抖。最近，伊莎贝尔总是不停地颤抖。

一切开始于玛丽亚走出办公室小单间的那天。我们秘书的写字台前站着一个年轻男孩，他在打听伊莎贝尔。玛丽亚不禁观察他。男人们就这样唤醒她沉睡的查泰莱夫人[1]的那一面。当然，这个男人如果生活在世纪初的英国，他会是名健壮的园丁。现在看起来，他像是摇滚歌手、打击乐手或者身上有某些边缘社会的痕迹，混迹于大麻、音乐和底层社会人们中，如果这类人还存在的话。她看不见这个男人的脸。散布在头发、小胡子和山多坎[2]式的连鬓胡子之间的浓密毛发和

---

1 英国作家劳伦斯最后一部长篇小说《查泰莱夫人的情人》的主人公。因丈夫瘫痪没有性生活而与园丁相爱。

2 意大利作家萨尔加里多部小说的主人公。

反光的墨镜盖住了整张脸。他穿着一件宽大的黑色皮夹克、一双靴子和一条紧身牛仔裤。手上的头盔和帽子本就明显让人觉得他刚下摩托车，这身装束更是加以佐证。玛丽亚心想，他可能是做威格或里维斯的买卖营生的。秘书理所应当感到困惑，为什么一个这样的男人打听伊莎贝尔？玛丽亚耐不住好奇心参与进来。他解释说他是她大学的学生，要给她交一篇论文。由于伊莎贝尔不在，摩托车手包里皱巴巴的数页论文就放到了玛丽亚手中。

我们就这样得知了安德烈斯的存在。他是这个一头金发、难以捉摸的大学女教师的学生。伊莎贝尔总是穿分体正装，戴珍珠项链，衬衫系到最后一个扣子。如果必须向别人介绍她，可以说，她是波提切利笔下的圣母。

我们要记得，目前为止伊莎贝尔的社会生活只存在于大学教室和与女人共用的办公室单间里；她的私人生活严格限制于五个孩子、超市、与公婆午餐前的周日弥撒、有两个住家保姆的拉斯孔德斯的房子、数不清的电器和做不完的家务之中。如我前文所讲，她这辈子做过的最出格的事就是生日那晚离家出走，一个人住在首都的宾馆，并为此付出了巨大代价。但是埃尔南也付出了代价。这件事在他心中产生了应有的后果：他已经不再对自己的权力如此自信了。尽管他把这件事归咎于我们对伊莎贝尔的恶劣影响——原话就是这样——但他还是觉得自己的力量被削弱了。他把希望寄托在妻子的广泛常识和五个孩子身上，指望着他们隐秘的渴望依然永远是安全感。换句话说，不是他们之间关系的问题，他只是觉得自己的权力变小了。如所有行使这种权力的男人一样，当恐惧趋向减少，他立刻能感觉到，也知道恐惧是权力效应的关键。

另一个插曲给他对妻子灵魂的怀疑雪上加霜。

伊莎贝尔成年后第一次回到故乡蓬塔阿雷纳斯。这个想法在她的心中萦绕已久，但出于各种原因被一再推迟。她表面上对自己大声说是因为没有机会，但在内心里却低声对自己说是因为她不敢回去。

机会在办公室出现了。本来是玛丽亚负责出差，可是这次我们都认为应该是伊莎贝尔去。于是她没有选择，只得动身出发了。

她的外祖父母已经去世，但她还有舅舅。她把自己的行程告知他们，他们就张开双臂等待她、陪她游览城市、盛情邀请她住在家里、给她看内瓦出生和生活的地方以及上过的学校。伊莎贝尔想留住一切。她的心中充满思乡之情和渴望。她只跟他们相处了三天，但却充实紧凑。她应该沉浸在整段故事中，这对她来说太艰难了。最后一晚她住在路易斯舅舅家。路易斯在兄弟中排行老幺，性格最为谦和。吃过晚饭，他们手上端着饭后酒，感受着淅淅沥沥下个不停的雨声，讲起了家里的往事，直到谈及内瓦的死。路易斯神色极其自然地聊到姐姐的"自杀"。正如后来伊莎贝尔对我们讲的，无须讲述细节，她不忍去听。还有一年就满四十岁了，她却最近才得知母亲如何死在那个世界最南方的城市。她小时候看到的一切都是真的。她记起了这些年。事情不像她被告知的那样。母亲不是在医院自然死亡，而是上吊自杀。因为她丈夫爱上了别人。

"我有权知道！"伊莎贝尔呜咽道。她的父亲在她面前做尽了坏事，她为自己对他迟来的怨恨感到荒唐。

"事到如今还有什么区别？"埃尔南完全出于善意地问她，"这一切都发生在二十七年前，伊莎贝尔。故事不会有任何改变。你母亲酗酒时，死亡的阴影就已经存在了。"

伊莎贝尔远远地看着他。玛丽亚生气地表示："那个混蛋应该去做费舍尔霍夫曼，看看他能不能懂点事儿。"伊莎贝尔这次回来没期待得到理解。她曾经期待过吗？但是心中有些东西悄然改变了。

"没人能对悲伤感同身受。"萨拉说。

"有时候处境艰难是好事，伊莎贝尔。"玛丽亚安慰她。"这是改变轨迹的过渡时期。"

伊莎贝尔确实在最意外的方面改变了轨迹。就是在那时，她让安德烈斯出现了。她已经做了他两个学期的老师，成功克制了内心所有狂烈的骚动。最让她压制幻想的是她的大儿子埃尔南·巴勃罗。他来年也将上大学，已经考取了驾照，并且具有了选举权。这个学生和她儿子有什么巨大差异吗？他们甚至偶尔都梳马尾辫。她觉得自己在乱伦，极不道德，仿佛心里邪恶的想法都是针对自己儿子。所以她常常在课上脸颊绯红，而当她转过身在黑板上写字时，她总觉得那个学生的双眼在盯着她的臀部。这感觉如此真实，宛若亲眼目睹。她羞愧难当，发誓再也不在教室里背对学生。跟长期处于这种状态、直至某一天突然停下来的所有女人一样，在伊莎贝尔看来，出轨是不可想象的。安德烈斯毫不掩饰色欲，利用一切机会向她暗示，使得她异常心神不安。这么多年，从未有一个学生来过她的办公室。只有他享受这种特殊待遇。他的行事方式很奇特，完全不像伊莎贝尔理解的那种向女人献殷勤的男人。一声咕哝可能具有献殷勤的含义，但需要某种解读。他的粗鲁打乱了伊莎贝尔的生活步调。

这一切一直持续到统考那天。伊莎贝尔第二天要交考试成绩，但她记错了日期，耽误了时间，于是就留在教室里加班改试卷：家里有孩子没法工作。天色已暗，她感觉门被打开了。她已经跟保洁工人约好了离开教室的时间，不可能是他。这时她看到安德烈斯走了进来。他梳着乌黑的头发、戴着墨镜——晚上也不摘，真奇怪——穿着黑皮衣。

"是你……你来干什么？"

"陪你。"

自然，她对学生说过会留下改试卷。难道他理解成了一种召唤？或者她确实召唤他了？让伊莎贝尔感到惊讶的是他竟对她以"你"相称。学生在教室里对她的称呼从来不统一，有人称她"你"，也有人称她"您"。但是安德烈斯对她向来是以"您"相称。

"但是我在工作。"伊莎贝尔茫然地说，跟他独处她感到害怕。

"我就是为这个来的。你继续工作，我无意打断你。"

"那你在这儿干什么？"

"随意看你。"

伊莎贝尔的脸涨得绯红，而他坐在她面前，神情没有任何变化。她低头改试卷，但已不能集中精神，他的双眼如箭一样刺入了她的身体。她明白就在那一刻事情正在发生变化：哪怕他像刚才那样说一个字，情况都会改变。伊莎贝尔知道自己在颤抖，她的左眼在不停跳动，这无疑是紧张的信号。最终，她决定正视他。她坐在讲桌前，带着安全感把目光投向扶手椅。

"你让我很紧张，安德烈斯。我不希望你在这儿。"

他站起身，像终于开闸的瀑布，回答道：

"老师，我们别犯傻了。"

伊莎贝尔脸色煞白。他几乎嘲讽地露出了微笑。

"别玩游戏了，我们心里都明白是怎么回事。"

伊莎贝尔说不出话，还没来得及防备就被年轻人抱在怀中。她抵抗，他坚持。争斗没有持续太久。安德烈斯的舌头寻找着她的，直到她像自己的身体一样瘫软下来，任由内心情感支配。他们如动物般急速地在教室的讲桌上和衣发生了关系。

啊，性爱，既解饿又让人饥渴。

就这样，伊莎贝尔和学生的故事开始了。这成为她履历中一件疯狂的事。生活发生了翻天覆地的变化。均博超市、家务和儿科医生中穿插着她之前从未去过的情人旅馆、避孕套和匆忙的洗澡。金发的伊莎贝尔越来越像凯瑟琳·德纳芙[1]，我们称呼她为"我们的白日美人"。她完美的脸庞上没有一丝胡作非为的痕迹，在阳光下大步向前、昂首挺胸，仿佛罪孽在隔壁街上，与她没有交集。

"他们不怎么说话，只是疯狂做爱。"玛丽亚总结说。

他们第二次上床是在一间宾馆。伊莎贝尔认为如果必然不忠，那一定要成熟地不忠。她付钱请他——学生是最穷的人啊！——因为他从来没钱。这次他们亲热了很久，给彼此时间享受。他亲吻她的酥胸，继而开始慢慢向下。吻到阴部时，她突然浑身紧缩。

"不，安德烈斯，不要！"

他手足无措，不知如何是好。她已经有了两次高潮，可能很累，不想再要一次了。他太不了解她了。他接着吻她，肚子、双腿，然后又回到阴部。然而她又一次娇喘着阻止了他。

"怎么了？"

1　法国演员，1943 年 10 月 22 日出生于法国巴黎，代表作有《白日美人》《最后一班地铁》等。

"我不想。"

"你不喜欢？"

"我不知道。"比起回答，那更像是一声呻吟。

"怎么回事……你从没被吻过那儿吗？"他怀疑地问。

"我从不让人这么做。"她一边低声回答，一边把脸藏进枕头。他不再吻她，顺着床单爬上来，深情地看着她的双眼，用低沉的声音说：

"我很心疼你。"

伊莎贝尔对自己和新境遇感到迷茫，害怕与别人沟通。她对玛丽亚倾诉，说担心我们怎么看她，尤其是我。

"作为一个团队，你害怕我们？"玛丽亚掩饰不住困惑。伊莎贝尔低眉顺眼地点头承认。

"放心吧，伊莎贝尔。你马上就四十岁了，你可以做自己喜欢的事。你的疯狂不需要任何人批准。这是只有年龄才能给予的优势。在《花花公子》杂志对约翰·列侬的最后一次采访中，他被问及是否会重新组建披头士乐队。他回答说这是年轻时才会做的事，那时的生活全是团队概念。他马上就四十岁了，集体的眼光已经没有意义，成帮结伙的时代结束了。所以，伊莎贝尔，你可以随心所欲地走自己的路，无须停滞不前、畏惧所谓团队是否认同。就像列侬说的那样，那是十六岁的事。如果四十岁你还依赖他们，说明你的心理年龄依然停留在十六岁。"

玛丽亚没有对她说出口也永远不会说出口的是，她看见了埃尔南跟别的女人在一起。

事情发生在几个月前。当时玛丽亚正在陪鲁道夫为一个广告租场地。他们需要一家中型酒吧，不用很时髦，但也不能太落伍。他们逛了很多家，进去喝杯酒，半小时后再出来。所有酒吧都相当昏暗，要不是在其中一家的卫生间里遇到个穿长筒袜的女人并被她用细高跟踩了脚，玛丽亚根本注意不到别人。回到酒桌时，玛丽亚对鲁道夫讲了这件事。她仍然揉着疼痛难忍的脚，在半昏暗的环境中寻找那个女人，想指给他看。这时她看清了陪在那个女人身边的人：埃尔南。就是那个埃尔南。玛丽亚脸色苍白，鲁道夫大事化小。

"别在意。"

"我怎么不在意？在伊莎贝尔面前，他就是个十足的暴君，白天黑夜地控制她，像供奉最珍贵的女神一样参拜忠诚，让她相信那是婚姻的柱石。谎话连篇的东西！"

玛丽亚掩饰不住自己的愤怒。鲁道夫提议她跟踪他们去下一家酒吧，让她先调查一下那个女人，弄清楚他们是什么关系。

"她不是随随便便的女人。"鲁道夫说。

"但也绝不是什么好人。"玛丽亚补充道。她的眼睛观察着那个女人的短裙、烫了卷的深色头发和细高跟鞋。

"你不能否认她的胸很大。"鲁道夫没有错过这个细节。

"伊莎贝尔却那么平……"

玛丽亚不知道埃尔南有没有看见她。她希望他看见了，或许这样能让他有负罪感抑或害怕被告发。

"你不会告诉伊莎贝尔，对不对？"两个人上车时，鲁道夫探询地看着他。他一直对伊莎贝尔抱有好感，觉得她聪明睿智。

"鲁道夫，你告诉我，如果明天你在同样的地方看见伊格纳西奥跟这种女人在一起，你会告诉我吗？"

"绝对不会。首先，我不会让你如此痛苦；其次，出于原则，一个人不应该干涉他人婚姻。从外部产生失衡对他们来说不公平，最终可能弊大于利，而且永远存在某种风险，从你说出来的那一刻起，友情也会破裂。也许最初你会感谢我，随后你就会恨我干涉你的隐私。这些理由够了吗？"

"够了。"玛丽亚没有再说话。

与学生的爱情故事让我们更加团结，不用说，没有人评判伊莎贝尔。为了让她放轻松，我们开着她的玩笑。

"这个国家的正经女人怎么了？所有人都一起放纵了吗？"玛丽亚问，心里不停地想着姐姐玛格达。"现在是伊莎贝尔。我的上帝，如果连她们都不忠于婚姻了，谁还能做到呢？"

萨拉模仿查维拉·巴尔加斯的声音唱道：

"啊，女孩伊莎贝尔，她有古巴夜晚的双眼；啊，女孩伊莎贝尔，她有香蕉蜜的双唇……"

玛丽亚火上浇油，送了她几个小幸运物。我猜是因为她鄙视那个穿细高跟鞋的女人。最后一件是个黑色带红花的胸罩，1989 年她还坚称那是"紧身背心"。真是资产阶级的荒唐词汇！作为团队里扮演严肃角色的人，我帮她想不在现场证明。我们恰似一群首次冒险的少女。

对了，玛丽亚幻想着伊莎贝尔的幻想。她试图想象她和这个风华正茂的男孩间的性行为……伊莎贝尔实际上什么样？她身上有多少我们未曾怀疑的东西？伊格纳西奥说：

"毫无疑问，她在床上应该很放不开。我无法想象她会放下一切。任何情况下都不会。"

玛丽亚揣摩着她应该压抑了多少力量、保存了多少激情。她把伊莎贝尔想成一座从未喷发过的火山。一个内容丰富的人，她要是爆发得有多壮观啊！

　　但是我们的美人把丈夫和家庭看成重中之重。一天晚上，她筋疲力尽地回到家，发现两个保姆都拿着购物清单等着她，终于下定决心上门服务的煤气设备安装工守在门口。她还遇到了保姆玛丽亚内拉的男朋友。再往里走，她看见做饭的保姆鲁斯的女儿在厨房喝茶。她本想躲进房间避难。那时她刚从情人旅馆回来，迫切需要独处、沉思、整理思绪。她害怕生活经历在日复一日的疯狂节奏中溜走，害怕失去它们。终于得以独处时，埃尔南回来了。

　　"伊莎贝尔，玛丽亚内拉没把我的三件套西装送去干洗店。"埃尔南有着男人臭名昭著的恶习：从来不直接跟家政人员对话。他总是委托妻子，而她则亲力亲为，从来不假保姆或女佣之手。玛丽亚家里称呼她们为"女佣"，听得多了，我们也开始这么叫。

　　伊莎贝尔看了看丈夫。

　　"这话你不能跟玛丽亚内拉说吗？"

　　"你怎么想的！在这个家里，发号施令的是你。"

　　伊莎贝尔没有回答。她不慌不忙地站起来，走出客厅，打开酒柜，喝了口烈性酒，然后回到房间，打开挎包，面对惊愕的埃尔南拿出一支烟。

　　"你怎么抽上烟了？"他仿佛见了鬼。

　　尽管没人相信，伊莎贝尔确实背着丈夫吸烟。这并不是因为她是个笨女人。很多年前，当她像所有青春期少女那样没什么目的地吸烟时，埃尔南就不允许。于是她戒了。跟萨拉和玛丽亚不一样，伊莎贝尔没有烟瘾，她只是喜欢时而吸一支。由于不知道怎么打破过去的承诺，她就一直背着他抽。今天是她第一次在自己家里吸烟。

"没什么，别人给我的……我就抽一支。"

"但这种恶习太不入流了，不入流的女人的恶习！"

伊莎贝尔没理他，平静地吸着烟，控制自己不爆发。接着，她说了一席话，把所有积累的情绪发泄一空。

"我被家务活逼得太紧了。"

"你说什么？"

"你坐下，听我说，哪怕就一次。我受不了家务活了！"

"我还以为你喜欢你的家。"

"我喜欢我的家，埃尔南，我喜欢在家待着。但这从来不意味着我喜欢孤立无援。对于你，回家就是休息；而对于我，是脚不沾地地做一切没做好的事。我有各种各样要完成的工作，要每天二十次让玛丽亚内拉打起精神。尽管她是个好人，但什么都做不好。我还得忍受女佣们无数的客人。他们从大门进来，像佩德罗在自己家那样从过道走来走去。我无能为力。而你，成了又一个对我指手画脚的人。多少次我都想跟你发脾气。在家务上你从来不配合，好像这个家和孩子都不是你的。我最生气的是你一点儿都不曾努力让我轻松些。相反，还给我增加负担，从来不直接跟保姆讲话，非要通过我，让我更忙，往我脑袋里塞更多事，就像原来还远远不够一样！你可不大方，埃尔南，你不认为操持家务是一件确实艰难的事。这就像驾驶一艘远洋巨轮，不是小船。我不想再有更多东西压在身上了。你会说你有时去超市，也算出过力。你就是那种认为家务无非是吃饭的人。大错特错。操持一个家，埃尔南，远比装满一台冰箱复杂得多！每天有二十件事，吃饭只是其中一件。从付报酬、交税……你知道付款日期和地点都不一样吗？到鞋匠、账单、柴火、煤气罐、杀虫剂、坏了的火炉、干洗店、家具店的椅子、孩子打破的玻璃、校服、丢了的纽扣、点心、要签的文件、家长会和每个孩子的上千种需求，不用说每天汽车的油钱、穿小的鞋子、找不到的袜子、弗朗西斯卡的蓝色内裤、冬装、夏装、黄头发专用的母菊花洗发水、牙齿矫正、医生、处方、电工、园丁、鲁斯最近闯的祸、堵塞之后淹了厨房的水管、煤气泄漏、修理咣咣作响的洗衣机、因为孩子们扔了太多纸而堵住的厕所、引水槽里要扔的树叶，等等，等等，等等。但愿你像我每天那样，对这个单子晕头转向了。此外，你也跟我要裤子、还没洗好的内裤和没拿到的留言。你在家里的每个角落仔细检查：伊莎贝尔，电视的天线坏了；伊莎贝尔，沙发椅上这个污渍什么时候有的？伊莎贝尔，谁在墙上画画了？你满口质疑的语气：伊莎贝尔，怎么可能有人把东西弄坏了——就好像五个孩子不住在家里——你没马上修好呢？你的指责张嘴就来，一次都没想过这对伊莎贝尔不公平。"

他的回答是：

"就像地心引力，亲爱的。生活就是这样。"

安德烈斯觉得两个人一起过夜时机成熟的时候，伊莎贝尔的浪漫史已经持续了三个月。这个请求让她为难。她从未在外过夜，也不出差，没有任何借口在自己房间以外的地方醒来。这个想法在她脑中萦绕。她也梦想有朝一日睁开双眼，看到安德烈斯躺在身边，他们一起吃早饭，但愿能一起看日出。但是，怎么做到呢？

玛丽亚给了她解决办法。

"你跟我一起来门多萨吧。这个地方足够远，同时又足够近。你甚至可以参加个会议，回来时对埃尔南就有的说了。你带上安德烈斯，在那儿跟他温存几天。你无须认识参会者，一切都预定好了。你们可以开车去，这样不会因为机票和花费让安德烈斯觉得难堪。你们可以享受穿越山脉的乐趣，沿途景色非常漂亮。你甚至可以把电话号码留给埃尔南。"

一切按计划行事。做了很多准备工作、为未来三天安置好家务和孩子之后，他们出发了。玛丽亚乘飞机先行出发，伊莎贝尔和安德烈斯开她的车紧随其后。那几天十分惬意，他们在郁郁葱葱的广场散步、吃牛排和美味的意大利长面条、纵情品尝啤酒、长时间逗留在酒店里。

第二天晚上，伊莎贝尔已然兴致勃勃，她的眼皮也不跳了。这时，发生了一件意想不到的事。正在他们云雨之时，有人用力敲门。

"伊莎贝尔，开门，是我。"玛丽亚喊。

伊莎贝尔房间的内线电话打不通，埃尔南打来过。

"你得马上给他打电话，埃尔南·巴勃罗出事了。"

伊莎贝尔把欢愉抛到了脑后，赶紧跟家里联系。

埃尔南·巴勃罗被捕了。吸毒。伊莎贝尔快疯了。那是晚上十点钟，她不能走陆路，解放者边境口岸已经关闭了。第二天最早的航班上午十点多才起飞。她无能为力，只能干着急。

安德烈斯显然已经习惯了那种情况，他没把事情看得太严重。

"你从来没在监狱待过一晚上！现在他可能跟罪犯关在一起。他们会欺负他的！一个孩子怎么能安然无恙地出来啊？"

她又说起毒品的话题。

"他是在街上被抓的……在街上吸毒，是有毒瘾的标志吗？"

"别傻了，伊莎贝尔。我在街上吸过大麻，安德烈斯也吸过。如果是某种药片或者白色药粉包……但仅仅是大麻。你儿子不是瘾君子！"

"你怎么知道，玛丽亚？我听过太多的事儿了……你知道，母亲永远是最后一个得知真相的。"

"但是，伊莎贝尔，如果埃尔南·巴勃罗真的吸毒，他的行为举止会是另外一副样子，你早发现了。吸毒的人成绩会下降。学业是最先堕落的，这是个具体症状。你儿子并没有。"

"可是今年他的成绩没有去年好，他也不像从前那样做运动了。"她沉默了一会儿又接着说，"都是我的错。我没看好他。没给他必需的时间。如果我没来门多萨，可能就不会发生这种事了。"

"拜托了，伊莎贝尔，别往自己身上揽责任了！你别忘了孩子也有爸爸。"玛丽亚的声音中有控制不住的怒气。

"你没孩子，玛丽亚。别把过错和责任搞混了。"

那天晚上很难熬。伊莎贝尔不停地往智利挂电话打探新消息，却什么都没有得到。她在房间里打转，无法做一点儿实际的事情，仿佛折磨自己能减轻儿子的痛苦。他们一夜未眠，天刚亮就乘车出发了。他们认为这种方法能更早到达。她带上安德烈斯只是因为他没办法回来，没有其他理由。她讨厌他在身边，一路上既不让他开车，也不让他跟她说话。她对于此事的全部思考都是无声的。

我怎么可能二十四小时前还喜欢这个男人？性欲怎么能如此脆弱？一经打击它就这样消失了，这正常吗？这么短时间内，我不仅对他没有了欲望，确切地说，还抗拒、厌恶他。我连手指尖都不想让他碰，可是昨天我还因为他的双手死去活来。这种情况不会发生在丈夫身上。二十年来我从未厌恶过埃尔南。我太蠢了！

最后一句话是未来伊莎贝尔对自己持久的判断。他们把埃尔南·巴勃罗从监狱里接了出来。没人欺负他。尽管毒品让他情绪亢奋，但他没有毒瘾。伊莎贝尔同时约了好几个医生：精神医生、家庭治疗师、心理学家。她每天的两杯酒涨到了四杯。1989年的其余时间，她的生活只剩孩子，毫无保留地照顾着埃尔南·巴勃罗。她停了大学的课，待在家里的时间前所未有的长，对与安德烈斯的故事只字不提，她没再见过他。一想起自己的出轨，她几乎恶心，发誓永不坠入类似的陷阱。她特别依赖埃尔南。这次回来，他比从前对她更亲近，也更关心。

当伊莎贝尔结束了这忙碌的一年，是她小姑子对埃尔南说：

"伊莎贝尔心力交瘁，她就快变成酒鬼了。如果不让她喘口气，她会疯的。她必须歇歇，没有孩子，没有你。"

就是那时他们定好了这次长假。伊莎贝尔得到丈夫的同意甚至是在他的提议下，来到这栋南方的房子。他会带孩子去阿尔加罗沃，看着大儿子，让他妻子安心出发。

与此同时，玛丽亚开始崩溃。智利由于大选全国沸腾。刚刚过去的这一年太混乱了！所有人都疲于应付。就这样，湖边小屋有了真正的休养所性质。

后面我会讲玛丽亚的问题。

但我们不停地讨论着伊莎贝尔的事。

"如果一个孩子开始吸毒，母亲放弃大学的工作，父亲在哪儿？埃尔南想过减少工作量吗？"萨拉很愤怒。"为什么女人要承担所有后果？”

"这个问题跟身份有关，萨拉。"我试着理解它，回答道，"为什么女人不可能有整体身份？由于儿子犯了错，伊莎贝尔的身份很模糊。她的身份基本靠'为人母亲'来确定，就像工作之于你和爱情之于玛丽亚。个体，萨拉，永远是个体。"

萨拉重复道：

"悲伤真的无法感同身受。"

"运气太差！埃尔南·巴勃罗的事竟然和安德烈斯的一起爆发了。"玛丽亚补充说。

"遗憾的是，在伊莎贝尔心里，这两件事紧密相关。"我进一步说。

"可怜的伊莎贝尔，她唯一一次敢于爱上一切。"

我看了一眼玛丽亚。

"不在于伊莎贝尔是否想拥有一切，她只是不能。我认为她的经历让她别无选择。"

二十四

通过之前这些章节，我已经把萨拉和伊莎贝尔的故事讲到了现在。玛丽亚的还没有，我得再把时间往回倒一次。

我定睛看着碧绿的湖水，想抓住那个时刻，那个她闯过自身界限的确切时刻。今天听到她在厨房放声大笑，这次长假期间我第一次有了某种幻觉，仿佛从前的玛丽亚回来了。但南方的这些天应该不会欺骗我。玛丽亚再也不是从前的她了，只有她知晓自己离极限有多近。也许她也不清楚。想想她穿插在我们三个故事中的经历，她向着悬崖的飞速前进在我面前如同一条直线。于是我选定绿色湖面上的一点，它固定了我寻找的时刻。那个确切的时刻。

玛丽亚痛彻心扉。她受了伤，呼吸困难。这一刻，活着对她来说太艰难。她的心被挖走了一块。

她伏在我肩头哭泣，我不知拿她无依无靠的头怎么办。凌晨两点，我们在她的套房。奶油色的大客厅一片寂静，厚厚的地毯仿佛覆盖着荒芜。玛丽亚在几面墙之间徘徊，对我的话听而不闻。她希望我陪她，却不肯把目光放在任何现实的事物上。于她而言，唯独真实的便是天堂和地狱。

她坐在一个昏暗的角落里。我不知道跟她说什么。我想碰碰她，但她不让。玛丽亚，我伤心的玛丽亚。这种伤痛无法释怀。伊格纳西奥从另一个角落目不转睛地看着她。他站立着，右手紧握一个杯子，把身体的重心放在左腿。我看着这双玛丽亚深爱的修长双腿。（"那双腿，安娜，紧实有力。我爱它们！"）伊格纳西奥的眼神也很阴沉。

他们摘下了电话，有人摁门铃也不开。

玛丽亚想在黑暗中隐藏一会儿，伊格纳西奥不让，他知道她怕黑。他的爱没有减轻她的痛苦，这让他感到绝望。他的一切，明亮的双眸、嘴角的表情、身体的姿势、捧杯点烟的双手和沉默，都是无法传达给她的高声呼喊。

那是稀松平常的一天。难忘的 1988 年秋天，某个周二。

对于玛丽亚来说这也是一个稀松平常的周二。她独自在双人床上醒来，莫莱利亚八点钟端来早饭。她向来在那个时间吃早餐。她喝了杯美味的现磨浓咖啡，加了点儿凉牛奶。

"我对这套房子唯一的感觉就是它太大了，莫莱利亚。厨房离我的房间那么远，我睡醒时都闻不到咖啡机散发出来的香气。"

她没碰牛油果和果泥，只吃了一片果酱全麦面包。她平静地起床，打开收音机听新闻，然后去浴室洗澡。她隐约地听见电话铃响了，莫莱利亚会给她记录留言。是伊格纳西奥，说他不能再晚打给她，因为他一整天都将联系不上。他跟她约好晚上七点在大使官邸门口见面，接着去喝鸡尾酒。

玛丽亚从浴室出来，关掉播放的新闻，把巴勃罗·米拉内斯的磁带放进音响设备，在卧室逛了逛，依然享受着那几乎是超常深厚松软的地毯之新奇感。她打开大衣柜——终于有了一个好莱坞风格的衣柜，莎莎嘉宝的款式，是萨拉取的名字——心平气和地挑选衣服。早晨匆匆忙忙就是犯罪，她一边这样想，一边从衣架上取下灰色粗呢西装和镶边衬裙。她的设计师斩钉截铁地对她声称："高雅，玛丽亚，在于布料的数量。不能小气！"她拿出红色丝绸衬衫，决定晚上用黑色内衣惊艳伊格纳西奥。希望在大使官邸结束后他能来这儿睡，她想跟他上床，想缠着他。"新房子很棒的一点是我们可以在大冬天裸睡，伊格纳西奥，就好像我们住在一个发达国家，日夜都有中央取暖设备。"

她坐在梳妆台前化妆。那是母亲送她的精美家具。玛丽亚买新房子时，母亲最关心的便是怎么为它配备家具。

"我们要有头有尾。你不能买套这么贵的房子，却用普通家具。家具必须要精致，玛丽亚。"

玛丽亚嘴里哼着米拉内斯的歌曲在脑子里预想一天的行程。她整个上午都会在学院，然后跟玛格达吃午饭。

"不知道她想跟我聊什么。她清楚地知道我理解她。恋爱是她的问题，我不想插手。让我觉得了然无趣的是她太无所顾忌。所有出轨的人都无所顾忌，我明白，但玛格达的方式很另类。这么多年她一直以完美形象示人，各方面都是：超级职场人士、超级妈妈、超级女主人和东道主，还有何塞·米格尔的美好妻子。不容置疑的完美婚姻的女主角。真烦！我觉得玛格达对即将年满四十岁这件事心怀恐惧。现在，在如此鄙视我的经历后，她体会到了对未知生活的焦虑。她过于担心外貌。我懂，小时候不好看长大后才变美，意味着某种程度的强迫症。但她做这么多运动和按摩、涂这么贵的乳霜、买这么多衣服，就太能花钱了！她不能依赖这种事活下去。每天早上量体重是疯子才做的事！如果她对炫耀身体没有任何企图，我知道她就不会如此担忧。她现在这样已经很好了，还在节食是因为她不光会在何塞·米格尔面前展露裸体。我想全跟她争论一下。我知道会有些刻薄，我也不想。我甚至明白，她如此滴水不漏跟是否伤害何塞·米格尔没有关系，她只是为了保全自己的形象，这是地球上她最在乎的东西。换句话说，最完美的结论是：以全世界最端庄、最值得尊敬的形象出现，为此不计任何代价。顺便说一句，这代价无聊至极。与此同时，还有私下放纵。她那光彩照人、蠢蠢欲动、幻想自己仍然三十岁的放纵；与何塞·米格尔一起时从未经历过的放纵。不是因为他们俩是老夫老妻，他们连蜜月时也没有过那样的放纵。我认为事到如今，他们已经成为兄妹了，或者是在勉强维持婚姻。二者必有其一。但他们确实不是好面子的情侣。普通人应该经历的低潮不适合他们。"

五点钟跟会计和鲁道夫在电影公司开会，接着去萨拉家找她一起参加女子聚会。但这样她就不能在六点到达大使官邸，也没时间换衣服了。好吧，再说吧。她可以只在会议上露个脸。她感兴趣的是那份为她写文章准备的材料。几点钟去看埃斯佩兰萨呢？她答应给她买套新裙子的，小姑娘昨天还打电话来提醒过她。"对不起，埃斯佩兰萨，我今天没时间，还得再等等。明天给你买。"她边想着小姑娘的事，边挑选耳环和项链。想起她们有多像，她不禁笑了。

"我女儿运气真好，"索莱达总说，"长得像唯一貌美的姨妈。"

想到这儿她心感不安。埃斯佩兰萨不能一直这样，她已经七岁了，应该生活得更稳定，住同一栋房，在超过一年的时间里上同一所学校。索莱达对女儿的生活轨迹颇不满意，她为自己的无能为力生着闷气。她本该把女儿安置到父母家，这样的话，现在她会在高区的一所私立学校上学。可是，没有能力承担责任，她有权把自己的标准强加给别人吗？而且，由于去年长期缺课，孩子不得不复读一年级。

索莱达已经不能把她留在身边了。上帝知道这几年可怜的索莱达做了多少努力才得以让女儿跟她一起生活，尽管这生活动荡不安。她可以把她暂时交给外祖父母、叔叔或者朋友，但埃斯佩兰萨的身份是一个无论生活好坏都与母亲同住的女儿。现在情况变了。玛丽亚不太清楚妹妹到底在做什么，她也不想知道。然而情况有变。不久前，索莱达跟全家谈话，说会消失一段时间，不确定多久。但她第一次请求母亲允许她把孩子长期留在老人身边。她同意给孩子在一所学校登记，并拿来她的行李，把她安置在埃尔戈尔夫的大房子里。从那以后，已经过去三个月了，正像她说的那样，没人知道她的任何消息。（她给玛丽亚留下了一串电话号码，可以给她留言，但仅限极度紧急的情况。）

那天是她们共同在妈妈家度过的最后一天。离开前，她把玛丽亚带到爸爸古老的书房，关上了门。她表情肃穆，肃穆但冷漠。（她回智利后总是那样，索莱达脸上的冷漠从未消失，仿佛斗争带走了她原本巨大的所有热情。她被捕后变得更加冷漠。这么多年她只有那次被捕了。爸爸翻天覆地，最终让她被释放了。但她从来不提此事，就像不提埃斯佩兰萨的父亲那样，只字不提。没人知道她在那儿发生了什么。只有一个她想必遭过罪的迹象，那就是她更冷漠了。她再也没有了童年时的温柔和青春期的善良。）

"玛丽亚，什么都别问。我想求你件事。"

"什么事？"

"如果我有三长两短，你能照顾埃斯佩兰萨吗？"

"但是索莱达，你想说什么？你能有什么三长两短？"

"我跟你说过什么都别问。我们别小题大做。只是我遭受着任何女人都可能遭受的意外：有一个没有父亲的女儿。"

"他是谁？现在至少告诉我他是谁。"

"他死了。我们曾经一起行动。他在埃斯佩兰萨出生前被杀害了。他的家人从来不知道埃斯佩兰萨的存在。她唯一的亲人就是你们。"

"可是，索莱达，我没有出于自己的意愿有过孩子。你对我提这种要求不公平。而且我会是世上最糟糕的母亲。"

"没错，玛丽亚，我知道不公平。但我不相信玛格达。想想正统资产阶级教育我就打怵。我更不相信妈妈。你是我仅有的选择。"

玛丽亚沉默了，她觉得内心里有一种疯狂的撕扯，这撕扯来自于罪过、崇敬和毋容置疑的真诚的交织融合，因此她将作出承诺。妹妹打断她：

"你现在什么都别说。好好想想。等我们下次见面时，你应该就可以回答了。"

"我们什么时候会再见面？"

"很快，玛丽亚。很快。"

她们又一次告别了，这也只不过是多次之一罢了。

玛丽亚利用埃斯佩兰萨的新处境，在告别妹妹的第二天就去找外甥女。她把她拉上车，带她去了市里最大的玩具店。

"现在你要跟外婆住一段时间了。我觉得已经是时候有个漂亮的洋娃娃了。选一个吧。"

埃斯佩兰萨高兴得跳了起来。出于妈妈的明令禁止，她从没有过洋娃娃。在她出生前，有一天一位同志家中被强行搜查。警察面对着他们瞪大的眼睛剪掉了孩子们所有洋娃娃的头。后来每每想起这件事，他们还耿耿于怀，受到的冲击比父亲离家出走还大。

玛丽亚很为难。她一边热车一边看着夜间飘落的树叶，有红色的，也有金黄色的。她太喜欢秋天了！她总是说："这是我的季节，不仅因为我有它的色彩，还因为我选择了它。"

她来回穿梭奔忙着完成了计划中的所有事情。堵车让她十分光火，因为它开始把原来如此可爱的城市变成了一片真正的密林，开车日渐成为一种折磨。她和萨拉在女子聚会上只露了个面，取了写文章的材料马上就离开了。如果我穿这身衣服去大使官邸会是怎样呢？想着身上穿的红衬衫，她觉得一件丝质衬衫可以解决所有问题。但是，这种粗呢……不行。大家都在那儿，无比高雅考究的玛格达会面带惊恐地看她。

她决定回家换衣服，哪怕会迟到一会儿。情况如此紧急，她都没像往常那样停下车买份晚报。当看到寓所一片昏暗时，她想起了莫莱利亚每周二都要出门。从电梯里她就听见电话在响，但她没接。她勉强有时间拿出衣服，寻找那件穿起来确实漂亮的紧身黑色晚礼服。幸好她穿着黑丝袜，这样就少了一个更衣步骤。电话又响了，她边找高跟鞋和小钱包边吐了几句脏话。伊格纳西奥说过他会在门口等她。现在已经七点二十了！大使官邸和这儿隔了十条街。电话又响了。混蛋，要响到什么时候！她现在太累了，几乎没补妆就跑着出了门。

伊格纳西奥没在门口。真奇怪！她猜测是他觉得无聊，正在屋里等她。但邀请函在他手里，没有它就进不去。发生什么事了？她想起了不停作响的电话。她沿着官邸长长的栅栏走了几步，突然看见了他。

"伊格纳西奥，我在这儿！"她愉快地喊道，举起手臂打着招呼。

他停下脚步看看她，没有笑着回应她，而是面无表情地朝她走来，这在他身上并不常见。况且每次跟她见面时，他总是很热情。

他靠近她，向她张开了双臂。看到他表情阴郁，玛丽亚拒绝了拥抱，忧心忡忡地看了他一眼。

"怎么啦？"她踮起脚看向他的眼睛，"我让你等，你生气了？"

"不是，亲爱的……"他抱住她，把她的头紧紧贴在胸前。

"伊格纳西奥，告诉我，是不是发生什么事了？"

"是。"他用几乎听不见的声音回答道。

"怎么回事？"

"是索莱达。"

玛丽亚瞬间感到全身僵住了。

"发生了冲突。"

"她被抓起来了？情况怎么样？或者是被打伤了？"

伊格纳西奥把她抱得更紧了。

"她被杀害了。"

玛丽亚记得不准确了。后来，她多次执着地回忆这一天，每个小时，每个细节。然而所有回忆都到此为止，到她在大使官邸的栅栏外遇见伊格纳西奥为止。她知道他们上了伊格纳西奥的车——不是她的——驶向法医学院，玛格达、何塞·米格尔和一个重要人士都在那儿。那人是军事政府的代理人，曾是何塞·米格尔的同学。所有人都身着礼服。玛格达穿着缎面连衣裙，戴着玛丽亚推荐的闪光项链，在大使官邸震惊了全场。她记得她和玛格达如何拥抱，也记得大姐说的话。

"我们已经认出了她的尸体。"

她肯定问到了妈妈。她觉得是玛格达托彼达通知她的。她还仿佛听到何塞·米格尔问他朋友警方的说法能有多少真实性；也许冲突没有真的发生，他们是先被抓起来再被伪装成死于行动的。奥斯卡跟她一起死了。但可能一切都是她的想象。好像何塞·米格尔是通过晚报得知的，那份她不想让伊格纳西奥等太久而没买的晚报。她感觉何塞·米格尔非常愤怒，说家人不应该通过媒体得到消息，这种行为太恶劣了。她知道伊格纳西奥的手一分钟都没松开她，也确实记得她吐了。伊格纳西奥对她说："她已经跟死亡打过多次交道了。"天一黑，他们就回到了埃尔戈尔夫的家中。那儿熙熙攘攘，门四敞大开。玛格达说家里有人去世时，门总要开着。埃斯佩兰萨天真地睡着。堂霍阿金面无表情，一丝肌肉都没动。有位同志曾经说过："上层社会的人太怪异了！克制是高雅的表现吗，还是表现痛苦被视为低俗？"堂娜玛丽塔哭得像是过周年纪念日。那么，她是为她而死吗？

我、萨拉和莫莱利亚在家等她。我们赶走了来过的所有人，也接了很多通电话。她回来时已经是半夜了。她求我们别离开她，说她害怕睡觉，不想跟伊格纳西奥独处，因为那跟只剩她自己没什么两样。我给他们俩倒了杯烈性威士忌。我们放上莫扎特的《安魂曲》。伊格纳西奥让我们给玛丽亚吃一片镇静剂，她不吃。哪怕一分钟她也不想减轻愤怒和痛苦。她亏欠妹妹。尽管没亲眼看见索莱达的尸体，我们四个还是在那片巨大的空间里、在透过窗户照进来的城市所有的灯光中，为她守灵，所以放《安魂曲》，所以沉寂，所以待在角落。绝望的时刻玛丽亚恳求伊格纳西奥：

"安慰我。你不像我一样坚持无神论。我们这种什么都不信仰的人对死亡毫无准备，哪怕最细微的安慰都没有。你应该有，帮我找找。"

已经凌晨时，玛丽亚在地毯上睡着了。伊格纳西奥把她抱到了卧室。玛丽亚说得对，她爱上他因为他身材魁梧。他抱她就像抱一个小孩子。如果处于清醒状态，她会感到自己终于被保护。我主动对伊格纳西奥说要留下来陪玛丽亚，以防她醒来时有意外情况。我让他在隔壁房间睡一会儿，提醒他第二天将会很艰难，但他拒绝了我的提议。

我只知道第二天伊格纳西奥跟何塞·米格尔早早便出发去办手续了。玛丽亚醒来时是所有到过另一个世界的人该有的样子。那儿与这个世界不同。她在床头柜上看到了伊格纳西奥留下的字条，上面引用了马太的话：

"别哭，玛丽亚。女孩没有死。她睡着了。"

二十五

几个月过去了。

玛丽亚被诊断为抑郁症。大概两年前她从库斯科回来时，我们拿出纸牌。我做占卜者，她是求问人。圣杯王牌（玛丽亚和圣杯牌）。我的解读让她高兴得跳了起来。

"为感官服务的意愿；坚固愉悦的爱情承诺；开心、富足、多产。总之，玛丽亚，全盛。就这样，大写的全盛。某些情况下，会突然有比理智更加强烈的激情，你会屈从于它。一段爱情的开端。"

我们现在拿出纸牌，同样出现了圣杯王牌，但牌面倒置。

"改变；不稳；得不到回应的爱和虚伪；成功路上困难重重；无果。"

她面对华丽居所的火炉读着书。我问她什么是抑郁症，她用陌生、疏离的眼光看着我，平静地说：那是一种不同的转调，能表达其他方式无法清晰发声的东西。我坐在对面的大扶手椅中陪着她，试图集中精力读书，但脑中不禁回想起她的一生。

我对你说过，玛丽亚，如果你想杀害亲姐妹，好的，你去做吧。现在这对你来说是必要的任务。也许你在这个房间的温暖中、在带给你索莱达形象的南方公路间、在她并不阴森的坟墓前或是简单的圣卡洛斯频道里，寻找她乘坐的公交车，对不对？你戳瞎她的眼睛，边哭边愤怒地扼住她的声音，想要慢慢重新拥有索莱达。比起妹妹，你想要的是自己的生活，因为妹妹眼中将会描绘出厨房角落里坐在马桶上的小女孩。

有时我觉得你特别无依无靠。我想起你从伦敦回来时的样子。那是我第一次认识有心理医生——准确地说，雇得起——并且在别人面前聊起他不会难为情的人。全都是新鲜的。我读过很多弗洛伊德、卡尔·荣格和弗里茨·伯尔斯的书，却连一个坐在大椅子上的心理医生也没有。你总是习惯性地走到作为我们业务中心的朵拉办公室，不客气地闯进去：你穿着淡紫色的手工裙子，身上散发着广藿香水的味道，指尖灵活地夹着一支烟——你总有烟，烟鬼！——睁着绝望的大眼睛。你什么时候开始穿麂皮西装和丝质衬衫的呢？它们有什么故事？是什么让你把印度棉裙子换成了这些剪裁合体的精致毛衣？那时所有的嬉皮士女人后来都做了成功的业务主管吗？我是说你们阶级的所有女人。你当时一直受折磨，几乎像如今这样痛苦，年龄却小上十岁，比我女儿玛丽亚·阿莉西亚现在的岁数还小。你从心理医生那儿来到朵拉的办公室，整个人焦虑不安，给我留下了奇怪的感觉，让我在没有明白你大部分身体姿势的情况下以为理解你。因为这些年来，随着逐渐读懂它们，我知道了越来越多的编码，它们与我之前掌握的相去甚远。你就这样作出了巨大贡献，让萨拉变得世故，让伊莎贝尔变得机灵，也丰富了我的语言和社会学世界。我常常对胡安提起你，说你是"语言学专家"，满嘴极具个人特色的习语；你妙语连珠，虽不温和却才华横溢；你还懂得在关键时刻撒娇。这是我对你们上层社会善意的嫉妒：撒娇但不玷污名声。你包裹在香气四溢的紫丁香和香烟味中的自我。第一次去你位于贝亚维斯塔的家中时，我在墙架上看到了周围所有人中收藏的最全的黑色小说，我马上就告诉了胡安。那儿应有尽有，从哈米特、钱德勒到海史密斯，我当下就知道我们会成为朋友。但我观察你的周围、你母亲和你关于她的讲述、你的姐妹以及你的爱情时，还是觉得新奇不已。

我记得我是如何事无巨细地跟胡安讲我们的对话。那次你告诉我你在同时谈两段恋爱。如果有人问我怎么定义你，我不得不说说这个故事，因为你大概不知道，玛丽亚，这么多年来别人多少次向我问及你。很多人，尤其是女人，想知道为什么我这样一个表面上平衡理性的人能成为你的朋友。你要理解，一见面就喜欢你可不容易，工作上也不配合。如果我对大家说对你的本质定义是一个无依无靠的孩子，没有人会相信我。你的某些——不说很多——目中无人的举动让她们混淆。你确实好斗。同时可以如此冷酷！

由于认为装腔作势是低俗的同义词，直接表达好感的方式又让你不舒服，你就拿冷酷做挡箭牌。大多数女人的目光——因为我们学来的根深蒂固的竞争意识而黯然失色——并不友善。

过了这么多年，火炉前这个如此平和、安稳的女人让我吃惊。你能一直保持这种状态吗？你会何时下决心结束跟伊格纳西奥的恋情呢？面对它变得独一无二、而你已无法控制的恐惧，你将摧毁它吗？还是你将对他不断地提出要求，直到把他逼到极限、对你的要求无法满足？我问你时，你引用了拉康的话："但这是那个裂缝固有的名字，由此产生了另一个人对爱情的要求。"

我的文件中保存着你最近从各地寄来的明信片和信件。

你在马德里时："伊格纳西奥太爱我了，我有种安全的幻觉。明知道这安全感既真实又虚幻，我还是冒险享受它。但这种冒险对我来说很神圣。我认为伊格纳西奥满满的爱——从开始一直如此——是这种冒险的关键。安娜，你觉得我正感受的这份温存和尊重与他的爱完全无关吗？"

从危地马拉："我终于找到了一个男人，他不把女人的性爱看成男人性爱的另一面，而是看作它本身。我坚持感谢现在的经历。我觉得这种终将变成快乐的感恩会持续永远，所以我赞同比奥莱塔的见解：感谢生活！"

从基多："在这儿，厄瓜多尔人所说的世界的中心线，在一张简单的床上，我们共同覆盖了两个半球。我们的爱有能力这样做，甚至做得更多。"

然后是那次去墨西哥。

"……在公园逛了很久后，我登上了查普尔特佩克宫。门口有个军乐团在演奏着《吻我，深深吻我》。(他们是军人啊，安娜。我真的在另一个世界吗？)雨水为我清洗过了天空，一片湛蓝中混杂着白云和乌云。于是我明白木蓝色就出自于此。

"我长久地看着美丽的卡洛塔皇后的房间，逐一打开朝向露台的卧室门。壮观的露台在空气和阳光下光彩夺目。下面是查普尔特佩克公园，堪称全墨西哥目之所及的绿中之绿。就连在摆着沙发椅——新颖的装饰——的浴室里，坐在大理石浴缸中，也能纵览全城。可怜的卡洛塔！她住在最美的地方，有如此不容置疑的特权，却没能得到马西米利亚诺的爱。

"而我在这里，试图把这广阔的土地据为己有，在最纯净的地方被爱着，我比皇后更幸福。

"这封长信是为了告诉你，安娜，伊格纳西奥已经向我求婚了，他让我做他一生的伴侣。"

听到这话，你仔细考虑了这个提议，对此心满意足。但是悲剧发生了。索莱达被杀害了。你不想再了解这个话题，决心不让自己得到任何幸福。

那是你的笔迹，玛丽亚，我什么都没编造。心理医生诊断你得了抑郁症时，伊格纳西奥从布宜诺斯艾利斯发来电报，你用它做了书签，上面写着："愿任何事和任何人都无法击溃你。"

玛丽亚想把她的抑郁经历到底，沉默中却高声要求别人允许她这样做。她奉若神明地每天三次服用抗抑郁药物。药物中含有氟西汀，她在某本杂志上看到这是"雅皮士的新药"，认为吃这种药是当下最时尚的事。她关闭了宾客满盈的寓所大门，不接听任何电话，早上很晚起床，整日昏昏沉沉，浑身疼痛难忍！她睁开双眼，摁响床头柜上的电铃，莫莱利亚出现时吩咐她送来早餐。从前不管她愿意与否，早上八点准时送来的餐盘都会逼她开始一天的生活。但现在已经不是那个餐盘了。尽管可怜的莫莱利亚努力地给她送珍馐，但玛丽亚只喝牛奶咖啡，勉强吃一片薄薄的烤面包。她开始犹豫不决。"我起床还是不起床？我有力气吗？"她没有。她紧紧裹在伊格纳西奥送她的鹅绒被中。"莫莱利亚，外面很冷吗？""很冷，我的孩子，气温已经零下了。"她在床上滚来滚去，不知该起床夺取寒冷和生命的能量，还是简单地拉上窗帘、闭起眼睛、留在保暖的床单下。这犹豫甚至可以持续一个小时。在起床的日子里，她像战场上的伤员到达自己阵地那样走进浴室。淋浴已经不存在了，只有盆浴来驱走她的寒冷。这又持续几个小时。她的行动反常地缓慢，仅仅穿衣的动作仿佛就需要一整天的时间。如此悲痛中还在意外貌真是件奇怪的事。但她确实在意，把它看作是维持尊严、表面上不缴械投降的方式。那段时间我们从未见过她穿短裙、露大腿。想必她特别渴望尽可能地遮掩自己，所以她只穿肥大的长裙和保暖的马甲。化了妆的眼睛是她的面具。她说："它们可以凸显我的面部轮廓。"

由于无力驾驶，她中午时分乘出租车去办公室：那是她最好的时间。从起床的恐慌到日落的恐慌，这几个小时幸免了。我们知道她来了，就从隔间出来，速速瞅她一眼，了解她状态如何。通常来说，伊莎贝尔在她办公室为她冲杯咖啡，我和萨拉随后会合。为了带上她，我们原来总在上午十一点的小憩时光推迟到了中午。她讨厌谈工作，所以除了工作我们什么都聊，比如评论玛丽亚第一次看的电视新闻（以前这个时间她从来没空）。

尽管是折磨自己，她还是拿她的生活节奏开玩笑。你们知道吗？我正在进步，昨天我是七点上床的，而不是六点。伊格纳西奥在家，我能跟他聊天了，没有钻到床上去。

我们知道，她总是看过新闻、浏览几页杂志后，躺在床上快速吃点东西，在十点钟左右吃安眠药睡觉。

她在办公室间穿梭，看看发生些什么事、跟我们的秘书聊会儿天、签支票——玛丽亚好像总在付钱——交给年轻人，然后在自己办公室坐一坐，打开收音机听一成不变的古典乐，抽着烟眺望窗外。她可以一动不动地保持许久。

有时她不动像是在沉思，望向窗外的双眼写满了语言。玛丽亚想要懂得的语言太多：文字的语言、我们的语言以及伊格纳西奥的语言。

想象中，空虚和充实之间的游戏伴随着女人的生活。你没有通关（有人通关过吗？），也没有被熟悉的事物所诱惑。你不断在心中思忖：这是我必须要成为的样子吗？对你来说，身体就是作答的方式。充实即是怀孕。似乎从做母亲那一刻开始，女人便神奇地充实了。效果持续一段时间，焦虑消失了。女人充实了，直至爆发。她沉浸在怀孕中。孩子的出生将她惊醒，有时方式很粗暴。孩子已经降临到世间，她不再拥有他，这威胁到了她的平衡。留下的是身体的窟窿，抑郁置身于此。她重新独自面对空虚。问题再次出现：女人是什么？只有通过空虚才成为女人，才能在想象中让自己充实，永恒地寻觅答案。

"玛丽亚，事务所打电话找你。"

"麻烦你说我不在。"

"玛丽亚，你是讨厌接电话。"

"不，拜托你！告诉他我在开会。"

"玛丽亚，拉斐尔想跟你聊聊。"

"告诉他我晚上给他回话。"

她已经不能拿起电话了，好像这是个大力士才能完成的任务。她有病假条，不是必须去上班，但她自愿来到办公室，因为她害怕一旦不这么做自己就会卧床不起。她开玩笑说："你们想想我的叔祖父们，他们四十岁就躺在床上，再也没起来过。"她中午去上班只是为了感受自己的存在，感受事物是真实的。但她不想跟任何不深感亲密的东西有联系。

她想获得一个特权身份，残疾人——终于——失去工作能力、不思进取、无须为欲望回应别人和自己。

　　从吃饭到性爱，她拒绝一切享乐，简单说来就是没有欲望。她远离一切，没人能要求她、指责她。她拥有可以把处境合理化的证明：她是"一个抑郁的女人"。伊格纳西奥善解人意，不逼迫她做任何事，试图把它理解成一种普遍现象。他搜寻所有关于抑郁症的信息，然后和玛丽亚一起阅读。他们之前维持的积极的社交生活一夜之间不见了踪影。开始时玛丽亚断然拒绝离开床铺，后来拒绝离开家。

　　"你觉得会好吗？我知道我不会一直抑郁，但我觉得世界永远对我充满敌意。我无法想象回归它。"

　　星转月移，时间流逝，玛丽亚已经可以开始在早上起床了。她可以参加工作，但不能重新再出门社交。每次看到她有所好转，伊格纳西奥就提醒她说他们最近收到了邀请，看看她会不会接受。但她一概拒绝。

　　"求求你，伊格纳西奥，你去吧。别因为我放弃任何事情。"

　　"你不去我觉得无聊。"

　　"但生病的是我，不是你。拜托了，你去吧。"

　　"不。你别担心，需要多少时间恢复都可以。"

　　有时候，约定不能拒绝，伊格纳西奥确实就自己参加。所有人都问起玛丽亚，他就回答说她生病了，或者说她没在圣地亚哥。但是渐渐地，流言四起。

　　"玛丽亚，你信吗？昨天在一个女子聚会上，有人问我你和伊格纳西奥是不是真的分手了。"萨拉笑着说。玛丽亚也笑着答："我早就知道会这样。"

然后是玛格达打来的电话。

"玛丽亚，我昨天晚上在巴罗斯区吃饭。我们到达之前，伊格纳西奥在吃开胃菜。有两个人走近我和何塞·米格尔，问我们你们为什么分手了。后来又有一个人来问我。"

"他们的原话是什么？"

"伊格纳西奥现在跟谁在一起。"

"该死的公众人物！我必须填一份授权申请表才能得抑郁症吗？"

"玛丽亚，你小心点儿，别太任性自负。如果是我，我不会让伊格纳西奥这么孤单……"

"你看，玛格达，如果连这么基本的身不由己的任性自负都不允许我，那就不值得维持情侣关系了。"

"好吧，你说得没错。但我还是跟你说：没什么比自己女人的缺席更容易让其他女人有机可乘了。"

玛丽亚气愤地挂掉了电话。她不是专对玛格达生气，而是对她表现出的常识。天色已晚时，一个人躲开世俗，进入自己更温馨丰富的世界，竟是意味着面临失去心爱之人的风险。这让她觉得庸俗。她感到有些沮丧。

对她来说，日子是在十分平静中一天天流逝的。由于不熬夜、不酗酒、不暴食，她光彩照人。她的颧骨比以前更加突出，为她增添了几分魅力。她的日常生活像慢镜头一样柔和：每天工作五个小时，九点半左右到达办公室，三点前回家。独自或者跟某个朋友一起吃午饭，随后点燃壁炉，靠窗坐在老旧的皮椅上读书。无声、温暖和书籍对她的身体和灵魂来说是完美的集合。七点左右伊格纳西奥出现，要么是去参加会议，要么是刚开完会回来。他从未间断过看望玛丽亚。

知道晚上不能见她时，他就午饭后在她读书的时间来。她任凭打断。偶尔夜里来晚了、玛丽亚已经睡下时，他就悄悄上床，抱着她。有时她会突然惊醒。

"你要是再吓我，有一天我就把你的钥匙拿回来。"

然而，与这另一副身躯的温暖接触减少了她的无依无靠感。她不再逞强。出于习惯，每周她至少有四五天单独睡。

一个周五她去了办公室，发现写字台上有张萨拉留的便条："我昨天去听伊格纳西奥的演讲了，讲得真精彩。恭喜你身边有这么个才子。但正是因此，赶紧从抑郁症中走出来吧！我周末出门，周一见。"

玛丽亚马上来到我办公室。

"安娜，你今天看见萨拉了吗？"

"嗯，早上看见了。"

"她跟你说昨晚伊格纳西奥演讲的事了吗？"

"说了。她说他很迷人，演讲她听得津津有味。"

"那……提到我了吗？"

"她只跟我说他演讲前去过你家，你摸了他的手，却因为感到太凉松开了。还说你不愿出门，对演讲不感兴趣。"

我想起秘书，便天真地问她："玛丽亚，什么是抑郁症？"

她不动声色地回答："感觉冷。"

玛丽亚思索着回到她的办公室。十五分钟后她又出现在我面前。

"萨拉还跟你说别的了吗？"

"她顺便评论了一下你和观众的兴趣有多大差距。"

"安娜，你信吗？萨拉看见了让她警觉的东西。"

"你指什么？"

她把萨拉的留言条递给我。

"伊格纳西奥开始抛弃我了。"她坐在我办公桌对面的椅子上，安静得几乎一脸严肃。她没有抬眼，就这样待了一会儿。

然后她说：

"如果这么难留住他，我宁可没有他。"

"说什么傻话呢，玛丽亚？"

"我要先放弃他。我没有力气争取他。"

面对我的异议，玛丽亚提高了嗓门。

"你要明白，安娜！我不渴望结婚，这你很清楚。我留在伊格纳西奥身边是因为他一直让我觉得他比我强。我留在他身边不是出于理智，相反，只是出于相爱的疯狂，也就是说，失去了理智。如果我放任理智干涉我跟他或是其他人的恋爱，那这段恋情就完了。爱情始于下体，之后上升到大脑，在那儿扎根。我告诉过伊格纳西奥，让他继续用性爱而不是用大脑来爱我，因为大脑对我不起作用。否则，我们的恋情就会像之前所有恋情那样破裂。爱情为我和伊格纳西奥战斗，不是我们为它。安娜，如果不拿他冒险我就不能失败，整个故事对我来说便很荒唐。如果伊格纳西奥如此有成就，如果这么多女人想顶替我的位置，如果我才刚刚摔倒，他自己的看法就变了，于我就不值得。我不想患得患失。这第一次给了我在他面前作选择的机会。我们之间没有任何东西是我选择的，也不是他。我们顺其自然。这力量太强大，无法抗拒。我从不会无缘无故地选择留在一个男人身边。这是本质，是事情的核心……"

不可能有其他论据。我指责她对爱情一无所知。最后她疲惫地对我说：

"现在伊格纳西奥可能心中会思考从什么时候起继续远离是件危险的事。只有觉得已经走得太远了，他才会这么想。"

第二周周一，办公室里在开例会。受内心驱使，她有些生硬地问：

"纽约之行定在什么时候？"

有人查阅了文件，还有一个月。

"我想提前，因为不管是现在还是一个月后都同样可以完成任务。我想现在就出发。"

由于是她提议，没人反对。我、伊莎贝尔和萨拉只是看着她。会上有与这段故事不相干的人，我们没敢问私人问题。鉴于玛丽亚的身体状况，有人质疑她能否完成这次出差。她的回答很果断，保证自己的身体已经完全康复了。她当即就给秘书打内线电话，让她预定最近的机票。会议结束前，坐在她身边的萨拉小声问：

"你确定要现在出差？"

"确定。"

她比我们先站起身，避免看起来有任何变化。

两天后她已经人在飞机上时，我想起她家的壁炉和壁炉前蜷缩成一团的她。

"安娜，问题是温暖使人昏昏欲睡。室外和心灵的严冬强烈呼唤保护，而只有温暖能提供保护。但同时温暖会把你包围。这也是它的危险之处。包围你的温暖总是让你昏昏欲睡，失去警觉。你向困意投降，相信睡梦中你会过得很好，因为你赶走了寒冷的危险。然后你就这样慢慢留在那儿。怎样才能不混淆镇静和令人厌恶的因循守旧呢?我很好……火和羊毛……我不会打开任何东西,也不会动。让一切从身边过去吧。这样我就能继续掏空自己了。"

二十六

　　玛丽亚戴上耳机，开到耳朵和感官能承受的最大音量，只听菲利普·格拉斯的歌。她不想打扰里卡多。他正在这间金佰利酒店的高雅大套房中工作。酒店位于列克星敦和第三大道之间的五十街上。她一支接一支地吸烟。音乐在立体声工作人员建立的猛烈个人主义中入侵她的耳膜。她随着一米之外的里卡多听不到的音乐晃动着身体。

　　她刚从华盛顿广场回来，满耳朵充斥着玩轮滑的黑人选择的音乐。其他人的声音——盛气凌人的白人——没有容身之地。玛丽亚想到令人飘飘然的酒精。那些完全着迷的黑人沉浸在她无法融入的音乐中。他们在广场上画圈滑旱冰时用身体打着节拍，对她置若罔闻。她也什么都听不到。与他们不同的是，她的聋不是自己选择的。某种声音把他们区分开，那是一种只有他们能听得到的秘密声音。她的声音和呼喊都无法传到那些深色的鼓膜。他们选择能让他们沉浸于自己天地的土壤上的和弦，而把玛丽亚驱开。对纽约如痴如醉的华盛顿广场上的黑人无动于衷地建造着这座城市；而她，被排除在纽约之外，是我们南椎体的产物，与住在十四街的他一样，与此无关。他们淹没在同一种无声之中：他耳中有音乐，她心中有孤独。

她在街上走了很久，为自己感到惊奇，也为读到祖国新闻和全民大选——十九年后的第一次——消息时的事不关己而感到惊奇。理论上她本该参与其中的，然而距离可作为她的说辞，借着这个说辞她正在纽约闲逛，这个她视为所有城市之母的纽约。

　　她在心中琢磨着健康成长的灵魂的灵活性和逐渐失去理智的人格，思考它们的征兆何时混淆在了一起。她对自己感到不悦。看着街上的人，年长的回望过去，年轻的看向未来。她该把目光投向哪儿？她想到加西亚·马尔克斯笔下的布恩迪亚家族，想知道在这地球上她还有多少机会。

　　每个手牵小孩在中央公园散步的女人都让她的心阵阵抽紧。她试图不注意那种场景，觉得在发达国家生儿育女是种煎熬。她真心认为不发达国家对中层阶级以上的人士是得天独厚的优势。毫无疑问，与我们的穷人相比，这儿的穷人更有优势，但仅限于他们。而对于女人来说，全世界各有不同，但家务劳动贯穿一切。

　　中央公园里，当她面前的金发女人第十次弯腰抱起在草坪上弄脏自己的小孩时，玛丽亚对她的疲倦感同身受。她不知是否因为这个女人来自发达国家而同情她。萨拉愤怒的声音飘在空气中，让她发笑。

　　"我们就要成为发达国家了？别搞笑了！这就像只看人均收入就说科威特是发达国家一样。智利还差得远呢。一个没有离婚法和流产法的国家无权谈发达！"

　　玛丽亚确实羡慕公园里的金发女人。起初，她和伊格纳西奥在库斯科探讨过很多。她一边集中精力看着草坪上脏兮兮的小孩，一边想起了其中某次聊天时他说过的话。

　　"在美国生活让我懂得了男女之间的不平等。她，伊维，没日没夜地照顾我们的孩子。"

"伊维？"

"她的名字是伊维特……"

"啊！怪不得她用绰号……然后呢？"

"她购物、打扫卫生、做饭、洗衣服。全部时间都奉献给别人：我和孩子。我不会忘记有一天，没什么特别的一天，我们正在厨房聊天，她起身喝水。喝完后她没有把杯子放在桌子上继续跟我说话，而是把它洗净、擦干、放进橱柜。这不禁让我发出啧啧的感慨。小时候跟保姆一起时，我经历过多次这种场景，只有她用完杯子后马上清洗、擦干，随后放好，因为儿时我身边只有她没人服侍，没有人会洗她用过的杯子。于是我明白了妻子获得了怎样的角色。我感到难过和同情。多年后，她终于重视自己的生活胜过重视我的生活，但为时已晚。我没有恶意，从知识层面理解这个问题，但感情上我已经只会作为中心活着。我的轨迹就是指示：我被迫流亡，选择了美国；我们生活在加利福尼亚，因为我在那儿工作；我们靠我的工资吃饭；我们的朋友是我认识的智利流亡者和我的美国同事，他们在雇佣我的大学工作，谈论的都是我的话题。她的话题不可避免地局限于孩子和家庭。我不断成长，她裹足不前。我便失去了兴趣。她清醒过来时，距离已然无法挽回了。"

玛丽亚同情可怜的伊维特（尽管她叫这个名字）。看似只能在第二段婚姻才能拥有这代男人：在第一段婚姻中，他们必然遵循最传统的剧本。只有成熟和失去某些天真才能让他们按不同脚本生活。每个曾是第一任妻子的女人都很可怜。玛丽亚把她的同情心扩大到整个国家的所有萨拉和伊维特。她感谢流亡生活帮助男人大大地增加了人情味。的确，流亡改变了左派，让他们更有世界主义观念，使他们不再幼稚天真。她笑着想，右派就没有这种经历。所以左派革新就没费太大的力气。玛丽亚思考的不是宏图大志，而是日复一日的主观素质。当你能说多种语言，踏上过所有首都城市并觉得它们属于自己；亲口品尝上千种从前如此遥远的外国风味；接触国际知名人士；工作路上双眼每日见证神话般的奇迹，不管是凯旋门、圣彼得大教堂、朱庇特神庙还是圣瓦西里主座教堂，你就没有太多的空间遵循那么多的教条行事。你的社会边缘地位习惯于橱窗、设计和其他这些街道。你已经不是曾经的自己。他们在拉巴斯偶然相遇时，伊格纳西奥的回答未带惊奇，这就说明了一切。

"我没有那么吃惊。全世界都有智利流亡者。我们永远能相遇。"

突然她听到了索莱达的声音。你应该感到害臊，玛丽亚。你怎么能谈到不发达国家的优势呢？你是待遇优厚的职场人士，你的特权建立在剥削其他女人之上，她为你而做肮脏的工作。你知道这叫什么吗？

想起她和索莱达没完没了的争执，玛丽亚不禁颤抖起来。两个人都固执己见，不断地提出一个又一个的想法——想法太多了，我的上帝啊！——却都说服不了对方。

（现在我把一切都相对化了，可能是因为马上就到20世纪90年代了。但当女权主义让我热血沸腾时，我和索莱达像两个典型的狂热分子。）

"唯一真实的压迫就是人民承受的。那是真正的边缘化。玛丽亚，你的女权主义是机关重重的假货。什么时候阶级斗争在你嘴里不再是永恒的主题了？首先我们应该为彻底改变社会制度而斗争。只有做到阶级平等，我们才能充分考虑让妇女享受平等的权利。之前是行不通的。没有前者，就一定不会有后者。"

我心想，我们死都等不到。如果两个乌托邦都具备了其必要条件，从而运转起来，上帝呀！这个社会将成为什么样子？它的多元性何在？一个没有阶级和统治性别的社会……听起来非常公平，但是……太无聊了！

然而今天，我渴望相对平等。别无他求。

"那么，你不声称是女权主义者了？"伊格纳西奥讥讽地说，"要成为女权主义者，光向往平等可不够，你还需要痛恨男人。"

"行了，别说了……"

"这就像共产主义。向往阶级平等并不够，你还要深深地痛恨阶级，要怀有足够的恨，直至你对整个社会的分析贯穿在全部让你难以摆脱的矛盾之中，也就是性别的不平等或者阶级的不平等。"

她疲惫地回到金佰利酒店。里卡多总是倒一杯白葡萄酒迎接她，就像多年前在普罗维登西亚的家中那样。他邀请她去百老汇，抑或能让她疲惫的头脑透透气的地方。然而在歌剧《猫》的幕间休息时，她提出离场。他就明白了这对她不起作用。

里卡多被他在智利工作的银行派到纽约六个月。他受到了贵宾级礼遇，住在每月五千美元的宾馆套房里。接到电话后，他在那儿接待了他往日的恋人玛丽亚。他了解她，知道这颗难以捉摸的心遇到了麻烦。他并非不想让她永远留在身边。玛丽亚一到，他就跟暧昧的阿根廷女人断绝了来往。但里卡多很慷慨，他款待她，却没提出任何交换条件，并且尽量少提问题。

而玛丽亚，在伊格纳西奥得知她人在何处时，就收获了预期的效果。他们通了电话。

"纽约最近流行一本菲利普·罗斯的新书，叫《欺骗》。你知道主题是什么吗？"

"是什么？"

"两个情人的对话，他们总是在同房前后聊天。"

"色情小说？"

"不是。尽管营销成色情小说，可在我看来，不如说是智力小说，但通篇充满柔情。"

"像我们一样？"

"他们对相互关系分析得不多。每个人都对自己的事口若悬河，很少提及他们之间'待解决的问题'。"

"一群无知的人！"

"我发现通奸在罗斯的书和其他杂志中随处可见。"

"我看那是你的主题。"

"你知道吗？一夫一妻制几乎和民主一样时髦，但我觉得他们同样脆弱。"

"艾滋病和军人……"（笑声）

"一夫一妻制在实行，但越来越多的女人同时有多边爱情生活。你明白吗？"

"那男人呢？"

"在男人中，这个比例一向很高。有趣的是职业女性越多，通奸行为也越多。二者有直接联系。"

"你想想看，如果你曾经是家庭主妇会怎么样！那纽约的情妇们都怎么办？"

"她们有值得羡慕的地方：不会纠缠不清。"

"换句话说呢？"

"罪恶感谁都有，处处皆然。但我觉得她们更自由。我认为她们不担心爱上情人。"

"你从来不担心。"

"也许我说错了。不是不担心爱上别人，而是不担心深陷其中。"

"不一样吗？"

"不一样。"

"那……你担心这个，对吗？"

"我觉得是。"

"玛丽亚，你在对我不忠吗？"

"对。"

第二次对话：

"玛丽亚，你教了我一句你学到的关键句：信任毁于过分信任。"

第三次对话：

"我要想想跟你的问题。或者说，如果早作考虑，我们的关系不会像现在这样。因为我太喜欢你了，不能控制……这意味着歪曲了这段恋情的性质本身。我必须设定界限，今天就是为此跟你打电话。你离开那栋房子，坐飞机回到我身边。否则，我就明白我们走到头了。"

然后是最后一次。

她问：

"你还爱我吗？"

"爱。"

"你想对这段爱情怎么样？"

"杀了它。"

"怎么杀？"

"我会变成职业杀手。"

"什么意思？"

"我将冷漠地干这件事，不想做一个忧郁伤感的人，这样的人因痛苦而迟钝，试图在眼泪和酒精之中扣动扳机，不会击中目标。我将一早就以冷静的头脑系统地演练，让你看看我可以多么灵活地击中目标。"

玛丽亚结束了工作，又在里卡多的怀抱中享受了充分的安全感、与他的身体搅缠在一起——就像跟她曾经拥有过的每一个身体搅缠在一起那样——打断了这个男人的生活、确认了她仍有容身之处。随后她回到了智利。

伊格纳西奥没有等待她。

所有人都在参与大选，国家在复苏，呼吸着满满的新鲜空气。她没有太多的位置。

就在那时，她找到了在电影公司为鲁道夫工作的年轻摄影师。他二十二岁，颇具魅力。

那天上午他们告别的时候是八点钟。玛丽亚回到客厅寻找痕迹。威士忌酒瓶已经空了。她瑟缩了一下，走向她的床边，脱光衣服，感到岁月在她身上留下了印记。摄影师二十二岁的光洁身体还触手可及。他们第一次上床了，谁也没睡好。醒来时他们心中不安。他静止不动，她在床单上滚来滚去，总在找寻他。"靠近我。"他温热健美的身躯就贴紧了她。他闭上双眼，玛丽亚凝神观察他，像是心醉神迷。他如此英俊，简直让她承受不起。于是她试着回忆两个人聊天的全部内容，却痛苦地发现威士忌也带走了记忆，剩下的唯有空白和零散的句子。

她从纽约回来已经三个星期了，距离与摄影师第一次上床已经过去了两个星期。他们的故事并不轻松。为了让他回来，她花费了大气力。他们只在电影公司谨慎地见面，鲜少私下约会。她每晚都等他，终于在昨天说上了话。当他们在奶油色的地毯上追逐嬉戏时，她才敢抱怨他的缺席。可怜的玛丽亚没直接问。她刚刚学会在一个二十二岁的年轻人面前保持应有的沉默。他辩解说：

"你期待什么关系？希望我因为得到这件战利品而疯狂？我不是笨蛋，不会让这种事发生在我身上。"

玛丽亚亲吻倔强的他。她心疼他，也心疼自己。她浪费了太多的精力！生命中这十五天的冥思苦想让她受了多少伤害！他默默地在黑暗中做爱。玛丽亚感到年轻很无聊。没有光线时看着他，他便不那么帅气了。但由于渴望已经深植于心，她害怕自己三十七岁而不是二十二岁的身体成为理由。他在急促的喘息中说过的少数话语——那个年纪的人都不说话了吗？——是：你想做什么就跟我做吧。她沿着这个健美的身躯下沉，仿佛是沉向地狱。

只有现在，早上八点，凭着模糊的印记和陈旧变质了的气味，她方觉得身体、双腿和舌头有些疼。这疼痛让她感到安慰。阳光照耀城市之时，她与他相互陪伴。

可是情况有变。事情出了差错，但她无法理解。二十二岁的年轻摄影师不爱玛丽亚。在一段恋情微妙的开端，发生了一些事，冷漠在他心中取代了她的位置。她不明白，她需要他，不想放弃。他们玩着相爱的游戏，但她不能欺骗自己。她爱过诸多男人，知道他不在其列。他们在沉默的模棱两可中继续约会。她什么都不去问，独自忍受着痛苦，扪心自问上千次：这是怎么了？她不理解男人的冷淡。欲望在她一方，他触手可及，但他没有顺从。

玛丽亚处境糟糕。工作和睡眠都不好。她感觉自己身上仅剩的力气就是对年轻摄影师过分的欲望，而他对她却没有。这是怎么了？

在大量的威士忌作用下，玛丽亚的直觉认为摄影师的双眼只是镜子。一个接一个的镜子，它们全都碎了。玛丽亚再没有镜子可照，她没有了倒影，就像是那喀索斯[1]没有水。

她没去办公室，又让莫莱利亚回了南方休息。家中一片狼藉，到处都是烟灰缸和酒杯。半夜时分，她确定摄影师不会来，便拿起电话本。打给谁呢？她昨天就这样。昨天之前有人来过，平息了她的焦虑。事到如今是谁已不重要，只要是男人就行。她想起死在掉线电话旁的玛丽莲·梦露。她捧起康斯坦丁诺·卡瓦菲斯的书。由于没人接电话，她第十次读起一首诗，癫狂地认为卡瓦菲斯是为她而作。

> 你要记得，身躯，曾经被怎样爱过；
> 不只是你拥有过的床，
> 还有见过你的眼睛
> 露骨地闪烁出的欲望；
> 某种障碍挫败的颤抖的声音。
> 现在一切都过去了，
> 仿佛事实上你已经

---

[1] 古希腊神话中极度自恋的少年，某日在水中看见自己倒影时被迷住。

对那些欲望投降。

它们曾经多么耀眼。

你要记得见过你的眼睛，

为你颤抖过的声音。

你要记得，身躯。

而就在那种癫狂状态中，出现了索莱达的形象。她的被捕和对此事的缄默。只有一次，她说了几句话，只有一次。

"在酷刑中毁灭的是文化，玛丽亚。是把人通过羞辱和刑罚变成非人，让他在生物链中退化。"

她对玛丽亚讲，拷打中，她请求刑讯者伸出一只手抓住她，紧紧地握住她。男人照做了，她平静下来。她对姐姐解释说，对她而言，手是创造力和温情之地，有了它——尽管是刑讯者的手——她就更靠近刑讯者的人的维度，她就会感到不那么恐惧。因为就算在承受痛苦极限的情况下，人类也总是追求重建与他人关系的标志性可能。刑讯者手牵着索莱达，继续对她拷问。

索莱达的身躯和她的身躯。

那天晚上没人来。她听着卡米娜·布兰诗歌的合唱。随着声音越来越高昂，她想在空气中收集某些痕迹，本想抓牢它们，但它们却溜走了。为了调动他人的情感，她却忘了调动自己的。她自言自语地将此重复了十遍，看能否说服自己。为了在他人身上产生感情，却忘在自己身上产生。为了专心感受他人，却感受不到自己。明白通过他人张望会什么都看不到时，某种东西刺伤了她的心。为了点亮他人，熄灭自己。此刻她如此伤感痛心，不知该何去何从。仿佛伤心痛苦、肝肠寸断永无止境。每天都是如此。这无声的痛苦。这种痛苦并不惊人，并不引人注意，但它始终存在。因为不极端，便不会为自己找借口辩解。那沉默、谦卑、莫名的痛苦，打湿却不湿透，有毒却不致人于死地。那种痛苦，因为我是个滥情的女人，我摆脱不了那伤悲中的痛苦。那种痛苦。

啊，伊格纳西奥，还有多少事要我流泪！

玛格达打了十次电话、敲了十次门，却一直没有人回应。她心中充满了恐惧。谁有她妹妹家的钥匙呢？她半夜去找到伊格纳西奥。他身边有别人。玛格达出于强烈的尊严感，没让他陪她。她不想把更多家丑外扬。一切该做的事，她都会悄悄地完成。

伊格纳西奥神情难过地把她送到门口。

"小可怜，我的玛丽亚。爱情的女祭司。她一生的意愿和任务就是守护神殿的秘密。然而神殿已经空了。"

二十七

她们说我病了。

我不太清楚为什么此刻我在这家医院里。那天晚上玛格达认为我要自杀，便把我带到了这儿。第二天我试图跟她说明那不是我的本意。她不明白我只是太累了所以才失去了意识。其实她本可以把我送到随便哪家医院，但他们不相信我，说镇静剂和酒精混合服用是可以致命的，而我是明知故犯。

我在这儿很好。周围的一切都笼罩在一片灰色之中，跟我的心境正相适宜。今天早上我看到其他病房的女人都比我更糟糕，有一个在哭泣，另一个在呕吐。我看到有人的胳膊和腿耷拉在床边，心想她们是不是已经死了。至少这里的病房和床单都很干净。根据看到的植物种类，我猜测我们是在山脉附近，位于这个城市的高处。我连问都没问过，这对我来说无所谓。我只需要面对护士，她试图抢走我的香烟。那包烟可是我跟玛格达求来的，几乎是从她包里抢来的。我可不能让护士得逞，我明明白白地跟她说要是她把烟没收了，我就马上离开。奇怪的是她竟然接受了。如果跟精神病人打交道，她就得习惯这种好斗性。我像我母亲对佃农讲话那样用一种命令的口气对她说话，竟然很有成效。她们不会再阻止我吸烟了，毕竟这是我唯一想做的事了。

我一个人在病房里待了一整天。天黑了下来，我感到悲凉。然而无所谓。我太想休息了。如果医生能给我开点安眠药就太好了。我会跟医生要求，可能他也会同意。那样的话我就能在拉斯美伊萨斯醒来，并像斯佳丽·奥哈拉那样，说上一句："明天又是新的一天。"

诊断结果模糊不清。癔病、自恋、自我毁灭。一半人不都这样吗？他们被关起来了吗？现在可能他们会说我酗酒。我不是酒鬼，我像其他人一样喝威士忌，偶尔在感到不安时，酒量翻倍。只是这样。我也没有毒瘾，我会为了爱情多姿多彩，吸一支大麻；为了某些夜晚没有尽头，嚼一口古柯。仅此而已。床头柜上的药片是每个即将四十岁还依然单身的女人都会服用的，不含苯丙胺和巴比土酸。有些只用来让关节放松，有些在睡梦叫嚣着远离时，把它们拉回来。没别的。

是的，他们说我病了，说我应该"照顾好自己"，重新成为被社会接受的人。他们说了好多话。说我是个自我主义的魔鬼，所以我没有子女；说我用光了全世界所有的精力，只为了与众不同和高傲好斗地施加力量，这本是男人才做的事；说我谈过太多唾手可得的恋爱，现实的却少之又少；说女人应该有自己的经历，做自己的主人，而我终有一天会惊恐地证实，我的经历只能通过男人讲述，那时就太迟了；说我没有定位，因此我征服了这么多男人，其中缘由是只有他们的目光反射着一个形象；说如果我孤身一人，就会自我抹消，看不见自己；还说我不是好人。这让我再次确认他们讨厌我，因为我对人不一视同仁，兴趣索然，不同情普通人；因为我对真相直言不讳，而这在别人看来是专横霸道。他们说我冷漠，我没有建立和组成家庭是不正常的，我热切寻找外部的热量，想用它来消融内部的坚冰，然而我却畏惧寒冷；说我无法感知，我灵魂周围包裹着巨大的外壳，连沸腾的油也不能使之融化；说白马王子曾经来过，想要拯救我，我却没给他机会；说我的一大罪孽是无法去爱，我耗尽了所有动力，所以跌进了这个男人坚实的怀抱，想在那儿休息，却连休息都不会；说我原本是圣杯牌的女孩，开心的女孩，现在我可真的要转向关注痛苦了。

好吧，他们说了那么多。我对判定谁说的对不感兴趣。那儿有他们，心理学家。这一长串抱怨和欲言又止的话的结果取决于我是否有机会把我的狂乱用语言阐述清楚。但他们说他们知道我得了什么病，无须来听我要说的话。我唯一的办法就是不再喋喋不休，从此闭口不语。尽管没人听我讲话，但我有自己的诊断。

我生来就有迈达斯国王的能力，可以点石成金。我用尽浑身解数留在光芒中，直至冻结。

我没被上帝的恩惠点到。

二十八

于是我们来到湖边。

玛丽亚和伊莎贝尔到达时疲惫不堪。

一个刚出院。

"爬行纲动物不是我的最爱，安娜，但是我多希望每隔一段时间就能换一次皮！"

另一个刚结束她的梦幻故事。

"享乐在每个角落等待我，我知道我倾向于它，就像我一直倾向于要犯的一桩罪孽。"

由于大家都身负执念，我回答说：

"听着，伊莎贝尔，享乐是冻结的前奏。深陷其中，人可以在不知不觉间停止成长。"

伊莎贝尔一边摆弄着刘海，一边点头认同。

我和萨拉充满能量，南方和那里的自然环境给了我们传递它的可能。为我们创造了条件的，是那种共享的日常生活；是每天一大早从柴炉里烤出的热面包；是李子色的红酒。用多年间被剥夺了红酒和热情的伍尔夫的话说，它为我们注入了吝啬鬼血管里没有流淌着的元素。的确，红酒和热情让我们感到温暖。此外，还是我们每天三次聚在它周围、给我们提供食物的粉红色枥木餐桌；是这么多天早上叫醒我们的勃拉姆斯《第四交响曲》；是轮流等待洗澡、狮爪边的火盆被炭照亮时，我们的怀旧之情；是我们一个接一个或两两一对摆着姿势、认定三十岁已然远去时衣柜上的大镜子；是酒红色和橄榄绿相间、略带绸缎的床单中的睡梦；是在厨房欣赏雨景、感恩友谊的午后；是湖水变灰、玛丽亚在沙滩上从背后拥抱伊莎贝尔、催促她的黄昏。来吧，让我们向上天请求，像艾米莉·狄金森那样祈求保佑：请将夕阳放于杯中带给我。

确实，已经过了十年，我们四人重新在此相聚。一直是这四个人。身体发福，年龄更长，受伤更多，头脑更清醒。湖水是我们的证人。

见证了什么？

我不知道……一切。故事、争论、那么多眼泪和那么多欢笑、结束——人生阶段的结束？还是十年的结束？——也许玛丽亚会对我说：

"一句话，安娜：感情的结束。"

尾声

"托庇法蒂玛圣母吧。现在这个特别流行。"在门口告别时，玛丽亚向伊莎贝尔和萨拉建议道。她们是来借便装的，准备在为即将到来的民主制度作出贡献的冒险中，向新工作进发。

尽管已是 4 月，冬天还没开始，但天空还是灰蒙蒙的，气候寒冷。伊莎贝尔平静地笑了，亲吻了我和玛丽亚（埃尔南·巴勃罗上了大学，埃尔南对妻子的新职位感到骄傲，她喝的酒也减少了。拉斯孔德斯家中似乎一切运转正常）。伊莎贝尔在教育部门任职。萨拉从事与妇女相关的工作，这是她的伟大主题。

"但愿你的工作环境中不只有女人，"玛丽亚烦她说，"新政府应该给你提供某种匹配的男性元素。"

"现在不是时候，玛丽亚，我没有时间。罗贝尔塔和新工作占据了我全部精力。即便有男人从我身边经过，我都会对他视而不见。"

她们走了。玛丽亚饶有兴致地看着我。

"太可怕了！我要是男人，早就被迫认真做事了！"

我们走进她铺满地毯的几百平方米的家中。她刚刚拒绝了一份驻外新闻专员的工作。

"你确定要这样做吗？"

她非常严肃地看着我。

"事情是这样的。我刚读完那本美国小说，在湖边跟你提过的，记得吗？女主人公最终收获了满满的荣誉和美好的工作机会，但她极度孤单。值得吗，安娜？我不像书中的女人那样在哈佛大学有一份耀眼的工作，也不会写她写得那么精彩的小说。但无所谓，我不会像她一样为任何博士学位和世俗的成就改变感情。安娜，我的结论是，爱情比地球上其他任何东西都重要。所以我不会离开这儿，所以我回绝了那份工作。"

"那么你会做什么？"

她笑了。

"已经20世纪90年代了，安娜，我们跟上潮流吧！这两年世界的变化超过了过去的二十年。柏林墙倒塌，苏联想搞市场经济，拉丁美洲各国的独裁政权垮台，智利开始了过渡时期。不幸的是，穷人也完全跟不上时代了，与此同时落伍的还有社会发展计划和意识形态。换言之，所有全球性或者说传统主义的眼光都过时了。你没发现吗？出现了新的风向，号召我们去制造自己的梦。"

"于是呢，玛丽亚？"我又问。

"于是，安娜，你听听我今天的活动。一大早，看妇科医生，摘除了子宫避孕环。从那儿去了我母亲家，让她记住明天是埃斯佩兰萨入学的日子，千万要早早作准备。"

"你要合法收养她？"

"我还没考虑过，但我想是这样。我的小埃斯佩兰萨，我终于知道了，我们缺少的硬币牌就是她！如果老太太卡梅拉在这儿，她一定会想要知道。从母亲家我去了学校给她注册，说明她周一去上课。我付了学费、教材费、医疗保险，等等。养孩子一点儿都不便宜！但学校不错，我考虑了整个夏天才选了它。不能是不起眼的学校，这是我起码应该为索莱达做的事！我给她买了一张白色和粉红色相间的床，漂亮极了。莫莱利亚为她整理房间和浴室，忙了一天。明天油漆工再处理一些细节，就一切就绪了。现在，"她压低了声音，"就差伊格纳西奥了。"

她沉默了一会，看着自己的手，又看向我。

"你觉得他会来吗？"

"你什么时发信给他的？"

"两天前。"

"一点回音都没有？"

"没有。"她的声音很含混。

"为了写这封情书，我已经下到了地狱。我上来时受到了损伤，但是没有发生意外。生活中没有你，什么外国，什么世界，一切都见鬼去吧。亲爱的，这段封闭的日子，身边没有男人，我过得很好，也很不好。我相当疯狂又清醒。我爱你，爱你超过所有界限。归来吧，伊格纳西奥！"

玛丽亚站起身，拿来一瓶威士忌和两个杯子，斟满酒，递给我一杯。她手里拿着自己的那杯坐在地毯上，面对壁炉陷入沉思。她深吸着永不离手的香烟，思绪仿佛飘远了。

"归根结底，安娜，"她以极为平静的声音对我说，"我们女人的任务就是生儿育女和合上死者的眼睛，这恰恰是人类关键的两步，好像历史真正掌握在我们手中。"

她又起身拿来木柴。她手提篮子，身穿长裙，披散着头发，站在宽敞的空间中央，茫然地看着前方。

"啊，安娜，我不愿认为我徒劳地举起了全部旗帜。"

我得走了。我抱抱她，不知该说什么。我也没有十足的把握，没有真相可以对她诉说。我走向门口，如鲠在喉。

"把门关好，安娜。外面的世界可能很冷。"

玛丽亚点着火，凑近它，坐下来等待。